AF398361

Ulrike Herwig wurde 1968 geboren und wuchs in Jena auf. Sie studierte Englisch und Deutsch und lebte fast zehn Jahre lang in London. 2001 zog sie mit ihrer Familie nach Seattle, USA, wo sie auch heute noch wohnt. Seit vielen Jahren schreibt sie unter verschiedenen Pseudonymen erfolgreich für Kinder und Erwachsene.

AUF *Umwegen* INS *Glück*

ULRIKE HERWIG

Überarbeitete Neuausgabe März 2025
Copyright © 2025 dp Verlag, ein Imprint der
dp DIGITAL PUBLISHERS GmbH

Made in Stuttgart with ♥
Alle Rechte vorbehalten

Auf Umwegen ins Glück

ISBN 9783989988729
E-Book-ISBN 978-3-98998-760-9

Copyright © 2016, Deutscher Taschenbuchverlag GmbH & Co. KG
Dies ist eine überarbeitete Neuausgabe des bereits 2016 bei Deutscher Taschenbuchverlag GmbH & Co. KG erschienenen Titels Beim nächsten Mann links abbiegen (ISBN: 978-3-42321-661-6).
Covergestaltung: Dream Design – Cover and Art
Umschlaggestaltung: Christin Peulecke
Unter Verwendung von Abbildungen von
shutterstock.com: © Alex Serezhnikov, © Paranyu, Begimail,
© YASMIN301, © LeonART Studio, © Quang Vinh Tran
Lektorat: Friederike Zeiniger
Satz: dp DIGITAL PUBLISHERS GmbH
Druck und Bindung: Books on Demand GmbH, Norderstedt

Das Werk darf – auch teilweise – nur mit
Genehmigung des Verlages wiedergegeben werden.

Sämtliche Personen und Ereignisse dieses Werks sind frei erfunden. Etwaige Ähnlichkeiten mit real existierenden Personen, ob lebend oder tot, wären rein zufällig.

Die Stimme von George Clooney

Manche Leute kriegen echt nichts mit. Ich meine, an Professor Engelbrechts Tür steht groß und breit:

Sprechzeiten Mittwoch und Donnerstag von 3.00 Uhr bis 16.00 Uhr.

Und was war heute? Dienstag. Und wer kam da gerade den Flur entlanggeschlurft im erdbraunen Wollrock, dazu eine Art Schal um den Leib gewickelt wie eine Nomadin in der Wüste, die hennaroten Haare mit knubbeligen Flechtzöpfchen durchwirkt? Juliane Schmieder, größte Öko-Schnepfe vor dem Herrn und Studentin der Soziologie, Anglistik und Erziehungswissenschaften im gefühlten 24. Semester. Sie war bestimmt fast so alt wie ich, Ende zwanzig, wir waren jedenfalls beide schon seit sechs Jahren an der Uni. Ich als Sekretärin von Professor David Engelbrecht, dem klügsten, charmantesten und mit vierzig Jahren auch definitiv jüngsten Spezialisten für altenglische Literatur – der nebenbei gesagt auch noch als Model hätte durchgehen können –, und Juliane als Studentin. Professor Engelbrecht, der gerade aus seiner Tür schräg gegenüber trat, wedelte bei ihrem Anblick abwehrend mit den Händen und verschwand sofort wieder. *Halt mir bloß diese Schlaftablette vom Leib*, bedeutete das, und ich wusste, was ich zu tun hatte.

»Der Professor ist nicht da«, rief ich Juliane schon von weitem zu, damit sie gar nicht erst auf die Idee kam, sich hier häuslich niederzulassen.

»Ach nee, echt?«, sagte sie verwundert. »Das ist aber jetzt blöd. Ich hab da nämlich echt ein Problem mit meiner Magisterarbeit.«

»Tja, das ist echt blöd«, erwiderte ich und schielte auf meine Uhr. Ich hatte gleich Mittagspause. Meine Freundin Charlie wartete auf mich, sie wollte unbedingt mit mir ins *Koketto* gehen, diesen tollen neuen Klamottenladen, von dem wir so viel gehört hatten. »Da müssten Sie zu den Sprechzeiten wiederkommen.«

»Ach Mann, was mach ich denn jetzt? Sie sind doch seine Sekretärin?« Juliane ließ sich nicht abwimmeln. Sie fixierte die Tür von Professor Engelbrecht wie die Schlange das Kaninchen. Hoffentlich blieb er noch ein Weilchen, wo er war. »Wissen Sie vielleicht, wie oft man die Magisterarbeit verlängern darf? Ich schaff das echt nicht. Und ich glaube, das Thema liegt mir auch nicht so richtig. Der Streit der Eule und der Nachtigall in der frühmittelenglischen Literatur. Das ist so ...« Sie zupfte bekümmert an ihrem Zeltgewand herum. »So vogellastig irgendwie. Ich meine, ich mag ja Vögel«, setzte sie hastig hinterher. »Ich bin Veganerin, ich liebe alle Tiere, aber eben echt nicht diese Nachtigallen im Mittelalter ...«

Sie seufzte.

Aus den Augenwinkeln bemerkte ich es. Die Türklinke senkte sich. In wenigen Sekunden würde Professor Engelbrecht mit dieser schrecklichen Person zusammenprallen, sie würde ihre Krakenarme nach ihm ausstrecken und ihn in einen lähmenden Monolog über die fünfzehnte Verlängerung ihrer Magisterarbeit und über Geflügel im Mittelalter verwickeln. Zeit für meinen Einsatz.

»Der Professor ist leider erst morgen wieder da«, sagte ich laut.

Juliane zuckte zusammen und die Klinke hielt inne. Sie sah mich beleidigt an. »Na, dann muss ich wohl morgen noch mal kommen. Weiß echt nicht, ob ich das schaffe.«

Ich sah ihr nach, wie sie davonschlurfte. Zwei Sekunden später huschte Professor Engelbrecht aus seinem Zimmer.

»Ach, Frau Stein, wenn ich Sie nicht hätte!« Er zwinkerte mir zu, und wie immer grinste ich automatisch zurück. Ich konnte gar nicht anders.

»Wie kann ich das nur je wiedergutmachen?«

Oh, ich wüsste da eine ganze Menge, dachte ich. Du könntest endlich aufhören, mich »Frau Stein« zu nennen. Ich nenne dich ja auch David. In Gedanken jedenfalls. Du könntest mich auf einen Drink einladen, du könntest dich dabei zurücklehnen und die Arme hinter dem Kopf verschränken, wie du es immer tust, wenn du jemandem interessiert zuhörst, und mich aus deinen braunen Augen ansehen und mir was Nettes sagen. Was *richtig* Nettes. Zum Beispiel ...

»Was lesen Sie denn da?« Er beugte sich neugierig vor.

Mist! In letzter Sekunde konnte ich meine Handtasche auf das rot-goldene Buch auf meinem Schreibtisch schieben. Nicht auszumalen, was David von mir denken würde, wenn er *Das Geheimnis der Pesthure* in meinem Besitz entdeckte.

»Darf das keiner wissen?« Er lächelte verschwörerisch und ließ sich auf dem Stuhl in der Zimmerecke nieder. »Für so was sollen E-Reader praktisch sein, hab ich gehört.«

Für *so was*? Ach du lieber Himmel, glaubte er etwa, dass ich *Pornos* las?

»Ich lese …« Warum fiel mir jetzt nichts Gescheites ein? Irgendwas Intellektuelles, Ernsthaftes und gleichzeitig natürlich Ungewöhnliches? Ich lese die Biografie der ersten nigerianischen Polarforscherin? Ich lese eine kritische Analyse unseres Zeitalters von Vladimir Irmskusk, einem russischen Immigrantensprössling in den USA und Mitglied von CIA, KGB und Taliban gleichzeitig? Ich lese … Panisch hetzte mein Blick durch den Raum und blieb an dem Poster neben Davids Tür hängen. *Beowulf ein altenglisches Heldenepos.* In meinem Gehirn verbanden sich offenbar bei diesem Anblick zwei Drähte zu einem neurologischen Kurzschluss, denn anders kann ich mir nicht erklären, warum ich »Nein, nein, ich lese gerade den *Beowulf*«, sagte.

»Sie lesen den *Beowulf*?« David zog beeindruckt die Augenbrauen hoch. »Na, Sie sind mir ja eine. Was haben Sie denn noch für Geheimnisse?« Er krempelte sich die Hemdsärmel hoch, strich sich kurz über das dunkle Haar, verschränkte die Arme hinter dem Kopf (sag ich doch!) und lächelte mich an. »Und? Wie finden Sie ihn?«

Ich betrachtete sein Kinn mit dem lässigen Dreitagebart und seine braunen Augen hinter der silbernen
Brille. »Total umwerfend«, flüsterte ich.

»Umwerfend? Den *Beowulf*? Also das habe ich auch
noch nie gehört. Was genau finden Sie denn da so umwerfend?«

»Alles«, antwortete ich rasch. »Ganz umwerfend.
Schon so … alt. Und dennoch so … umwerfend.« Ich
stockte.

»Hört«, zitierte er mit geschlossenen Augen. »Hört –
denkwürdiger Taten von Dänenhelden! Ward uns für-
wahr aus der Vorzeit berichtet …« Er öffnete die Augen.
»Na, wie geht es weiter? Helfen Sie mir auf die Sprünge,
Frau Stein.«

Testete er mich? Ich tat, als ob ich nachdachte, als ob
mir die dreitausend Zeilen dieses Machwerks so gegen-
wärtig wären wie der Wetterbericht im Radio heute
Morgen. David wartete immer noch, ich musste etwas
sagen. Gestern erst hatte jemand seine Seminararbeit
darüber abgegeben, worum war es da gleich gegangen?

»Im Dänenreich. Im … so … alten … und kalten …«, begann ich verzweifelt. Mein Handy klingelte. Gott sei
Dank.

»Sorry«, formte mein Mund in seine Richtung.

»Lucie, Süße, was ist denn jetzt mit shoppen, wo
bleibst du? Ich steh mir hier schon die Beine in den
Bauch wie eine Nu…«

»Ich bin gerade in einer Besprechung mit Professor
Engelbrecht«, ging ich laut dazwischen. Charlie. Meine
beste Freundin. Konnte sie vielleicht mal normal laut
reden?

»Mann, lass den Alten seine Bücher doch alleine entstauben und komm endlich. Meine Pause ist gleich um!«

Professor Engelbrecht zog leicht die Augenbrauen hoch. Hatte er etwa gehört, wie Charlie ihn gerade bezeichnet hatte? Fragend sah er mich an.

»Die Buchhandlung«, sagte ich schnell. »Sie haben endlich die ... äh ... vergriffene Shakespeare-Biografie bekommen, die ich bestellt habe. Die mit Fotos von ihm.« Oh Gott, was faselte ich da. Ich schnappte meine Handtasche samt *Pesthure* und machte mich eilig davon.

»Er *ist* nicht alt«, verteidigte ich Professor Engelbrecht wenige Minuten später gegenüber Charlie. »Er hat noch kein einziges graues Haar.«

»Garantiert gefärbt«, versetzte Charlie ungerührt. »So eitel wie der ist. Er hat einen Spiegel an seiner Wand, das habe ich gesehen, als ich das letzte Mal bei dir im Büro war. Welcher Mann guckt dauernd in den Spiegel, hm? Oliver hat nie in den Spiegel geguckt.«

»So sah er auch aus.«

Wir lachten beide laut auf bei der Erinnerung an Charlies Ex, der sich immer anzog, als ob er plötzlich erblindet wäre und hilflos im Dunkeln die erstbesten Sachen vom Boden aufgeklaubt hätte.

»Wo hast du übrigens geparkt?«, fragte Charlie.

»Geparkt?« Ich blieb stehen.

»Wir kommen am schnellsten mit dem Auto zum *Koketto*. Das ist nicht in der Innenstadt, sondern in der Kreuzstraße. Das ist Südvorstadt. Mit der U-Bahn müssen wir mindestens viermal umsteigen, mit dem Auto dauert es nur zehn Minuten.«

Das stimmte garantiert nicht. Charlie hasste einfach öffentliche Verkehrsmittel. Fischkonserven nannte sie die, weil die Leute da immer so eng standen. Lieber fuhr sie im Auto überallhin. Mit *meinem* Auto, versteht sich, denn Charlie besaß trotz ihrer Macke weder Auto noch Führerschein. Sie wollte so lange warten, bis es fahrerlose Elektroautos gab.

Allerdings musste ich zugeben, dass ich bei dieser geradezu sommerlichen Wärme heute auch keine besonders große Lust verspürte, mich in die U-Bahn zu quetschen, um dann an einer Halteschlaufe zu baumeln und die Achselhöhle von jemandem ins Gesicht gepresst zu kriegen.

»Na gut«, sagte ich lahm. »Aber in einer Stunde muss ich spätestens wieder da sein.«

»Ich doch auch, ich doch auch. Und wenn Professor Engelchen mal selbst was tippen muss, wird er es auch überleben.«

»Er hat viel zu tun!«

Charlie grunzte nur und riss kurz darauf die Beifahrertür meines Polos auf. Sie wusste, wie sehr ich in David verknallt war, und fand, dass er mich ausnutzte, aber Charlie hatte keine Vorstellung davon, wie schwer es war, Nein zu sagen, wenn er mich über den Brillenrand hinweg so charmant ansah. Oder wie hilflos er manchmal war. Ohne mich, meine ich. Da kriegte er gar nichts auf die Reihe, er brauchte mich einfach. Und außerdem arbeitete Charlie in einer Werbeagentur und hatte eine Frau zur Chefin, einen Hungerhaken um die fünfzig mit aufgespritzten Schlauchbootlippen, die nach Büroschluss – so Charlies Verdacht, denn wozu sonst hatte sie eine Schlafcouch im Büro – immer ihren jugendlichen Lover empfing und daher niemanden Überstunden machen ließ. Wie einfach war es da, mit einem Grinsen und einem heiteren »Schönen Feierabend« die Tür hinter sich ins Schloss krachen zu lassen!

»Kreuzstraße in der Südvorstadt«, murmelte ich, als ich mich angeschnallt hatte. »Wie genau komme ich da hin?«

»Du findest das schon, mein Schatz«, erklärte Charlie großzügig. Sie zündete sich eine Zigarette an, stieß genüsslich den Rauch aus und schloss die Augen. »Oder mach einfach dein Navi an.«

»Ich habe keins, das weißt du doch.«

»Ach so, ja. Warum eigentlich nicht?«

»Weil ich keins brauche. Hab bis jetzt noch alles im Leben gefunden.«

Fast alles. Außer dieser blöden Kreuzstraße, wie ich wenig später feststellen musste. Na ja, und so einigen anderen Orten. Im Grunde fast *allen* anderen Orten. Doch diesmal war es nicht meine Schuld, sondern die von hinterlistigen Bauarbeitern in Orange, die gerade auf der Hauptstraße Richtung Südvorstadt irgendwelche mit Sicherheit nutzlosen Straßenbauarbeiten starteten. Umleitung, na prima. Wenn ich da den Weg nicht fand, konnte ich auch nichts dafür. Und vor allem nicht, wenn die Umleitungsschilder plötzlich spurlos verschwanden und nichts und niemand mehr auf der Straße zu sehen war, außer einem alten Mütterchen mit Pudel. Entnervt hielt ich an.

»Entschuldigung?«, rief ich in ihre Richtung. »Wir suchen die Kreuzstraße?«

Die Frau wackelte mit dem Kopf. »Die Heustraße?«, krächzte sie.

»Kreuzstraße«, rief ich laut.

»Was soll es denn da geben?«

»*Das* Koketta.«

Die alte Frau blinzelte und zog die Stirn kraus. Sie dachte nach.

»Ein Laden für Klamotten«, half Charlie ihr auf die Sprünge.

»Karotten?«

»Klamotten!«, rief Charlie lauter.

»Karotten gibt's beim Lidl.«

»Klamotten!«, brüllte ich verzweifelt. Der Pudel fing als Antwort an zu bellen. Das hatte keinen Sinn hier. Meine Pause war in vierzig Minuten zu Ende.

»Danke«, rief ich über das Gekläff hinweg und fuhr weiter. Durch die Wilhelminenstraße, die Sieglindenstraße, die Hertastraße, die Amalienstraße, und gerade als ich einen leichten Hass auf Frauennamen zu entwickeln begann, rief Charlie »Da!« und zeigte aufgeregt nach vorn, wo ein blassblaues ramponiertes Straßenschild hing, auf dem man mit Mühe noch das Wort »Kreuz« ausmachen konnte.

»Hier soll das sein?«, fragte ich und sah mich ungläubig um. Ein alter Mann mit Gehwägelchen schob sich vor einem Bäckerladen in Zeitlupe vorwärts. Daneben gab es eine alte Kohlenhandlung, weiter nichts.

»Ja doch. Das ist die Kreuz...«, Charlie reckte ihren Hals, »...gasse«, endete sie lahm. »Shit.«

In der Tat. Denn nachdem ich endlich zurück auf die Hauptstraße zu den Presslufthammertypen und einen Passanten im Besitz seiner Hörkraft gefunden hatte,

stellte sich heraus, dass die Kreuz *Straße* in der Nord-
vorstadt lag.

»Das schaffen wir nicht mehr«, musste selbst Charlie
einsehen. »Komm, wir trinken wenigstens noch einen
Kaffee. Und vorher gehen wir zu Media-Markt da drüben, und du kaufst dir ein Navi!«

»Das nützt mir auch nichts, wenn *du* dir die falsche
Adresse aufschreibst!«

»Okay, eins zu null für dich«, sagte Charlie und kicherte vergnügt. »Aber dann kannst du alles auf das
Navi schieben, und wir müssen uns nicht streiten.«

Ich schüttelte den Kopf, musste aber trotzdem lachen
und folgte ihr in das Geschäft. Ich hatte überhaupt
keine Lust, mir so ein Ding zuzulegen – und schon gar
nicht, wenn es fast fünfhundert Euro kostete, ein
Schnäppchen, wie uns ein junger Verkäufer im Anzug
entgegenkrähte, nachdem wir den Laden betreten und
uns den Navis genähert hatten.

»Wir suchen eher was Schlichteres«, sagte Charlie zu
ihm und knuffte mich leicht in die Seite. Neudeutsch
für *Billigeres.*

»Also ohne Touchscreen?«, fragte der Typ entsetzt.
Anscheinend waren wir gerade in der »Lohnt-sich-nett-
zu-denen-zu-sein«-Kategorie fünfhundert Euro nach
unten gerutscht.

»Nee, das brauchen wir nicht«, antwortete Charlie für
mich.

»Etwa auch ohne Bluetooth?«, fragte er, die Augen ungläubig aufgerissen. Er musterte uns schockiert. Offenbar gehörten wir für ihn nun zu der bedauernswerten
Spezies, die ihren Weg noch anhand des Standes der
Sonne fand und sich Nachrichten zutrommelte. Und

offenbar hielt er uns für blöde Tussen, die ein elektrisches Gerät nach der Farbe auswählten, denn er sagte: »Na, in dem Fall haben wir sehr schöne Modelle in Pink da drüben, wenn Sie mal schauen wollen?«

»Nein«, wehrte ich mich rasch. Wollten wir nicht. Weder in Pink noch in Buttergelb. Eine Schnapsidee, hier reinzugehen. »Ich brauche eigentlich kein Navi, ich mag diese Quäkstimmen ohnehin nicht.«

»Ah!« Jetzt hellte sich sein Gesicht wieder auf. »Da hätte ich was für Sie. Haben wir ganz neu reinbekommen.« Er senkte geheimnisvoll die Stimme. »Die Hollywood-Serie.«

»Die Hollywood-Serie?«, fragte Charlie jetzt mit echtem Interesse, obwohl ich unauffällig an ihrem Arm zog. Sie ist so was von Promi-fixiert, weil sie nicht weiß, wer ihr Vater war. Ihre Mutter hüllt sich auch nach 28 Jahren noch in vornehmes Schweigen, und Charlie glaubt und hofft, dass es jemand Berühmtes war.

Der Typ lächelte. »So ist es. In der Hollywood-Serie weist Ihnen die Crème de la Crème von Hollywood den Weg. Zum Beispiel«, er musterte mich unverfroren und schätzte offenbar mein Alter, »das Modell *Daniel Brühl*.«

»Der ist doch nicht in Hollywood«, erwiderte ich und zog weiter an Charlies Arm.

»Und im Gegensatz zu mir steht sie sowieso auf ältere Männer«, erklärte Charlie ungefragt und lächelte den Verkäufer mit einem Augenaufschlag an. »Zum Beispiel ihren Che...«

»Charlie!« Ich riss ihr förmlich den Arm ab. Für einen Flirt war ihr echt jeder recht. Wirklich jeder! Selbst dieser Elektromarkt-Wichtigtuer mit Seitenscheitel!

»Aha, dann also das Modell *George Clooney*«, rief der Verkäufer triumphierend. Er grinste selig in Charlies Richtung.

»Wie meinen Sie das?«, fragte sie.

Der Verkäufer bedeutete uns mit einem albernen geheimnisvollen Winken, ihm zu folgen, und Charlie rannte ihm prompt hinterher. Ich stöhnte leise auf. In fünfzehn Minuten musste ich wieder im Büro sein!

Der Verkäufer spitzte die Lippen, hob den Zeigefinger wie meine alte Musiklehrerin damals, wenn sie den Startschuss für den blökenden Schulchor gab, und drückte entzückt auf den Bildschirm eines Navis.

»Willst du mal wieder nach Vegas? Sag Ja oder Nein. Dann fahr jetzt links ab. Und dann erste Ausfahrt rechts auf die A3«, schallte es plötzlich durch den Raum.

»Haha!«, machte Charlie.

»Was war denn das?«, fragte ich entgeistert.

»Das ist George Clooney. Mit einem Zitat aus *Ocean's Eleven*, falls Ihnen das was sagen sollte.« Der Verkäufer lachte herzlich bei dieser Vorstellung. »Alle Fahranweisungen des Navis sind von George Clooney. Großartig, nicht?«

»Oh Lucie, das musst du kaufen!« Charlie klatschte in die Hände.

Also manchmal könnte ich Charlie echt in den Hintern treten.

»Wie kann denn das die Stimme von George Clooney sein«, sagte ich langsam, »wenn der gute Mann gar kein Deutsch spricht?« Ich Spielverderber. Charlies Miene wurde augenblicklich lang.

Der Verkäufer lächelte immer noch, wenn auch etwas verkniffen. »Es ist natürlich seine deutsche Synchronstimme. Aber mit Zitaten aus seinen Filmen!«

»Aber dann müsste es doch, rein technisch gesehen«, ich betonte genüsslich das Wort *technisch,* »zum Beispiel das Modell *Martin Umbach* sein. So heißt einer seiner deutschen Synchronsprecher, wenn ich mich recht erinnere.« Ich lächelte ebenfalls.

»Nun gehen Sie vielleicht ein bisschen zu weit.« Der Verkäufer fixierte mich aus schmalen Augen.

Ich starrte gnadenlos zurück. »Finden Sie?«

»Kaffee«, piepste Charlie unsicher. »Wir wollten doch noch Kaffee trinken gehen.«

Dafür war es jetzt zu spät, dachte ich grimmig. Meine kostbare Pause war um. Und wenn ich mir überhaupt jemals im Leben so ein Ding kaufen würde, dann nur mit *einer* Stimme. Das Modell *Professor David Engelbrecht.*

24 Karat Gold

»Du brauchst endlich einen neuen Kerl«, meinte Charlie, als wir ein paar Tage später abends in einer der Strandbars am Fluss saßen, um unsere verpatzte Mittagspause nachzuholen. Jetzt war Anfang Oktober, und in den letzten Tagen hatte das Wetter sich noch von seiner besten Seite gezeigt. »Damit du nicht pausenlos deinen Prof anhimmelst.«

»Danke, aber ich bin solo ganz glücklich«, behauptete ich und betrachtete die Kübelpalme neben mir, die mit einer Lichterkette geschmückt war. Ich konnte mir nicht helfen, das Ganze hier hatte was von Weihnachten in der Südsee, aber vielleicht war es auch nur der komische Drink, den Charlie uns bestellt hatte. *Sangria Laguna*, irgendwie mit Nelken, und das schmeckte wie übrig gebliebener kalter Glühwein, in dem lasche Zitronenscheiben wie erschöpfte Seesterne herumschwammen.

»So etwas gibt es nicht«, behauptete Charlie. »Ich bin solo nur unglücklich. Und das schon zwei Wochen lang. Ich halte das nicht mehr aus. Ich verstehe nicht, wie du schon eine halbe Ewigkeit ohne Mann auskommst. Wie lange ist das mit Sebastian her? Zwei Jahre?« Sie schüttelte sich, als ob ihr die Vorstellung alleine das kalte Grauen bescherte.

»Es geht besser, als du denkst«, antwortete ich. »Und das mit Sebastian war ohnehin nie so richtig toll.« Sebastian war mittlerweile verheiratet, das erzählte ich ihr lieber nicht, ich wusste es auch erst seit drei Wochen. Es machte mir ja auch fast nichts aus. Nur ein ganz, ganz kleines bisschen. Eigentlich nur, weil ich mir damals, als ich mit ihm zusammen war, einen Brautkleidkatalog bestellt hatte. Einfach so eben, weil ... Na ja. Den er blöderweise entdeckt hatte.

»Nee, echt jetzt – du willst so heiraten?«, hatte er mit abschätzigem Blick auf ein champagnerfarbenes Seidenkleid ausgerufen, wobei er das »Soooooo« in die Länge zog wie Kaugummi, und bescheuert gelacht. »Das ist doch total spießig. Vielleicht noch Porzellanscherben kehren und deinen Onkel Joachim eine Rede halten lassen und sämtliche Uralt-Tanten einladen? So einen Quatsch brauchen wir nicht, glaub's mir. Wir sind nicht so.«

Er war aber nun offenbar doch so, denn das Hochzeitsfoto im Internet zeigte ihn blöde grinsend, von Konfetti bestäubt, mit etlichen noch blöder grinsenden Verwandten im Hintergrund. Seine frischgebackene Frau trug als Kleid eine Art gigantischen Schneeball in jungfräulichem Weiß. So viel zu dem Thema.

»Du sollst ja auch nicht gleich jemanden heiraten«, riss Charlie mich aus meinen Gedanken, die sie offenbar lesen konnte. »Nimm dir einfach ab und zu mal irgendeinen Kerl, nur so zum Spaß! Für die Hormone und so.«

»Ich will aber nicht irgendeinen, weder für die Hormone noch für so zum Spaß«, versuchte ich ihr zu erklären. »Ich will die echte, große Liebe. Da warte ich auch auf ...« David, hätte ich beinahe gesagt. »... den Richtigen«, endete ich leise.

Charlie verdrehte die Augen. »Kleine«, sagte sie, obwohl sie ein Jahr jünger ist als ich, »manchmal ist der *so zum Spaß* vielleicht auch der Richtige. Oder er wird es nach einer Weile, weil du keinen Bock mehr hast, jeden Abend alleine bis zum Sendeschluss fernzusehen und zu viele Chips zu essen oder im Internet rumzulungern und Katzenvideos anzuschauen oder auf Dating-Sites mit dem evolutionären Schrott dieser Welt zu chatten oder einfach nur alleine im Bett zu liegen, wenn du Fieber und Grippe hast und keiner dir einen kühlen Umschlag macht, wenn deine Stirn ganz heiß ist. Oder wenn du generell alleine im Bett liegst und ganz heiß bist, schau mal die da hinten«, fügte sie übergangslos hinzu und zeigte auf drei Typen, die aus ihren Strandkörben zu uns herüberwinkten. »Kennst du die?«

»Nie gesehen.« Hoffentlich waren es keine Studenten von David, die sich von mir Prüfungsfragen erschleimen wollten. War alles schon vorgekommen.

Ich ignorierte die winkenden Typen und nippte an meinem vorweihnachtlichen Eisdrink. »Das schmeckt irgendwie seltsam, findest du nicht? Wollen wir was anderes bestellen?«

»Nein, auf gar keinen Fall. Wir trinken das jetzt aus oder kipp deins meinetwegen in die Palme, und dann sehen die da drüben, dass unsere Gläser leer sind und ... na du weißt schon.« Sie verrenkte sich den Hals. »Ich hätte jedenfalls nichts gegen den Blonden dort, auch wenn es nur so zum Spaß ist.« Sie kicherte.

Die drei merkten, dass wir uns über sie unterhielten, und fingen an, sich aufzuplustern. Als eine Frisbeescheibe in ihre Nähe flog, hob einer sie auf und warf sie mit olympiaverdächtigem Schwung zurück, woraufhin sie auf Nimmerwiedersehen am Horizont verschwand und wahrscheinlich in der alten Spinnerei am Fluss irgendeine Scheibe ein schlug. Sie lachten albern, klatschten sich ab und stießen mit ihren Biergläsern an, nicht ohne vorher noch mal in unsere Richtung zu sehen und uns zuzuprosten.

Ich hätte in diesem Moment gehen sollen. Nach Hause zu meinem Buch. Zu Marie, der Pesthure wider Willen und zu Jakob, dem Bäckergesellen, der ihre wahre Liebe verkörperte. Der sie vor dem Pranger und genereller Ächtung und Demütigung retten würde, weil das damals so üblich war, dass Männer alles machten, um eine Frau zu erobern. Deshalb mochte ich historische Romane – ich litt mit, wenn die unschuldige Marte wegen böser Intrigen nicht das Weingut ihres Vaters erben konnte, und war glücklich, wenn Ritter Johann, der sie sieben Jahre lang aus der Ferne angebetet hatte, später im Buch im Vorbeireiten den Kopf ihres Widersachers absäbelte, nur um Marte glücklich zu machen. Und auch, weil in der Welt von früher alles möglich gewesen zu sein schien. Man glaubte an Schicksal, an Magie, an Wunder. So was gab es heutzutage einfach nicht mehr. Die Welt von heute war nüchtern und technikbestimmt, und die Beziehungen von heute hatten jeglichen Zauber verloren, daran konnte auch die Schwemme süßlicher Valentinskarten an jedem 14. Februar nichts ändern. Heute hieß es nur noch:

»Ey, was trinkst'n du?« oder »Total heiß hier drin, wollen wir mal vor die Tür?« oder »Um die Uhrzeit gehörst du ins Bett! In *mein* Bett!« oder ...

»Ey, was trinkt 'n ihr?« Das Dreiergespann stand plötzlich vor uns und grinste.

Und damit fügte sich eins zum anderen: ein weiterer Krug Sangria, an dem Charlie irgendwie Gefallen fand, ein paar Hefeweizen, eine Weißweinschorle nach der anderen, und die Sache war geklärt: Charlie war unmerklich immer näher an den Blonden gerutscht, der ohne Sinn und Verstand und hauptsächlich mit ihrem Ausschnitt kommunizierte, und ich saß zwischen den beiden anderen eingequetscht, von denen sich einer nach einer Weile diskret verdrückte und mich mit Nico zurückließ, der dies zum Anlass nahm, mir detailliert alles über seine letzte kaputtgegangene Beziehung zu erzählen.

»... und dann hab ich der Dani die Kette von meiner Oma geschenkt. Und was macht die damit? Verkauft sie auf dem Flohmarkt. Auf dem Flohmarkt! Das war ein Familienerbstück, verdammt noch mal. Ich hab ja da noch gedacht, dass ich die Dani heirate, aber die wollte ja nicht. Die wollte nur die Kette von meiner Oma, garantiert. Echtes Gold. Ich will nicht wissen, was die dafür gekriegt hat. Wenn ich sie geheiratet hätte, wäre die Kette ja noch in meinem Besitz geblieben, wenn du verstehst, was ich meine. So hatte ich das ja geplant, ich hab dafür das alte Auto von ihrem Bruder bekommen.«

»Heiraten wird völlig überbewertet«, gelang es mir zu sagen. Da redete er schon weiter.

»Ich will die aber nicht mehr heiraten. Ich will nur meine Kette zurück. 24 Karat Gold! Ich wette, du würdest so was nicht machen.«

»Was? Heiraten?«, fragte ich perplex.

»Nein! Ketten klauen.« Er rückte zu mir auf, und ich spürte seinen heißen Atem in meinem Nacken.

»Ich klaue generell nichts«, sagte ich und zog die Weihnachtspalme ein Stück heran. Wenn er noch mehr trank und ich die Palme immer weiterrückte, würde er irgendwann mit der Palme reden und gar nicht merken, dass ich nicht mehr dasaß.

»Ich bin total der Dumme. Ich hab ihr die Kette gegeben und 24 Karat Gold verloren. Aber – wenn ich die Kette zurückverlange, dann muss ich vielleicht das Auto zurückgeben. Und das brauche ich doch, ich bin auf Montage. Ich bin immer der Dumme, egal, was ich mache.«

»Damit könntest du recht haben«, sagte ich und schob die Palme diskret zwischen uns. »Ich komme gleich wieder.« Ich stand auf und entdeckte Charlie, die mittlerweile in einem der Strandkörbe hingebungsvoll mit dem Blonden knutschte. Ihre Handtasche stand noch bei mir, sie wusste ja, dass ich im Gegensatz zu ihr nie mit irgendeinem Typen auf und davon ging und dass ich auf ihre Sachen aufpasste. Jetzt aber hatte ich plötzlich einfach keine Lust mehr darauf. Kurzentschlossen schnappte ich die Handtasche, ging zu Charlie und stellte sie neben dem Strandkorb auf den Boden. Sie sah nicht mal hoch.

Der 24-Karat-Gold-Typ redete bereits mit einer anderen jungen Frau. Ich sah, wie er fachmännisch ihre Halskette begutachtete. Und tschüss, dachte ich. Aber er hatte mich auf eine Idee gebracht. Ich war schon ewig nicht mehr auf dem Flohmarkt gewesen. Morgen war Samstag, und wie es aussah, würde Charlie ohnehin vor Sonntag nicht zu sprechen sein. Warum nicht mal wieder einen Bummel über den Flohmarkt machen? In einem Café frühstücken und dann den Ramsch anderer Leute betrachten. Und vielleicht eine Perle in dem ganzen Plunder finden. Ein schönes altes Buch, irgendeine Erstausgabe. Vielleicht sogar auf Englisch. Irgendwas, worüber David sich freuen würde, wenn ich ihn am Montag damit überraschte.

Kleine Schätze

Auf dem Flohmarkt war morgens um neun erstaunlich viel los. Ich schlenderte umher und atmete die frische Morgenluft ein. An einem Stand mit altem Trödel blieb ich stehen. Zuckerdosen mit Röschen darauf, eine Vase mit abgeblättertem Gold, milchige Glasschüsseln, altes graues Silberbesteck, das garantiert einen stumpfen Geschmack im Mund hinterließ. Wer kaufte so etwas? Liebevoll restaurierte Stühle am nächsten Stand, die schon eher was für mich, aber leider viel zu teuer waren. Unbekleidete Puppen wieder einen Stand weiter, die irgendwie gruslig in einem Eimer lagen und neben einer Kiste Legosteinen auf ihre neuen Besitzer warteten. Aus den Augenwinkeln nahm ich auf einmal wahr, dass jemand hinter mir stand. Ich trat zur Seite, um Platz zu machen, doch als ich mich umdrehte, war da keiner. Nur die vielen vorbeischlendernden Flohmarktbesucher mit ihren Kinderwagen und Einkaufstüten. Komisch. Wahrscheinlich war ich noch verkatert von gestern. Oder? Ich sah mich suchend um. Direkt neben mir verkaufte eine junge Frau selbstgenähte Röcke. Herrliche, altmodisch lange Röcke wie aus dem letzten Jahrhundert – aber wann sollte ich die anziehen? Zur Arbeit? Wohl kaum. Ein kleiner Hund rannte durch die Menschenmassen, Kinder verfolgten lachend einen Ball, ein Biobäcker pries lautstark sein frisches Brot an. Ich schloss einen Moment lang die Augen. Man konnte sich fast vorstellen, in einem anderen Zeitalter zu leben. Der Verkehrslärm aus der Innenstadt war hier im Park nicht mehr zu hören, und im Moment klingelte auch kein Handy, nicht mal Musik schallte von irgendwoher.

»Ich glaube, dein Freund sucht dich«, sagte die junge Frau mit den Röcken plötzlich zu mir.

»Wie bitte?« Ich sah mich überrascht um.

»Na, so was.« Sie zuckte mit den Schultern. »Jetzt ist er auf einmal weg. Dieser Mann in dem langen roten Mantel.«

»Kenne ich nicht.«

Sie blinzelte verwirrt. »Der hat dir aber so ein Zeichen gemacht.«

»Muss 'ne Verwechslung sein.«

»Wahrscheinlich. Nur fünfzig Euro, die Röcke«, sagte sie. »Ist Handarbeit, so was findest du nirgendwo, alles Unikate.«

»Danke, heute nicht.« Ich lächelte ihr entschuldigend zu und ging weiter. Was hatte sie da eben gesagt? Ich sah mich vorsichtshalber noch einmal um. Ich konnte es nicht genau definieren, aber ich *hatte* das Gefühl, als ob mich jemand beobachtete. Jemand in einem roten Mantel? An so einem milden Herbsttag? Ein Bademantel vielleicht? Ein Verrückter, der aus dem Krankenhaus abgehauen war? Mein Onkel Joachim hatte immer einen rostroten Bademantel getragen, fiel mir jetzt ein. Meine Schwester Romy und ich hatten deswegen als Kinder geglaubt, dass er mit dem Weihnachtsmann verwandt war, und waren als Teenager überzeugt gewesen, dass er irgendwie in der Pornoindustrie arbeitete. Als Erwachsene wurde uns dann klar, dass er den labberigen Bademantel als Protest gegen den Klamottenkaufrausch meiner Tante trug. Aber Onkel Joachim hier auf dem Flohmarkt? Absurd. Nach letztem Stand der Dinge war er frühpensioniert, hatte Angst vor einer Invasion der Außerirdischen und verließ kaum noch das Haus.

Wahrscheinlich irgendein durchgeknallter Hippie. Als ich mich umsah, stellte ich nämlich fest, dass ich mich von den Vasen und Schüsseln, gebrauchten Babysitzen und Kinderwagen, Münzen und Briefmarken, russischen Offiziersmützen und alten CDs wegbewegt hatte und mich nun vollends in dem Bereich des Marktes befand, in dem es Klamotten und exzentrische Ohrringe und Lavendelsäckchen und selbstgemachte Seife gab, eine Kartenlegerin, die sich gerade eine Marlboro aus der Packung schüttelte, und einen jungen Mann, der hölzerne Marionetten verkaufte. Aber warum zum Teufel hatte ich immer noch das Gefühl, dass mich jemand beobachtete?

»Lucie! Na, so was.«

Ich blieb abrupt stehen. Beinahe wäre ich in das Paar hineingelaufen. Sebastian. Mit seiner Frischvermählten.

»Hallöchen«, sagte diese und strahlte mich an.

»Hallo«, erwiderte ich verdattert.

»Na, so was, Mensch. Das gibt es doch nicht, was um alles in der Welt machst *du* denn hier?«, fragte Sebastian, als ob es irgendwie komplett abartig wäre, mich hier zu treffen. Mir fiel in diesem Moment ein, dass ich ihn seit unserer Trennung nur ein einziges Mal gesehen hatte. Im Baumarkt, und er hatte es mit einem Stapel Regalbretter unwahrscheinlich eilig gehabt.

»Das ist...«, begann er.

»Lucie, ich weiß«, sagte seine Frau fröhlich. »Hab dich gleich vom Foto erkannt. Die Ex.« Sie lachte ein bisschen zu laut.

Ich betrachtete die beiden – sie trugen identische blaue T-Shirts, auf denen »Just married« stand, ihres spannte, seines schlackerte. Ich stellte fest, dass er mir wirklich, wirklich egal war.

»Glückwunsch.«

»Danke.« Er lächelte geschmeichelt. »Und du? Auch in festen Händen? Mit, wie hieß er doch gleich ...«

Als ob Sebastian sich nicht an Davids Namen erinnern konnte! Dabei war er der Grund für unsere Trennung gewesen. Weil ich die beiden angeblich dauernd miteinander verglichen hatte. Wahrscheinlich hatte Sebastian ja recht. Aber an David kam nun mal niemand heran. »Professor David Engelbrecht«, sagte ich mit fester Stimme und beließ es dabei. Mehr gab es nicht zu berichten. Leider.

Sebastian durchschaute mich sofort. Er grinste.

»Der Basti und ich ...«, setzte seine Frau an, aber ich schnitt ihr das Wort ab, denn in diesem Moment entdeckte ich etwas in Sebastians Hand. Etwas Rotes. War das eine Jacke? Ein Mantel?

»Lauft ihr mir schon eine Weile hinterher?«

»Nee«, sagte Sebastian. »Wir haben dich eben erst entdeckt.«

»Ich hab gerade zu Basti gesagt, dass man auf dem Flohmarkt 'ne Menge Geld sparen kann, wenn man richtig sucht, und dann haben wir dich getroffen. Suchst du was Bestimmtes? Da hinten haben sie total schöne Jugendstil-Kacheln, die werden wir kaufen, für unser Haus, also wenn wir dann mal unser Haus ausgebaut haben und dann ...«

Ich hörte nicht mehr zu, denn in diesem Moment sah ich den Stand. Ich konnte nicht genau erkennen, was dort verkauft wurde, aber der Mann hinter dem Stand trug einen langen rostroten Mantel mit schwarzem Kragen, hatte einen Hut auf und eine Pfeife im Mund und zwinkerte mir zu. Dann winkte er mir mit dem Finger. *Komm näher.* Wer war der Typ? Ich hatte ihn noch nie zuvor in meinem Leben gesehen, aber er sah aus, als wäre er einem meiner historischen Romane entsprungen. Wie ferngesteuert setzte ich mich in Bewegung.

»Also, tschüss dann«, rief Sebastians Frau mir nach. Sie schien überzeugt, dass ich sie beneidete, und grinste mich mitleidig an.

»Tschüss.« Ich lächelte, bis ich fast einen Krampf bekam.

Als die beiden weitergingen, sah ich, dass auf Sebastians Rücken »Bräutigam« und auf dem seiner Frau »Braut« stand. Wahrscheinlich, damit man sie nicht verwechselte. Egal, sollten sie glücklich werden. Ich ging auf den Mann im Mantel zu.

»Einen schönen guten Morgen«, begrüßte er mich. »Ich glaube, ich habe, wonach du suchst.«

»Wonach suche ich denn?«, fragte ich verblüfft. Von nahem sah er viel älter aus, mindestens ... fünfzig. Oder sechzig? Es war schwer zu sagen. Wieso duzte er mich? War das der Mann, der mich beobachtet hatte? »Sind

Sie mir eben irgendwie gefolgt?«, fragte ich gleich hinterher.

»Aber keine Spur.« Für den Bruchteil einer Sekunde sah er aus, als ob er sich amüsierte. »Ich kann doch meine kleinen Schätze nicht alleine lassen.«

Seine Schätze ... Ich betrachtete den merkwürdigen Krimskrams auf seinem Tisch. Was auf den ersten Blick aussah wie Ramsch, entpuppte sich bei näherer Betrachtung als wahre Fundgrube. Da war ja so eine Kaffeemühle, wie ich sie schon immer haben wollte! Und so schöne altmodische Lederhandschuhe mit Knöpfchen. Und eine wunderschöne goldene Kette. Vielleicht die vom 24-Karat-Typen? Ich musste unwillkürlich grinsen.

»Gefällt sie dir?«, fragte der Mann. »24 Karat Gold. Ein Familienerbstück.«

Was? Was war das eben? Ich starrte ihn an.

»Oder ein schönes Buch?« Er blätterte in einem alten Buch mit blauem Einband. »Die Geschichte der Angelsachsen. Erstausgabe von 1692. Mit Kupferstichen. Was für Sammler oder Akademiker.«

Ich schluckte. Was ging hier vor sich? Würde gleich jemand hinter einer der Imbissbuden hervorspringen und »Willkommen bei *Verstehen Sie Spaß!*« rufen?

»Sicher viel zu teuer«, stammelte ich.

»Ich mach dir einen guten Preis. Du magst doch historische Bücher, stimmt's?« Da war so ein Funkeln in seinen Augen. »Hier ist auch eine gut erhaltene englische Ausgabe von *Beowulf* aus dem Jahr 1942. Eine kleine, feine Rarität. Zum Selberlesen oder Verschenken. Aber nur an Leute, die es auch zu schätzen wissen.« Er lächelte freundlich.

Mein Herz klopfte wie verrückt. Ich überlegte, was ich heute früh gegessen und getrunken hatte. Nichts Besonderes – Cappuccino und Croissant. Nichts, was Halluzinationen hervorrief. Das hier konnte kein Zufall sein. Das hier musste ein Zufall sein!

»Ke... kennen wir uns?«, stotterte ich, um einen neutralen Tonfall bemüht.

»Noch nicht.« Wieder das Lächeln. »Also kein Buch heute? Gut. Dann vielleicht lieber ...«, er ließ den Blick suchend über seinen Tisch schweifen, »... das hier?« Er hielt etwas hoch. Ein Kästchen. Ein ... Navi?

Ich schnappte nach Luft, dann fing ich an zu lachen. »Das ist nicht wahr, oder?«, fragte ich. »Okay, wo ist die versteckte Kamera? Soll das hier irgendwie ein Witz sein? Ist das Navi etwa das Modell *George Clooney?*«

Der Mann wirkte verwundert. »George wer? Nie gehört. Das hier ...«, er drehte das Navi um und blickte auf die Rückseite, »... ist das Modell *Ellstein*. Es ist auch nicht neu, hat schon vielen Leuten gute Dienste erwiesen.«

Jetzt kam ich mir ziemlich blöd vor. Natürlich war das ein ganz großer Zufall, was denn sonst? Wie sollte dieser Mensch irgendetwas von mir wissen? Dinge, die niemand außer mir selber wusste, zum Beispiel diese alberne Sache mit dem *Beowulf.* Die hatte ich schließlich niemandem erzählt! Der Typ hier war skurril, aber harmlos und verkaufte ein Sammelsurium von Dingen, die zufällig meinen Nerv trafen.

Und darum und um die Sache jetzt irgendwie zu beenden, sagte ich: »Ich nehme das Navi, wenn es nicht zu teuer ist. Ich hätte mir schon längst mal eins anschaffen sollen.«

»Gute Entscheidung. Es ist nicht zu teuer, ist ja schon ein paar Jährchen alt, zehn Euro.« Er sah sich kurz um und senkte dann die Stimme. »Und ich glaube, von allen Leuten hier brauchst du das Navi am meisten.«

Was für eine ulkige Bemerkung. Ich reichte ihm das Geld und nahm das Navi in Empfang.

»Möge es dich an dein Ziel bringen«, sagte der Mann noch und hatte wieder das Funkeln in den Augen. Ich lächelte höflich, bedankte mich und schlenderte weiter. Wie gesagt, ein bisschen schrullig, der Gute, aber liebenswert. Auf jeden Fall kein Abzocker. Vorausgesetzt natürlich, das Ding funktionierte überhaupt. Mist, wie hatte ich so gutgläubig sein können? Secondhand-Sachen konnten völliger Schrott sein! Ein paar Stände weiter blieb ich stehen und begutachtete hastig meinen Neuerwerb.

»Na? Was Schönes gekauft?«, fragte eine Frau neben mir, die selbstgestrickte Mützen verkaufte. »Hier gibt's auch was Hübsches. Der nächste Winter kommt bestimmt.«

Ihre Stimme rauschte an mir vorbei. Ich blickte auf das harmlose kleine Kästchen in meiner Hand. Metallisch grau und so gar nicht zu den anderen Dingen am Stand dieses Mannes passend, obwohl, wenn ich es mir recht überlegte, nichts irgendwie zueinander gepasst hatte. Es gab keinen Zusammenhang. Es sei denn ... Es sei denn, man hieß Lucie Stein. Und man schaute auf die Rückseite des Navis und las: *Modell L. Stein.*

»Spinn ich jetzt?«, flüsterte ich. Ich drehte mich um. Der Mann und sein Stand waren nicht mehr zu sehen.

Ich brauche keinen Mann

Ich trug das Navi so vorsichtig nach Hause wie eine Bombe, die es zu entschärfen galt – immer auf der Hut, dass es nicht plötzlich in die Luft ging und mir um die Ohren flog. Was natürlich Unsinn war – es war ein Secondhand-Navi, das aller Wahrscheinlichkeit nach nicht funktionieren würde, weil ich nämlich eine gutgläubige Nuss war, die auf jeden Mist hereinfiel. Für die zehn Euro hätte ich mir lieber einen Strauß Blumen kaufen sollen. Es kam ja sonst keiner auf die Idee, mir Blumen zu schenken. Außer David. David hatte mir vor zwei Jahren mal einen Strauß Astern geschenkt. Ausgerechnet Astern, die biederen Sachbearbeiter unter allen Blumensorten ... Warum keine feurigen Rosen, keine geheimnisvollen Orchideen, samtig dunkle Tulpen oder wenigstens ein selbstgepflückter Wiesenstrauß? Aber egal, er wollte mir eine Freude machen, weil ich damals eine ganze Woche lang bis in den späten Abend hinein im Büro geblieben war und die Manuskripte für all seine Vorlesungen des Semesters ins Reine getippt hatte. Eine der Astern besaß ich immer noch, aber das war mein Geheimnis. Sie lag getrocknet zu Hause bei mir in einer Schachtel. Manchmal holte ich sie aus ihrem Verlies und berührte sie, dann piekte sie störrisch wie eine kleine Distel. In der Schachtel lag auch noch ein gelber Zettel, auf den David mal ein

»Herzlichen Dank, Frau Stein. Sie sind ein Schatz!« gekritzelt hatte. Das Wort *Schatz* konnte man kaum noch entziffern, weil ich so oft mit dem Finger darübergestrichen und mir dabei vorgestellt hatte, wie es klänge, wenn er es endlich einmal zu mir sagen würde. Wenn er es auf eine *bestimme* Weise sagen würde. Nicht nur so dahergeredet, sondern sanft, ernstgemeint, aufrich...

»Mensch, pass doch auf, du blöde Kuh!« Ein Radfahrer bremste haarscharf vor mir, ich konnte nicht mehr rechtzeitig innehalten und prallte gegen ihn. Etwas schepperte. Ich öffnete meinen Mund, aber kein Ton kam heraus.

»Hast du sie nicht mehr alle, oder was?«, schnauzte der Typ und warf mir einen wütenden Blick zu. Ich stammelte endlich eine Entschuldigung, die er nicht mehr hörte, weil er schon wie ein Bescheuerter weiterraste, und dann – ich weiß auch nicht, warum – musste ich sofort nachsehen, ob mein Navi auch nicht kaputtgegangen war. Vorausgesetzt natürlich, dass das nicht schon von vornherein der Fall gewesen war. Vorsichtig lugte ich in meine Tasche. Etwas darin leuchtete hell auf. Ich zuckte zusammen. Was um alles in der ... Für den Bruchteil einer Sekunde hatte ich auf dem kleinen Monitor des Navis einen Schriftzug entdeckt.

Hallo Lucie, wo soll es hingehen?

Hastig blickte ich um mich. Du meine Güte, wurde ich langsam verrückt? Da stand ich mitten auf der Straße und hatte Angst vor meiner eigenen Handtasche. Der Typ auf dem Rad hatte ganz recht gehabt: Ich hatte sie nicht mehr alle. Ich sah Gespenster — Männer in roten

Mänteln, die mir mit Röntgenblicken ins Gehirn zu schauen schienen, und seltsame Leuchtnachrichten, die aus dem Nichts auftauchten und wieder verpufften. Denn jetzt war die Schrift nicht mehr zu sehen. Was ja logisch war, denn das Navi war ja noch nicht mal eingeschaltet gewesen. Wie unheimlich. Ich schüttelte mich leicht.

Ein Penner kam auf mich zu, grinste und entblößte dabei maisgelbe Zähne. »Haste 'ne Vogelspinne da drin, Kleene? Ich mach sie dir tot, wenn du mir 'nen Euro gibst!«

Nichts wie weg hier. Ich hastete los, meine Handtasche mitsamt dem Navi fest an mich gepresst. So weit kam es noch, dass ich Nachrichten aus der Zukunft erhielt, aus dem All oder – das war wohl am wahrscheinlichsten – aus meinem eigenen, sich langsam in einen Schwamm verwandelnden Gehirn.

Zu Hause kickte ich meine Schuhe in die Ecke, goss mir ein großes Glas Wasser ein und trank es auf einen Schluck aus. Charlie. Ich würde jetzt Charlie anrufen und ihr von meinem merkwürdigen Vormittag erzählen, und Charlie würde mir versichern, dass sie heute ebenfalls lauter komische Sachen gesehen hatte und dass wir nie, nie wieder so einen blöden Sangria trinken würden. Als ich nach meinem Handy griff, klingelte es bereits. Na bitte. Charlie hatte offenbar just in diesem Moment denselben Gedanken gehabt. Ich antwortete, ohne auf das Display zu sehen.

»Lucie?« Es war meine Mutter. »Jetzt rate mal, wer schwanger ist.«

Oh Gott, das schon wieder. Das neue Hobby meiner Mutter. »Keine Ahnung, aber ich bin sicher, du wirst es mir gleich sagen.«

»Kommst du nie drauf.« Offenbar war sie nicht willens, gleich damit herauszurücken, um den Triumph noch ein bisschen auszukosten. Es musste also jemand sein, der irgendwas mit uns zu tun hatte.

»Romy?«, fragte ich, obwohl meine kleine Schwester sich garantiert nicht in ihrem Austauschjahr in Australien schwängern lassen würde.

»Gott bewahre. Die soll erst mal ihr Studium endlich beenden.«

»Vielleicht du selbst?«, versuchte ich einen lahmen Witz.

»Na, also weißt du, ich bitte dich. Deine Kusine, die Maja! Was sagt man dazu?«

Noch vor ein paar Jahren hätte meine Mutter mir diese Nachricht mit einer gewissen Häme präsentiert. Gefolgt von einer Analyse von Majas Lebenswandel und der Feststellung, dass man das ja habe kommen sehen und dass man wohl nie erfahren würde, wer der Vater war und so weiter und so fort. Aber jetzt – jetzt schwang eindeutig schlecht verborgener Neid mit.

»Na ja, Glückwunsch sagt man da wohl.« Ich schielte zum Tisch. Da stand meine Tasche. Harmloser, heller Leinenstoff. Nichts leuchtete mehr darin. »Reiß dich bloß zusammen«, flüsterte ich.

»Was?«, rief meine Mutter. »Was hast du gesagt? Du nuschelst so. Oder ist das die Verbindung?«

»Sicher die Verbindung.«

Misstrauisch verstummte meine Mutter für eine Sekunde, dann fuhr sie fort. »Maja ist zwei Jahre jünger als du.« Bedeutungsschwere Pause. »Also das richtige Alter für ein Baby, finde ich.«

»Mama, du tust ja gerade so, als ob ich eine alte Frau wäre! Ich bin noch nicht mal dreißig!«

»Eben. In dem Alter hatte ich schon zwei Kinder. Zwei. Drei genau genommen, denn dein Vater ist ja bis heute nicht erwachsen geworden.«

»Genau. Und wie oft hast du uns vorgejammert, dass du wegen uns dein Studium abgebrochen hast.«

Meine Mutter seufzte. »Na, wie dem auch sei. Da gehört ja auch erst mal ein Mann dazu.«

»Heutzutage nicht mehr unbedingt.« Das konnte ich mir nicht verkneifen.

Sie schwieg verwirrt. Dann räusperte sie sich. »Lucie, wenn du Männer nicht... du weißt, Papa und ich sind da sehr tolerant, also wir würden das verstehen, wenn du, also ... Onkel Henry hatte ja auch sein *Coming up* vor ein paar Jahren und ...

»*Coming out.* Und Mama – ich bin nicht lesbisch.« Herrgott noch mal!

»Dann verstehe ich nicht, worauf du noch wartest.«

Auf David. Ich wartete auf David. Aber das würde ich ihr natürlich nicht auf die Nase binden. »Mama, mir gefällt mein Leben. Ich verdiene gut, ich hab eine schöne Wohnung, ich kann mir schöne Dinge leisten und in den Urlaub fahren, ich hab Freunde und Hobbys, ich bin glücklich. Ich brauche keinen Mann.« Einen Moment lang stellte ich mir vor, wie es wäre, wenn David an einem Sonntag wie heute dort an meinem kleinen Frühstückstisch sitzen würde, vielleicht in Sportklamotten, weil er gerade vom Joggen kam, und wie er mir eine Tasse Kaffee eingoss und mir zuzwinkerte, weil meine Mutter am Telefon wieder mal kein Ende fand, und wie wir dann gemütlich frühstückten, nur um hinterher noch mal ins Bett zu kriechen und den ganzen Tag dort zu verbringen oder zusammen ins Kino gingen, um uns einen Film anzusehen. Was Anspruchsvolles natürlich. Hatten sie nicht irgendwann in den letzten Jahren sogar einen neuen *Beowulf*-Film gedreht? Gott, wenn es sein musste, dann würden wir auch den anschauen. Ich stellte mir vor, wie wir dann zurückkamen, zusammen kochten, uns mit dem Kochlöffel neckten und vor lauter Verliebtheit beinahe das Essen anbrennen ließen, wie wir es uns dann gemütlich machten, er mit einer Seminararbeit, ich mit Melisande, der Gauklerin, oder mit Marie, der Pesthure. Ach Mist, die müsste ich dann wahrscheinlich heimlich auf dem Klo lesen. Ich schluckte und starrte auf den kleinen Frühstückstisch, der schlagartig wieder leer war und auf dem nur ein einsamer Teller voller Krümel und eine Tasse mit abgebrochenem Henkel stand. *Breakfast for one.*

»Ich brauch keinen Mann«, wiederholte ich tapfer.

»Ja, ist ja gut. Mach nur, wie du denkst. Ist ja vielleicht auch nicht so schlecht. Besser als Viola von den Schmidts unten. Die hat jetzt schon drei Kinder. Mit 22! Und der Kerl ist natürlich über alle Berge und ...«

Und so lauschte ich dem Lieblingsthema meiner Mutter und all dem neuen Klatsch von den Nachbarn, den sie mit der Geschwindigkeit eines Maschinengewehrs auf mich abfeuerte, machte zustimmende Geräusche, goss dabei mein Zitronenbäumchen und ließ meinen Blick durch meine kleine Wohnung mit den vielen Bücherregalen schweifen, betrachtete meine Poster, meine Fotos vom Urlaub mit Charlie im vergangenen Jahr, meinen neuen bequemen Sessel aus diesem teuren Designerladen, den ich günstig im Ausverkauf ergattert hatte, den antiken Schreibtisch von meinem Opa, meinen Spiegel vom Flohmarkt. Meine ganzen Sachen, die mich jeden Abend nach der Arbeit begrüßten wie alte Verwandte, die auf mich gewartet hatten. Ich hatte nicht gelogen. Mein Leben *war* doch in Ordnung. Ich *war* glücklich. So ziemlich jedenfalls. Und wer war heutzutage schon hundertprozentig glücklich und zufrieden?

Kaum hatte meine Mutter aufgelegt, rief Charlie an.

»Oh mein Gott«, stöhnte sie. »Erik hat mich fertiggemacht.«

»Der Typ von gestern?«, fragte ich vorsichtig. »Weil er so dämlich war?«

Sie lachte. »Nee, Mensch. Weil er mich die ganze Nacht lang nicht in Ruhe gelassen hat. So was hab ich echt noch nicht erlebt, der wollte immer wieder und wieder. Ich sehe aus, sag ich dir, total übernächtigt und wundge...«

»Ich hab mir ein Navi gekauft«, ging ich eilig dazwischen. Das Letzte, was ich nach dem Anruf meiner Mutter noch brauchte, war ein detailliertes Wiederkäuen von Charlies One-Night-Stand mit diesem Erik. »Auf dem Flohmarkt.«

»Schön, na endlich.« Das Thema ließ sie völlig kalt. »Also jedenfalls will er mich unbedingt wiedersehen. Heute noch, wenn es geht. Ich meine, braucht der keinen Schlaf, oder was?« Sie kicherte.

Auf einmal hatte ich gar keine Lust mehr, Charlie von dem Navi zu erzählen. Es kam mir albern und nichtig vor. Ich bildete mir offenbar eine Menge Zeugs ein, sah überall mystische Botschaften und Zeichen. Das interessierte niemanden und schon gar nicht Charlie. Denn was war schon ein merkwürdiger älterer Mann auf dem Flohmarkt, der mir ein gebrauchtes Navi verkaufte, gegen eine Nacht mit einem Zuchtbullen, auch wenn dieser mit dem Verstand eines Pantoffeltierchens geschlagen war?

»Also gehe ich heute noch mal zu ihm, oder?«, überlegte Charlie laut.

»Natürlich gehst du hin.«

Charlie bot an, mich mit Nico zu verkuppeln, aber ich erklärte, dass ich mir in dem Fall lieber die Fingernägel mit Parkettlack versiegeln lassen würde. Wir lachten beide über Nico und seine blöde Goldkette. Ich wollte schon auflegen, da fiel Charlie noch etwas ein.

»Aber morgen kommst du doch mit zur Party, oder? Garantiert Nico-freie Zone.« »Party?«

»Regines Geburtstagsparty. Schon vergessen? Lass mich bloß nicht im Stich!«

Regine war Charlies Arbeitskollegin, nach Charlies Aussage eine Frau unbestimmten Alters mit praktischen Schuhen, einem Helm mörtelgrauer Haare und dem Charme und Esprit einer Kartoffel. Charlie ging nur aus Mitleid hin, und weil Regine sie mit der Einladung in einem schwachen Moment überrumpelt hatte, wollte sie unbedingt, dass ich mitkam. Hauptsächlich, so hatte sie mir netterweise erklärt, damit sie nicht die einzige Alkoholikerin vor Ort war. Natürlich nur im Vergleich mit Regines mumifizierten Freundinnen, die sich garantiert den ganzen Abend lang an einem halben Glas Wein festhalten würden.

»Okay«, gab ich mich geschlagen. »Ich komme mit. Aber nicht so lange. Wo wohnt sie?«

Charlie gab mir Regines Adresse durch, und dann machte ich es mir endlich auf der Couch mit meinem Buch bequem.

Maries Blick schweifte über die dunklen Wände der alten Hütte. Ihr Magen knurrte, es war kalt hier und roch nach fauligem Stroh, dennoch war sie froh, ein Nachtlager zu haben. Wenn die alte Muhme Wagner sie nicht heimlich aufgenommen hätte, würde Marie immer noch durch den Wald irren, verfolgt von den Bütteln des Burgherrn, die sie für den angeblichen Ausbruch der Pest im Dorf verantwortlich machen wollten. Von weitem erklang ein Heulen. Schlichen bald Wölfe um die einsame Hütte im Wald? Marie lachte bitter. Welches Schicksal war leichter zu ertragen – von den Wölfen des Waldes oder den menschlichen Wölfen zerrissen zu werden? Dabei hatte sie doch nur ...

Wölfe. Ich schreckte hoch. Shit! Ich hatte doch eigentlich etwas über *Beowulf* lesen wollen. Falls David morgen irgendwie noch mal darauf zurückkam. Ich wollte nicht noch einmal wie ein Vollidiot dastehen und keine Ahnung haben. Schweren Herzens legte ich mein Buch weg und suchte im Internet nach *Beowulf*. Na bitte, da hatte jemand sogar den ganzen Text auf Deutsch eingestellt. Wer für so was Zeit hatte, war mir schleierhaft, aber das Internet brachte ja dauernd die ganze Schwemme menschlicher Macken zutage.

Ich begann zu lesen, aber schon bald verschwammen die Zeilen vor meinen Augen zu einem einzigen Brei.

... dem Recken erwuchsen in rascher Folge, vier der Kinder ... Heorogar und Hrodgar und Haigar, der wackere ...

Diese Namen. Wie sprach man die aus, wer hielt die auseinander? Hrodgar klang wie der Kapitän der tschechischen Eishockey-Nationalmannschaft und Haigar wie ein rezeptpflichtiges Hustendragee. Ich sollte doch lieber den *Beowulf*-Film anschauen. Wenn Angelina Jolie darin nackt herumhüpfte, war er bestimmt ein bisschen peppiger als das Buch ... Ich quälte mich durch zwei weitere Seiten und gab dann auf. Morgen würde ich irgendwo im Internet eine Zusammenfassung lesen und mir ein paar intelligente Zitate daraus merken. Fertig. Ich fuhr den Computer runter und griff wieder zu meinem Buch, in dem die arme Marie immer noch halb erfroren dem Heulen der Wölfe lauschte. Das war wenigstes etwas zum Mitfiebern. Was sie alles Schreckliches erleiden musste, und nur, weil die Leute damals so abergläubisch waren und so viel Angst vor Hexereien hatten. Mein Blick glitt zu meiner Tasche, die immer noch am Stuhl hing. Leuchtete darin vielleicht das Navi mit einer neuen Botschaft an mich?

»Lucie«, sagte ich laut. »Nun hör aber auf. Du bist eine aufgeklärte Frau des 21. Jahrhunderts. Mach dich nicht verrückt!« Ich drehte mich zur Wand, kuschelte mich in meine Decke und versank wieder in meinem Buch.

Ein leises Klopfen ließ Marie erzittern. Kam man sie jetzt holen? Doch die Häscher des Burgherrn würden nicht leise anklopfen, sie würden die Tür eintreten oder gleich die Hütte niederbrennen. Vorsichtig öffnete sie die Tür einen Spalt weit. »Marie«, flüsterte eine Stimme. Seine Stimme. »Jakob!« Sie riss die Tür auf und warf sich an seine Brust. Er war gekommen, um ihr zu helfen!

Ah, na endlich. Marie hatte es trotz ihres ekligen Hautausschlags – den der tumbe Burggraf für die Pest hielt – total gut, denn Jakob liebte sie über alles. Mehr als sein eigenes Leben. Wo gab es denn heutzutage noch junge Männer, die sich von einem eitrigen Pustelausschlag nicht abschrecken ließen? Und garantiert waren ihre Haare nach der Flucht durchs Unterholz zerzaust und splissig und ohne Vitalität und Volumen, ihr Atem mehr Wolf als Weib, aber Jakob störte das alles nicht. Er war Maries Bestimmung!

»Und was ist deine Bestimmung?«, hauchte eine kleine Stimme in meinem Kopf. Ich ignorierte sie.

Hallo Lucie, wo soll es hingehen?

»Mittelalterromane. Wenn ich das schon höre! Wer liest diesen Unsinn? Opium fürs Volk. Massenverblödung. Geschichtsverzerrung!« David klatschte ärgerlich eine Zeitung auf seinen Schreibtisch.

Ich schluckte und schob meine Tasche tiefer unter den Tisch. Nicht, dass wieder mein Buch herausrutschte.

»Da schreibt ein gewisser Professor Weber, dass bestimmte Mittelalterromane zum Verständnis der Epoche beitragen würden und unseren Studenten empfohlen werden sollten. Lebt der Mann denn hinter dem Mond? Wer ist das überhaupt?«, wetterte David weiter. »Kennen Sie den?«

Ich schüttelte den Kopf. »Nie gehört.«

»Unglaublich. Da können wir ja gleich ein Seminar zur *Wanderhure* machen. So betreibt man doch keine akademische Forschung. Aus dem Nichts taucht dieser Weber auf und verbreitet so einen Unsinn. Wo hat der eigentlich promoviert? In Disneyland?«

»Vielleicht hat er sich den Titel gekauft. Online oder so?« Ich verzog mitfühlend mein Gesicht, um meine Abscheu gegenüber diesem Hochstapler Weber zum Ausdruck zu bringen, und stellte rasch auch noch meinen Fuß auf die Tasche. Wenn das Navi Leuchtbotschaften schicken konnte, dann fing vielleicht auch mein Buch an zu glühen. Unter Umständen lag es ja auch an meiner Tasche? Der Gedanke war mir bislang überhaupt noch nicht gekommen.

»Die Dummheit der Menschen muss man nicht auch noch fördern.« David schritt aufgebracht in seinem Zimmer hin und her und gab mir dabei Gelegenheit, seinen coolen Stil zu bewundern. Man hätte ihn durchaus für einen Jazzmusiker halten können mit seiner grauen Weste über dem Hemd und mit dieser Uhr, die wie ein edles Erbstück aussah und ...

»Die Studenten werden im Übrigen auch immer dämlicher«, fuhr er fort. Er räusperte sich. »Unter uns gesagt.«

Ich nickte zustimmend, denn bei mir war sein Geheimnis sicher, und außerdem wusste ich, was er meinte, denn auf dem Gang lief gerade Janina Winkler – Studentin im zweiten Semester – vorbei, die ihr Amöbengehirn geschickt mit einer blonden Mähne, einer feschen Wildlederkappe und einem Schmollmund kaschierte. Manche Männer zog das natürlich an wie matschiges Obst die Fruchtfliegen. Sobald sie allerdings den Mund aufmachte und ihre haarsträubenden Banalitäten in die Welt entließ, war es vorbei mit der Bewunderung. Noch schlimmer war eigentlich nur das, was sie zu Papier brachte. Das hatte ich neulich selbst erfahren, als ich ihre von Rechtschreibfehlern strotzende Seminararbeit schnell neu schreiben musste, weil David aus Versehen Kaffee darüber gekippt und sich geschämt hatte, es ihr zu sagen. So nett war David!

»Teilt mir doch letztes Semester eine mit, dass sie nicht zu ihrer Prüfung vier Wochen später kommen kann, weil sie da zum Begräbnis ihrer Oma muss. Vier

Wochen später!« David sah mich amüsiert an. »Für wie blöd hält die mich? Werden Begräbnisse heute schon ein halbes Jahr im Voraus geplant, oder was?« David verstellte seine Stimme. »Nein, Frau Meier, sie können leider erst nach dem 23. Mai sterben. Vorher ist schon alles ausgebucht! Tut mir leid. Wenden Sie sich in dringenden Fällen an unser Callcenter.«

Ich prustete los. David war echt ein Mann, der einen zum Lachen bringen konnte. Und trotz seiner Verstimmung wegen dieses unbekannten Professors schien er heute gut drauf zu sein. Er überlegte kurz und blieb dann an meinem Schreibtisch stehen. »Frau Stein?«, begann er.

»Ja?«

»Ich wollte Sie etwas fragen.«

»Nur zu.« Mein Herz hüpfte und meine Stimme sprang eine Oktave höher. Frag mich. Frag mich! Frag mich alles, was du willst! Frag mich, ob ich Lust habe, mit dir einen Kaffee zu trinken. Oder einen …

»Hätten Sie Lust und Zeit, heute Abend mit mir was trinken zu gehen?«

In meinem Kopf setzte ein Rauschen ein, und ich war so verdattert, dass ich einfach blind weitertippte und vor Schreck gar nichts sagte.

»Frau Stein? Äh …« David räusperte sich wieder. »Also ich hoffe, Sie denken jetzt nicht, dass …«

»Gern«, krächzte ich endlich. »Gern hätte ich Lust und Zeit, heute Abend etwas mit Ihnen zu trinken. Zu gehen.« Mein Gott, was stotterte ich denn da zusammen? Ich hörte mich an, als ob ich mit Davids Hilfe den Infinitiv mit »zu« lernen wollte.

Er musterte mich leicht verwirrt.

»Also, klar, ich habe nichts vor«, sagte ich endlich mit normaler Stimme. »Wann denn?«

»Ich dachte, so um fünf? Gleich nach der Arbeit?«

Du meine Güte, er hatte es ja richtig eilig. Ich unterdrückte ein Grinsen. Blöd war natürlich, dass ich mich jetzt nicht mehr umziehen konnte. Ausgerechnet heute trug ich eine kneifende Bluse, die mich schon den ganzen Tag über gepiesackt hatte. Aber vielleicht würde ich sie ja gar nicht lange anbehalten? Diesmal konnte ich das Grinsen nicht unterdrücken. David bemerkte es.

»Lachen Sie mich aus?«, fragte er unsicher. Ehrlich – in dem Moment hätte ich ihn am liebsten einfach an mich gezogen und ihn genau auf diese Stelle geküsst, die er immer zu rasieren vergaß.

»Ich würde Sie doch nie auslachen!«

Er beugte sich zu mir herunter, sein Gesicht so nah an meinem, dass ich sein Cologne riechen konnte. Ein warmer Duft nach Sandelholz und Bergamotte. Ich dagegen hatte mir heute früh nur hastig eine Ladung Deo unter die Arme gezischt, das sich sofort in klebrig weißes Krümelpulver verwandelt hatte und vage nach WC-Reiniger roch.

»Das müssten Sie noch einmal schreiben«, sagte er und deutete auf meinen Bildschirm. »Sonst bekomme ich Ärger.« Er zwinkerte mir zu.

Ich starrte auf meinen Computer. Alles, was ich in der letzten Minute in einem Brief an den Prorektor geschrieben hatte, war:

Ich stelle hiermit den Antrag auf-
fffffffffffffffffffffffffffffffffffffffWWWfffffMffMfmffff
WfWMMMffMffMMM

»Ups«, sagte ich leise. Aber da hatte David sich schon wieder aufgerichtet und sein Jackett geschnappt. »Dann bis später«, sagte er.

»Bis später.«

Die Tür klappte hinter ihm zu, und ich strahlte verzückt mein Spiegelbild auf dem Monitor meines Computers an. Ich hatte ewig auf diesen Moment gewartet, aber das Warten hatte sich gelohnt. Heute Abend würde ich endlich, endlich mal mit David ausgehen. Nur wir beide. Im ... Wohin würde er mich eigentlich ausführen? Es gab da so ein neues mexikanisches Restaurant, das *El Torito.* Total nobel, und ich wusste zufällig, dass er mexikanisches Essen liebte. Aber vielleicht würden wir nur was trinken, auch gut. Dann eher eine Tapas-Bar. Oder eine Szenekneipe der besseren Art, mit Spiegelwänden und abstrakter Kunst und tiefen schwarzen Sesseln und Schummerlicht und Smooth Jazz. Na, ich ließ mich überraschen. David würde sicher was Tolles auswählen.

»Ich dachte, wir gehen in das kleine französische Café. Da ist es gemütlich.« David schritt voraus, während ich die Tür hinter uns zufallen ließ und ihm aufgeregt folgte.

Ich kannte das Café nicht, aber gemütlich klang gut. Gemütlich bedeutete weiche Sessel, vielleicht sogar eine Couch, auf der man nebeneinandersitzen und sich im Laufe des Abends immer näher kommen konnte, so ganz unauffällig natürlich. Es bedeutete gedämpftes

Licht, weder idiotisch gackernden Studenten, wie Janina Winkler und Konsorten, noch laute Kreischmusik, bei der man sich anbrüllen musste. Obwohl – ein bisschen lauter durfte die Musik schon sein, denn dann würde ich näher an David heranrücken müssen, um ihn zu verstehen. Eventuell würde er dann eine meiner Haarsträhnen sachte zur Seite streichen müssen, um mit seinem Mund näher an mein Ohr zu gelangen, und mit seinem Mund dann ... Ich stolperte und wäre beinahe die Treppe hinuntergeflogen. Ungraziös schwang ich ein Bein in die Luft wie eine Stripperin mit Rheuma. »Huch!«

»Alles in Ordnung?« David griff rasch nach meinem Arm. Seine Hand fühlte sich warm an, und schon aus dem Grund wäre ich gern noch mal gestolpert, oder besser noch richtig hingefallen, denn dann hätte er mich *noch länger* festhalten, meine Platzwunden versorgen und meinen geschwollenen Knöchel untersuchen müssen. Halt, nein, lieber nicht meinen Knöchel, fiel mir ein. Ich hatte ein Loch im Strumpf und meine Beine schon seit Tagen nicht mehr rasiert. Um nichts in der Welt durfte David heute mein Kaktusbein mit der asozialen Socke in der Hand halten. Es hatte ja kein Mensch ahnen können, dass mich an diesem Abend das Date meines Lebens erwartete! David hatte mich ohnehin bereits wieder losgelassen. Wir traten auf die Straße und begaben uns keine fünfhundert Meter weiter in das französische Café im Art-déco-Stil.

»Bitte.« David hielt mir die Tür auf, genau so, wie ich es mir heute Nachmittag vorgestellt hatte, und ich glitt rasch in das warme Innere des Cafés. An den Wänden hingen alte Werbeplakate, lauter anmutige Schönheiten mit reizenden Kleidern und Locken. David suchte einen Tisch unter einem Bild aus, auf dem eine barbusige Nymphe für einen Aperitif warb, ein gutes Zeichen, fand ich. Außer uns war nur noch ein anderes Paar im Café, ein Nerdmäßiger junger Typ und ein Mädchen mit Zopf und Brille, die ihre Finger ungeschickt ineinander verhakelt hatten und sich stumm ansahen. Das Mädchen verschlang David sofort mit neidischen Blicken. Ich streckte mich geschmeichelt. Tja, so war das Leben. Die eine bekam David Engelbrecht, die andere musste mit einem Bill-Gates-Verschnitt am Tisch sitzen.

»Möchten Sie hier sitzen?« David rückte mir einen Stuhl zurecht und zwinkerte mir unmerklich zu.

»Ja, danke«, krächzte ich, stellte meine Tasche auf dem Tisch ab und schmiss dabei die kleine Blumenvase um. »Oh, nein!« Ich sprang erschrocken wieder auf und kippte dabei nun auch noch meine Handtasche aus. Ein angeknabberter Schokoriegel fiel auf den Tisch, an dem aus irgendeinem Grund ein benutzter Fahrschein klebte. Mit feuerrotem Gesicht stopfte ich den Riegel wieder zurück in das Chaos meiner Tasche. Verdammt noch mal, wie trottelig stellte ich mich hier eigentlich an? Das war *der* Tag. *Die* Gelegenheit.

David lächelte amüsiert. »Ach, Frau Stein.« Er griff nach einem Lippenstift, der ebenfalls aus meiner Tasche gerollt war. Ein grellpinkes Teil, das Charlie mir mal geschenkt hatte und das ich nie benutzte. David grinste und reichte mir den Lippenstift. »Sehr hübsch.«

»Danke«, murmelte ich. Dann grinste ich ebenfalls vorsichtig. Oh mein Gott, er flirtete mit mir. Und wie!

David lehnte sich jetzt entspannt zurück. »Wie lange kennen wir uns nun eigentlich schon?«

Sechs Jahre, zweiunddreißig Tage, sieben Stunden, zwölf Minuten und dreißig Sekunden. Einunddreißig. Zweiunddreißig, dreiunddreißig …

»Ich weiß gar nicht. Ein paar Jahre oder so?« Ich lachte verlegen.

»Ganz schön lange, was?« Er lächelte immer noch, während ich meine Hände vorsichtig auf dem Tisch parkte, um nicht wieder was umzuschmeißen. Da lagen sie jetzt wie zwei rote Krebse, weil ich sie vorhin auf dem Damenklo noch wie wild geschrubbt hatte. Also versteckte ich sie wieder unter dem Tisch. Das sah auch blöd aus, wie beim Verhör oder so, also legte ich schnell wenigstens eine Hand wieder auf den Tisch. Mist, der Nagellack blätterte an zwei Fingern ab. Ich nahm sie weg und legte dafür die andere wieder hin.

»Haben Sie ein Problem mit Ihren Händen?«

»Was? Nein.« Ich räusperte mich. »Alles in Ordnung. Noch voll funktionsfähig.« Meine Stimme klang wie die von Minnie Mouse. Ich setzte das hier so was von in den Sand, das war einfach nicht zu fassen.

»Das will ich hoffen. Ich hab noch was mit Ihnen vor.« David lächelte und mein Herz setzte eine Sekunde lang aus. Er hatte noch was mit mir vor. Mit meinen Händen! Also deutlicher ging es ja wohl kaum noch. Ich strich mir eine Strähne aus dem Gesicht, blickte ihn total aufreizend mit Augenaufschlag an – das hoffte ich jedenfalls – und schenkte ihm mein schönstes Lächeln.

»Ich wollte Ihnen ja schon seit geraumer Zeit etwas gestehen.« David beugte sich jetzt plötzlich vor.

Na endlich. Mein Herz klopfte wie ein durchgegangenes Pferd.

»Darf es schon was sein?« Wie aus dem Nichts war ein Kellner neben mir erschienen. Ja natürlich durfte es was sein. Er durfte verschwinden! Er vernichtete gerade den kostbarsten Moment des Jahrhunderts.

David schien sich nicht daran zu stören, er bestellte Mineralwasser und Espresso und ich nahm rasch dasselbe, hauptsächlich, damit der Kellner wieder die Fliege machte. Tat er aber nicht, er stand da wie angenagelt. »Möchten Sie auch etwas essen?«

»Ach, na ja, eine Kleinigkeit könnte ich schon vertragen.

Sie auch, Frau Stein?« David betrachtete die Karte und befragte den Kellner ausgiebig nach den Zutaten des »Salat de Paris«, die der Kellner noch ausgiebiger beantwortete, ja er erging sich geradezu in der Beschreibung der jungen Spinatblätter aus dem Biogut in der Nähe und dem kross angebratenen Rindfleisch und dem exquisiten Champagnerdressing, fast als hätte er einen öffentlichen Vortrag vor dem Bundesverband der Lebensmittelkontrolleure zu halten. Er hörte und hörte nicht auf, bis ich endlich wie aus weiter Ferne die Frage »Und Sie?« vernahm und einfach nur entnervt auf irgendetwas in der Karte zeigte. »Das bitte.«

»Und die Escargots für die Dame, sehr wohl.«

Ich nickte, der Kellner glitt davon.

»Weinbergschnecken? Sie sind aber mutig, Frau Stein.«

Was? Ach, du Scheiße.

»Ein Gourmet?« David zog beeindruckt die Augenbrauen hoch. »Mich könnte man ja mit so was jagen.«

Mich doch auch! »Die gelten als aphrodisisch«, flatterte es aus meinem Mund, gefolgt von unkontrolliertem Lachen. Ich war auf dem besten Wege, mich völlig zum Idioten zu machen.

»Aphrodisisch? Na, dann sollte ich vielleicht auch welche bestellen!« David lachte herzlich mit und von dem Moment an nahm ich alles nur noch wie durch einen Weichfilter wahr. Es war so weit, eindeutig. Wir hatten beide innerhalb von Sekunden das Wort »aphrodisisch« benutzt. David saß mir gegenüber und gehörte mir ganz alleine, er lachte über meine Witze, er schenkte mir Mineralwasser nach und sah mir bewundernd zu, wie ich äußerlich cool, innerlich gequält die erste Schnecke aufspießte und in meinen Mund stopfte, wo diese wie ein hinterlistiger Regenwurm hin und her flutschte, um sich schließlich langsam und unzerkaut wie eine riesige Tablette den Weg durch meine Speiseröhre zu bahnen. »Gott, ist das reichlich«, stöhnte ich und legte meine Gabel hin. Der Schweiß brach mir aus, die perversen Dinger rochen außerdem drei Meilen gegen den Wind nach Knoblauch.

»Also, was ich Ihnen schon lange sagen wollte, Frau Stein«, nahm David den Faden plötzlich wieder auf, »Sie sind wirklich eine unheimlich zuverlässige und korrekte Sekretärin. Das muss wirklich mal ausgesprochen werden.«

»Tatsächlich?«, quäkte ich überrascht. Das war alles? Das war verdammt noch mal alles? Dafür mussten Schnecken sterben? Dafür würgte ich diese unzumutbare Kost hinunter?

»Und das bringt mich gleich zu meinem ... Anliegen.« Er schob ein Salatblatt auf seinem Teller hin und her.

»Ich muss nämlich heute Abend noch zur Verabschiedung von Professor Krauss. Ein Kollege aus der ... äh ... Rechtswissenschaft. Todlangweilige Leute.« David zog die Augenbrauen hoch, seufzte und zwinkerte mir komplizenhaft zu, aber ich lächelte zum ersten Mal an diesem Abend nicht zurück. Ein Anliegen? Was genau wollte er eigentlich von mir? Warum mussten wir an unserem ersten Abend über die blöde Arbeit reden?

»Nun, und ich wollte nur schnell etwas essen, und da dachte ich, wenn Sie mitkommen, können wir das gleich klären, denn es ist gewissermaßen außerdienstlich.«

Ich schluckte. »Inwiefern?«

»Also«, er legt sein Besteck weg, »ach, was soll ich um den heißen Brei herumreden: Frau Stein – ich brauche Ihre Hilfe. Ich habe das völlig verschwitzt, und nun schaffe ich es nicht mehr, diesen schrecklichen Vortrag für das Symposium morgen zu schreiben. *Der Humor Geoffrey Chaucers in den Canterbury Tales*. Sie erinnern sich doch?«

Nein, ich erinnerte mich nicht. Ich erinnerte mich in diesem Moment nur an eine junge Frau – übrigens noch dämlicher als alle Studenten heutzutage -, die am Nachmittag ernsthaft von einem romantischen Abend zu zweit geträumt hatte. Ich rieb mir kurz die Schläfen, antwortete nicht, nickte nur schwach und nippte dann an meinem mittlerweile lauwarmen Espresso, den der Kellner mir gebracht hatte, kaum nachdem ich meine Gabel abgelegt hatte. Er schmeckte so bitter, dass sich alles in meinem Mund zusammenzog. Er schmeckte, als hätte jemand Gift hineingeträufelt, fieses, widerliches Gift, das diesen so vielversprechenden Abend im Keim abtötete.

»Und da wollte ich Sie fragen, nein bitten, ich wollte Sie bitten, ob Sie das heute Abend erledigen könnten. Sie nehmen einfach den Vortrag vom Symposium des vergangenen Jahres und dann noch meine Vorlesungsmanuskripte vom letzten Semester, die haben Sie ja alle. Und dann schreiben Sie das irgendwie zusammen. Das merkt kein Mensch. Es müssen auch nur zehn Seiten oder so sein. Natürlich von zu Hause aus«, fügte er hastig hinzu.

Ich schwieg. Der Nerd am Nachbartisch enthakelte jetzt seine Finger aus der Umklammerung, um stumm einen Schluck Wasser zu trinken, dann beugte er sich ohne Vorwarnung vor und küsste das Zopfmädchen auf den Mund. Sie strahlte. Ich sah rasch weg.

David wartete. Er rutschte auf seinem Stuhl hin und her, aß aber dennoch seinen Salat weiter, und mir war, als ob er mit jedem Bissen ein kleines Stück meines Herzens verspeiste. »Sie sind meine letzte Hoffnung. Sie machen das phantastisch, Sie machen das wahrscheinlich besser als ich, und ich wäre Ihnen wirklich unendlich dankbar.«

Dass ich immer noch nichts sagte, machte ihn offenbar nervös. Er räusperte sich. »Das bleibt natürlich ein einmaliger Fall«, versicherte er mir. »Aber ich schaffe es heute Abend nicht mehr. Lucie, ich brauche Sie.« Und damit griff er nach meiner Hand. Warm schmiegten sich seine Finger eine Sekunde lang an meine, dann ließ er wieder los. »Entschuldigung.«

Doch der Witz war – obwohl ich stinksauer war, obwohl ich doch heute eigentlich zu Regines Party gehen sollte und nun meine liebe Charlie versetzen würde, obwohl die Zopftussi am Nachbartisch jetzt wild mit ihrem Freund knutschte und einen Anblick bot, der kaum zu ertragen war (nicht zuletzt, weil solcherlei Aktivitäten doch heute Abend verdammt noch mal *mir* zugestanden hätten), obwohl die grässliche Weinbergschnecke immer noch unzerkaut in meinem Rachen herumzulungern schien und ihre knoblauchverpesteten Geschwister unangerührt auf meinem Teller warteten – es war der romantischste Moment in meinem Leben. Denn David hatte erstmals kurz meine Hand berührt und mir dabei in die Augen geblickt und damit alle Bedenken in den Wind geschlagen. Natürlich würde ich ihm helfen. Denn dann würde er endlich erkennen, dass er ohne mich gar nicht existieren konnte. In *jeder* Beziehung.

»Klar«, sagte ich daher mit bemüht munterer Stimme. »Kein Problem.«

»Ach, Frau Stein, ich wusste, dass ich mich auf Sie verlassen kann. Sie sind ein Schatz, wissen Sie das?« Er blickte mir wieder in die Augen, diesmal so tief, dass etwas in meinem Bauch anfing zu kribbeln.

»Ich muss jetzt leider weg.« David stand auf, legte einen Geldschein auf den Tisch und nickte mir entschuldigend zu. Wie? Er wollte schon los?

»Der Vortrag vom letzten Symposium liegt in meiner Schreibtischschublade, oder wenn Sie ein bisschen schauen, dann finden Sie ihn wahrscheinlich auch noch in Ihrem Computer. Wenn Sie mir den fertigen

Vortrag dann heute Abend mailen könnten, das wäre klasse?«

Ich nickte schwach und sah ihm nach, wie er das Café verließ und wie zwei Frauen auf der Straße ihm bewundernd nachblickten.

Verdammter Mist. Aber David war es einfach wert, und deshalb schickte ich Charlie eine SMS und sagte ihr ab und erhob mich schließlich, um die Schnecken und das knutschende Paar und den ganzen Reinfall des Abends hinter mir zu lassen, den blöden Vortrag zu holen und dann auf schnellstem Wege nach Hause zu fahren. Ein heißes Bad, ein heißer Kakao und in ein, zwei Stunden war das Ding hoffentlich erledigt, und ich konnte mich mit Marie und Jakob zurückziehen und mich auf den morgigen Tag freuen.

Auf Davids dankbares Gesicht.

Aber natürlich gab es ausgerechnet an diesem Abend den Stau des Jahrhunderts. Ich konnte es nicht fassen, wo wollten die Leute an einem stinknormalen Montagabend noch hin? Das goldene Oktoberwetter hatte ein abruptes Ende genommen, Regen prasselte auf die Straße, Autos hupten entnervt, Motorradfahrer huschten wieselflink durch die Lücken und erregten weißglühenden Neid, aber nichts, nichts bewegte sich. Die Autos standen still wie festzementiert. Ich fluchte. Jede Minute, die ich länger hier herumsaß, würde mir später fehlen. Wut brodelte in mir hoch, und als ein BMW neben mir total entnervt über den Fußweg nach rechts in eine kleine Seitenstraße ausscherte, folgte ich ihm, ohne groß nachzudenken. Vielleicht gab es ja noch einen anderen Weg, von dem ich bislang nur noch nichts wusste. Natürlich! Das Navi – es lag immer noch nutzlos in meiner Tasche herum, da konnte ich es gleich mal ausprobieren. Und wenn es nicht funktionierte, sofort in hohem Bogen entsorgen. Ich fuhr rechts heran, kramte das kleine Kästchen heraus und befestigte es mit dem Saugfuß am Armaturenbrett. Altmodisch, aber egal. Hauptsache, es ging. Ging es? Ich steckte das Kabel in die Buchse. Jawohl, es leuchtete sofort auf.

»Hallo Lucie, wo soll es hingehen?«, tönte eine warme Männerstimme durch mein Auto. Ich erschrak so sehr, dass ich gegen das Lenkrad prallte und lautes Hupen auslöste. Hilfe! Ein Auto preschte links vorbei, der Fahrer zeigte mir einen Vogel. Alle Leute mal wieder bester Laune heute.

Nervös sah ich mich um. War das normal, dass ein Navi einen mit Namen ansprach? Ich hatte ja keinerlei Erfahrung mit solchen Dingern. Aber wenn es Navis mit der Stimme von George Clooney gab, war vielleicht auch so manch anderes möglich. Kurz meldete sich mein Verstand. *Aber woher weiß es deinen Namen?* Dann meldete sich mein Frust, mein Hunger, meine Müdigkeit. *Egal. Ich will in meine Wohnung!*

»Hey du, George Clooney oder wer immer du sein sollst«, sagte ich laut, um nicht länger darüber nachdenken zu müssen. »Ich will einfach nur nach Hause.« Fast erwartete ich, dass das Navi mir mit einem flotten Spruch antworten würde, aber es blieb stumm. Natürlich blieb es stumm. Ich hatte ja meine Adresse noch nicht eingegeben.

Und siehe da, sobald ich das getan hatte, erklang die Stimme wieder.

»An der nächsten Kreuzung bitte links abbiegen, Lucie.«

Höflich, höflich, das Kästchen. Ich fuhr los und drückte dabei auf dem Display herum, um die Route anzeigen zu lassen, die ich fahren sollte, aber die Option gab es nicht, es gab nur die aktuelle Karte, auf der mein Auto wie ein kleines Comicauto durch die Nacht rollte. Ulkig. Das musste ja noch ein Uraltmodell sein. Gut, dann würde ich *George* – wie ich das Ding jetzt der Einfachheit halber nannte – eben blind folgen.

»Und nun bitte rechts abbiegen, Lucie.«

»Okay«, murmelte ich und wechselte auf die rechte Fahrbahn.

»Danke schön. An der nächsten Ampel rechts auf die Robinienstraße auffahren, Lucie. Folge der Straße fünfhundert Meter.« George verstummte.

Ich schüttelte amüsiert den Kopf. Ein drolliges Teil. Es duzte mich und bedankte sich auch noch. Das musste ich Charlie nachher erzählen. Ach halt, die hockte ja bei Regine herum. Dann eben morgen. Aber noch ulkiger war die Route, die das Navi wählte. Lauter kleine, stille Nebenstraßen, in denen ich noch nie in meinem Leben gewesen war. Fuhr ich wirklich in Richtung meiner Wohnung? Da ich keinen Gesamtüberblick hatte, wusste ich bald überhaupt nicht mehr, wo ich mich befand. Bis mich das Navi auf einmal wieder in eine belebtere Gegend lotste. Das Kneipenviertel. Die ganzen hippen Bars und Restaurants, von denen ich heute Nachmittag noch geträumt hatte.

»Du hast dein Ziel erreicht, Lucie«, verkündete das Navi auf einmal.

Wie bitte? Mein Ziel war mein Bett, verdammt noch mal. Irritiert hielt ich an.

»Das ist nicht meine Straße, du bekloppter Kasten«, sagte ich laut. »Das hier ist …«, ich verrenkte mir den Hals, »… das *Moretti*. Eine Bar.« Eine Bar mit schwarzen, tiefen Sesseln, schmeichelnder Beleuchtung und garantiert auch mit Smooth Jazz, obwohl ich das nicht hören konnte. Das setzte diesem Abend echt noch die Krone auf. Ich ließ mich von einem prähistorischen Navi anstatt nach Hause vor eine hippe Bar lotsen. War das ein Navi für Masochisten, oder was?

»Du hast dein Ziel erreicht, Lucie«, beteuerte die Stimme sanft.

»Nein!«, schnappte ich. »Hab ich nicht, ich …« Und dann sah ich es. In der Bar, direkt am Fenster, keine fünf Meter von mir entfernt saß ein Paar. Er streichelte ihre Hand, sie biss sich gerade leicht auf die Unterlippe, lachte dann und warf den Kopf mit der blonden Mähne zurück. Er lachte auch, nahm ihre Hand zwischen seine beiden und presste einen flüchtigen Kuss darauf. Vor ihnen standen weder Espresso noch Weinbergschnecken, sondern große bauchige Gläser, in denen rubinroter Wein funkelte. Kein Kellner nervte, und obwohl ich die Kollegen von der Rechtswissenschaft nicht alle kannte, war ich mir ziemlich sicher, dass hier kein zu verabschiedender, todlangweiliger Professor Krauss zu finden war. Nein, die einzigen beiden in der Bar – abgesehen von ein paar jungen Leuten, die im Hintergrund Billard spielten – waren Professor David Engelbrecht und Janina Winkler, die dümmste Studentin des Universums.

»David?«, flüsterte ich ungläubig.

»Du hast dein Ziel erreicht, Lucie«, erklärte das Navi zufrieden.

Regines Party

Und was jetzt? Ich wischte mir eine kleine Wutträne aus dem Augenwinkel, gab Gas und fuhr einfach los. Auf gar keinen Fall würde ich auch nur eine Sekunde länger neben den beiden Turteltäubchen ausharren. Wie ein armes Waisenkind bei Charles Dickens oder so, das sich draußen auf der Straße die rotgefrorene Nase am Schaufenster plattdrückt, hinter dem sich unerreichbare Köstlichkeiten befinden. Unerreichbar wie David.

»Ein Kollege aus der Rechtswissenschaft«, schnaubte ich. »Na, sicher doch. Und ich Idiot glaub dir auch noch. Wie kannst du mich so verarschen?« Eine Weile lang fuhr ich ziellos und wütend im Regen herum, dann wurden mir nach und nach drei Dinge klar.

Erstens hatte David mich angelogen, obwohl er mir natürlich keinerlei Rechenschaft schuldig war. Wir waren nicht zusammen. Was ging es mich an, mit wem er seine Abende verbrachte? David hatte nicht die geringste Ahnung von meinen Gefühlen. Wie auch, ich hatte sie ihm ja nie gestanden. Für ihn war ich einfach nur die zuverlässige Sekretärin, so gutmütig wie ein Haustier, so vertraut wie das Mobiliar im Büro.

Zweitens hatte er den Kaffee garantiert absichtlich über die grauenvolle Seminararbeit von Janina

Winkler gekippt. Damit es einen Grund gab, warum jemand ihre Fehler ausmerzte. Er selbst war offenbar zu faul dazu. Denn sonst hätte sie ihm dieses dumme Teil doch einfach nur noch mal mailen müssen. Warum war mir der Gedanke nicht schon eher gekommen? Er deckte dieses hohle Huhn, damit er sie ins Bett bekam. Oder war er etwa ernsthaft in sie verliebt? Das wäre ja noch schlimmer.

Und drittens würde ich jetzt auf absolut gar keinen Fall seinen blöden Vortrag für ihn schreiben! Wie kam ich denn dazu? Sollte er doch seine Zeit besser einteilen.

Ich hielt an einer roten Ampel in einer geisterhaft leeren Straße an. Mist, ich hatte mich total verfahren und keine Ahnung, wo ich mich befand.

»Na los, George«, befahl ich. »Bring mich endlich nach Hause. Halt, nein«, überlegte ich laut. »Nein, nicht nach Hause. Was soll ich da? Ich hab absolut keinen Bock, jetzt alleine zu sein. Ich fahre doch noch zu Regine. Charlie freut sich, und ich kann mich bei ihr ausheulen.«

Ich fuhr rechts ran und schickte Charlie eine SMS.

Komme doch noch!

Darin kramte ich Regines Adresse heraus und gab sie in das Navi ein. »Und jetzt zick ja nicht rum, du komisches Teil, sonst wirst du entsorgt«, murmelte ich. »Ich will zu Regines Party und nirgendwo anders hin, verstanden?« Ich startete das Auto und fuhr wieder los.

Augenblicklich erklang die sanfte Männerstimme. »Bitte an der nächsten Ampel rechts in die Hagenbergstraße abbiegen, Lucie.«

Täuschte ich mich oder klang die Stimme leicht belustigt? Ich hielt an der nächsten Ampel, die auf Rot stand, und öffnete das Fenster, um die regenfrische Nachtluft hereinzulassen und endlich einen klaren Kopf zu bekommen. Ein Navi *klang* nicht belustigt. Was für ein Unsinn. Was um alles in der Welt war nur mit mir los?

»Mensch, jetzt reiß dich zusammen«, schimpfte ich laut mit mir selbst. »Oder willst du vielleicht in der Klapse enden?« Da bemerkte ich, dass neben mir ein Prius angehalten und das Fenster auf der Beifahrerseite geöffnet hatte, offenbar in der Annahme, dass ich ihn etwas fragen wollte. Der Fahrer warf mir einen ängstlichen Blick zu. Selber Schuld. Was fuhr er auch einen Prius, den man nicht hören konnte. Was schlich er sich auch lautlos wie ein Panther an andere Verkehrsteilnehmer heran! Ich atmete tief ein, bretterte bei Grün sofort los und bog rechts ab.

»Danke schön, Lucie.«

»Bitte schön, George«, murmelte ich.

Regine wohnte im alten Industrieviertel in der Gießereistraße, das hatte Charlie mir gesagt. Ich betrachtete beim Fahren die triste Gegend. Die Blätter an den Bäumen färbten sich hier schon gelb und ließen mit dem Dauerregen eine Ahnung dessen aufkommen, was uns bevorstand. Deprimierend und zu diesem Abend passend. Wahrscheinlich wohnte Regine in einem der langweiligen Kästen aus den dreißiger Jahren. Ich konnte mir die rauschende Party schon bildlich vorstellen. Winzige Zimmer, noch winzigere Fenster, Tischdecken und Bohnerwachsgeruch und Alpenveilchen und ein Kanarienvogel namens Bubi ... Eins war sicher – Charlie würde heute nicht alleine trinken. Wir würden Regines süßen Apfelwein runterkippen wie Fanta und uns dann zusammen ein Taxi nach Hause nehmen. Und morgen, so beschloss ich spontan, würde ich krankfeiern. Haha! Das hatte ich bei David noch nie gemacht, es wurde höchste Zeit.

»Du hast dein Ziel erreicht, Lucie«, ließ sich plötzlich das Navi vernehmen. Aber das hier war kein spießiger Altbau. Das waren Lofts, die in den alten Fabriken entstanden waren. Hier wohnten hauptsächlich junge Künstler, neulich erst hatte was darüber in der Zeitung gestanden. Automatisch fuhr ich weiter, aber das Navi meldete sich unverzüglich erneut. »Du hast dein Ziel erreicht, Lucie!« Die Stimme klang viel lauter als zuvor und auch irgendwie ... drängender. Ich bremste folgsam, schaltete den Rückwärtsgang ein und fuhr ein Stück zurück. War ich hier wirklich richtig? Tatsache, da vorn war ein Straßenschild: Gießereistraße. Hausnummern konnte ich nirgendwo entdecken. Na, so was, wer hätte das von Regine gedacht?

Bin gleich da,

simste ich an Charlie.

OK,

kam es umgehend zurück.

Beeil dich!

Regine, Regine. Stille Wasser waren nicht nur tief, sondern wohnten offenbar auch ziemlich cool. Ich stieg aus. Musik erschallte in unmittelbarer Nähe, brasilianische Sambarhythmen. Gelächter erklang, ein Tor stand sperrangelweit offen. Ich ging zögerlich darauf zu und blieb dann stehen, als ein Typ und eine Frau auf mich zukamen. Sie trugen ein großes Bild, das mindestens zwei Meter lang und von einem schwarzen Tuch verdeckt war.

»Äh, ich suche die Party von Regine?«, fragte ich die beiden, die offenbar ein Paar waren, und versuchte, einen Blick auf das Bild zu erhaschen. »Regine ... mit so Haaren wie ... ähm ...«

»Ja, ja, zu Regine geht's immer dem Lärm nach!«, antwortete der junge Mann freundlich. »Und wenn du uns drinnen mal die Tür aufhalten könntest? Wir haben hier alle Hände voll zu tun mit dem Geschenk.«

»Ja, klar.« Ich bemühte mich, nicht auf die kleine Ecke zu starren, wo das Tuch zur Seite gerutscht war und den Blick auf das Bild freigab. Ein roter Fleck auf weißem Hintergrund war da zu sehen. Was das wohl sein sollte? Ich ging voraus, um die Tür aufzuhalten.

Wow!

Regine wohnte in einem Loft so groß wie eine Bahnhofshalle. An der roten Backsteinwand hingen Bilder – alle mit einem ähnlich einsamen Fleck in der Ecke auf weißem Grund, mehr oder weniger identisch mit dem Bild, das ich gerade gesehen hatte, nur in anderen Farben. Ein bisschen erinnerten sie mich an den Rotweinfleck auf meinem Teppich, der von Sebastian stammte und den ich nie so richtig rausgekriegt hatte. Die Möbel sahen aus wie dem Fiebertraum eines drogensüchtigen Klempners entsprungen – alles aus zusammengelöteten Rohren in Blutrot und Schwarz – Regines Dusche war eine englische rote Telefonzelle, die mitten im Raum stand und in der, wenn mich nicht alles täuschte, gerade jemand duschte, aber am schrillsten waren Regines Gäste, die überall herumstanden, saßen, lagen, lungerten, tranken, tanzten. Jawohl, tanzten. Zu einer Liveband! Wieso um alles in der Welt fand Charlie Regine spießig und bedauernswert? Na, ich würde es ja gleich erfahren, vorausgesetzt natürlich, ich fand Charlie in dem Gewimmel. Ich wühlte in meiner Tasche, um ihr zu simsen, aber ich kam nicht dazu.

»Herz?«, sprach mich jemand von der Seite an.

»Herz?«, fragte ich perplex zurück.

»Willst du ein gebrochenes Herz, meine ich.« Ein Mädchen, gepierct wie ein Nadelkissen, stand neben mir und hielt ein Tablett hoch. Darauf lagen lauter zerbrochene herzförmige Kekse. »Oder hast du schon eins?« Sie grinste.

Zu meiner eigenen Überraschung nickte ich. Ja, das konnte man wohl sagen. Mein Herz war nicht nur gebrochen, es war, wenn ich es mir recht überlegte, heute mitsamt den Weinbergschnecken im Café in den Müll geschmissen, in bitterem Espresso ertränkt und zu guter Letzt im Regen in einer Seitenstraße vor dem *Moretti* in den Rinnstein gespült worden.

»Dann nimm dir zwei Hälften. Eine musst du gleich essen, die andere morgen. Zum Schutz gegen Rückfälle.« Sie zwinkerte mir zu, und ich nahm brav zwei Kekshälften. Hoffentlich waren die nicht mit Hasch versetzt oder so. Ach, Mensch, und wenn schon. Ich biss ab.

»Hey«, rief ich ihr nach, den Mund voller Krümel. »Wo finde ich denn Regine?«

»Da hinten irgendwo.« Das Mädchen deutete flüchtig in Richtung Tanzfläche und hielt dem Nächsten ihr Tablett unter die Nase. Die Band startete ein neues Lied mit lautem Tambouringerassel, das schlagartig in heiße Sambamusik überging, und noch ehe ich mich retten konnte, befand ich mich in einer Traube tanzwütiger Leute, die zur Tanzfläche drängten wie eine Büffelherde zum Wasserloch und um mich herum johlten, wackelten, zappelten, die Arme hochrissen und die Hüften schwangen.

»Wisst ihr, wo Regine ist?«, brüllte ich gegen den Lärm an, aber keiner hörte mir zu. Und da tanzte ich einfach mit, obwohl ich doch sonst überhaupt nicht der Salsa-Rumba-Mamba-Typ war und normalerweise solche Lateinamerika-Tanzfreaks aus sicherer Distanz am Rand der Tanzfläche beobachtete, wo mir ein Fluchtweg offenstand, falls jemand etwa auf die absurde Idee kam, dass ich mittanzen sollte. Aber heute war es etwas anderes. Ich kannte keinen Menschen hier, ich konnte Charlie nirgendwo entdecken, und außerdem tanzte es sich prima gegen die Wut an, die seit der idiotischen Hagenbergstraße in mir gärte wie Regines nichtexistierender Apfelwein.

Ich tanzte und tanzte, und als die Band eine Pause machte, war auf einmal schon eine halbe Stunde vergangen. Ich griff mir vom Büfett ein Glas Wein und kippte es auf Ex hinunter.

»Hui«, machte jemand neben mir. »Durstig? Oder 'nen schlechten Tag gehabt?«

»Beides«, erklärte ich. Neben mir stand ein schwules Paar und hielt sich eng umschlungen, ein Blonder und ein Schwarzhaariger. Sie nickten mitfühlend.

»Wisst ihr, wo ich Regine finde?«, fragte ich. »Oder Charlie, meine Freundin?«

»Ex- oder Jetztfreundin? Hat Regine dir Charlie ausgespannt?«, fragte der Blonde interessiert.

»Was? Nein.« Regine war lesbisch? Meine Güte, sie war wirklich völlig anders, als Charlie sie mir geschildert hatte.

»Ach so«, sagte der Blonde. »Dachte nur wegen dem schlechten Tag und so. Regine ist irgendwo da hinten. Sie begutachtet ihr Geschenk, glaube ich. Ein neues Bild für die Serie – *Positiver Raum*.«

»Ach, das mit dem Rotweinfleck.« Ich nickte. »Nee, mein schlechter Tag hat einen anderen Grund. Mein Chef ist ein Idiot. Und dabei mache ich alles für ihn. Alles!« Ich erzählte ihnen von David, und plötzlich schössen mir Tränen in die Augen. Die beiden trösteten mich sofort.

»Mein Chef ist auch ein Arschloch«, sagte der Schwarzhaarige. »Deshalb suche ich mir jetzt auch 'nen neuen Job. Solltest du auch machen.«

»Oder werde selbstständig, so wie ich. Das ist eh das Beste«, meinte der Blonde und streichelte meinen Arm.

»Ich bin Sekretärin«, schniefte ich. »Das ist nicht so einfach.«

»Ach, sag das nicht.« Der Schwarzhaarige schüttelte den Kopf. »Sven hier war früher Automechaniker. Unter einem total cholerischen Chef. Und jetzt ist mein Sven Künstler. Ein berühmter Künstler.«

Sven lächelte geschmeichelt.

»Er hat Regines Möbel gebaut«, fuhr der Schwarzhaarige fort. »Und jetzt stehen alle auf das Design. Das Geschäft boomt.«

Außer mir, dachte ich, aber dann fiel mir etwas anderes ein. »Automechaniker? Kennst du dich mit Navis aus?«

Sven blinzelte leicht verständnislos. »Na ja, was gibt es da schon groß zu wissen?«

»Ich meine, ob es normal ist, dass die einen mit Namen anreden«, erklärte ich. »Also, dass sie sagen – Hallo Lucie, wo soll es hingehen?«

Die beiden sahen mich einen Moment lang sprachlos an, dann prusteten sie los.

»Nein«, lachte Sven. »Das hab ich noch nie gehört. Ist aber 'ne coole Idee. Ist das eine Spezialanfertigung für dich gewesen?«

»Ich weiß ... nein ... keine Ahnung«, flüsterte ich.

»Garantiert.« Der Blonde überlegte laut. »Kann man sicher irgendwo bestellen. Als Geschenk oder so. Wird dann reinprogrammiert, das kann ja nicht so schwer sein. Das wär's doch – ein Abschiedsgeschenk für meinen Chef. Ein Navi, das ihm die Meinung sagt. Hallo Arschloch – an der nächsten Kreuzung links abbiegen. Zum Highway to Hell.«

Sie lachten beide laut.

»Aber für den noch Geld ausgeben, das kommt nicht in Frage.« Der Blonde wischte sich eine Lachträne aus dem Gesicht. »War bestimmt sauteuer, das Navi, oder? Was hast du dafür bezahlt?«

»Zehn Euro.« Meine Worte kamen irgendwie nur als Krächzen heraus.

Die beiden hörten auf zu lachen und betrachteten mich mit unverhohlener Neugier. »Zehn?«

»Auf dem Flohmarkt«, erklärte ich rasch.

»Wie kann es denn dann deinen Namen einprogrammiert haben?«, fragte Sven interessiert.

Darauf wusste ich nichts zu antworten. Warum um alles in der Welt hatte ich nur davon angefangen? Zum Glück setzte die Musik wieder ein, und diesmal drängten noch mehr Leute heran, so dass kaum noch Platz zum Tanzen blieb.

»Hier«, rief Sven und zog erst seinen Freund und dann mich auf einen Tisch. Er kickte ein paar Servietten und Pappbecher zur Seite, und dann tanzten wir zu dritt auf dem Tisch, während die Leute um uns herum klatschten und lärmten und uns zuwinkten und die Band sich in Ekstase spielte. Es war genial. Und so überhaupt nicht das, was ich erwartet hatte, ich streckte die Arme hoch und johlte wie alle anderen auch und stellte fest, dass mich David und *Beowulf* und Janina Winkler in diesem Moment nicht im Geringsten interessierten. Sollten sie doch Händchen halten und Wein schlürfen und sich gegenseitig auf die Lippen beißen. Bei mir hier ging wenigstens die Post ab, jawohl. Etwas vibrierte in meiner Tasche. Mein Handy. Das war Charlie, die hatte ich glatt vergessen. Sie hatte mir inzwischen noch fünf SMS geschickt, von denen ich nur die letzte las. »Wo bleibst du denn?«

»Ich bin doch hier«, schrieb ich zurück, nachdem ich mich für einen Moment in eine ruhigere Ecke verzogen hatte. »Geile Party, ich tanze auf dem Tisch, wo bist du?«

Charlie antwortete nicht gleich. Und als sie es tat, kroch ein seltsames Gefühl in mir hoch.

»Hier gibt es nur einen verdammten Tisch, und daran sitz ich mit vier Sauriern bei Eierlikör! Wo zum Teufel steckst du?«

Ich ließ langsam mein Handy sinken und sah mich verwirrt um.

»Hey, du hast doch Regine gesucht«, rief mir Sven ins Ohr. »Da kommt sie.« Er deutete auf eine junge Frau mit kurzen lila Haaren, einem weißen Ledermini und weißen Kniestiefeln. Sie war Anfang zwanzig und steckte sich gerade ein Zigarillo an. Das war nicht Charlies Regine. Shit – das war auch nicht die richtige Party! Das war die Party von … Gott weiß wem, in die ich einfach reingeplatzt war, und ich tanzte gerade das erste Mal in meinem Leben auf dem Tisch! Aber wie konnte das sein? Das war doch Regines Adresse. Das Navi hatte mich doch hier anhalten lassen. Das Navi...

»Wohnt Regine in einem Loft?«, schieb ich hastig an Charlie.

»LOFT? WTF? Sie wohnt in einem Altbau! WO BIST DU???«

Ich starrte auf mein Handy, während um mich herum die Party tobte. Zweimal. Zweimal heute Abend hatte ich eine Adresse in das Navi eingegeben, und es hatte mich einfach woanders hingebracht. Gut, das kam vor. Leute fuhren aus Versehen in den Wald oder sogar an den Strand, weil ihr Navi die Straßen nicht kannte. Aber das hier war anders. Mein Navi duzte mich. Es kannte meinen Namen. Es führte mich an irgendwelche Orte, weil … weil es ein Eigenleben hatte? Der Gedanke war so ungeheuerlich, dass ich ihn sofort von mir schob. Aber er ploppte sofort wieder auf und ließ mir einfach keine Ruhe, bis ich schließlich in einer winzig kleinen Kammer meines Gehirns die Möglichkeit in Betracht zog, dass es vielleicht stimmte. Das Navi *hatte* ein Eigenleben. Es lotste mich *absichtlich* von meinem eigentlichen Ziel weg.

Was sofort die nächste Frage aufwarf:

Warum?

Danke, Lucie!

Ich konnte nicht blaumachen. Ich war viel zu aufgeregt und wollte Davids Gesicht sehen, wenn ich ihm erklärte, dass ich seinen Vortrag nicht geschrieben hatte. Ich würde ihn auf Janina Winkler ansprechen. Nein, wie plump, das würde ich natürlich nicht tun. Ich würde ihm überhaupt nicht zu verstehen geben, dass ich in irgendeiner Weise sauer war. Freundlicher denn je würde ich mich verhalten und mit eiskaltem Killerlächeln alle Extrawünsche ablehnen. Ich sprang aus dem Bett, übte vor dem Spiegel ein vernichtendes, gnadenloses Killerlächeln, dessen Effekt ein wenig durch meinen Schäfchen-Schlafanzug geschmälert wurde, trat dann ans Fenster und sah hinunter auf die Straße. Unschuldig stand mein kleiner blauer Polo da unten, Leute gingen vorbei und beachteten ihn nicht, denn niemand wusste, dass in seinem Inneren ein Navi auf mich wartete, das ... ja, was – das war die Frage, auf die ich auch heute Morgen noch keine Antwort wusste. Was genau *war* das Navi? Ein Geist in der Maschine?

»Quatsch«, sagte ich laut. Jetzt im hellen Morgenlicht waren mir meine Überlegungen der vergangenen Nacht richtig peinlich vor mir selbst. Ich war mit den Harry-Potter-Büchern aufgewachsen und hatte mir wahrlich oft genug gewünscht, es möge echte Magie geben. Ja, ich hatte nächtelang davon geträumt, wie Hagrid durch die Tür unserer langweiligen Neubauwohnung brechen und mir an meinem Geburtstag erklären würde, dass ich zaubern konnte, um anschließend mit mir – vorbei an den verblüfften Gesichtern der blöden Schmidts von unten und überhaupt allen, die mich je genervt hatten – nach Hogwarts zu fliegen. Aber statt Hagrid kam an meinem Geburtstag nur meine erste Periode. Es gab keine Zauberei. Punkt. Deswegen würde ich auch Charlie nichts davon erzählen, die war nämlich immer noch ein bisschen sauer und würde dann garantiert nur denken, dass ich mir eine besonders blöde Ausrede hatte einfallen lassen, warum ich so spät zu Regines Party gekommen war. Zur Party der *echten* Regine. Als ich endlich dort eingetroffen war, hatte Charlie bereits vierzehn Fotoalben von Regines Studiosusreisen angesehen und war gerade bei *»Regine liest die Inschrift am Sarkophag von Kaiser Otto I. – Teil zwei«* angelangt. Die Flasche Eierlikör hatte Charlie mittlerweile fast alleine ausgetrunken, daher saß sie mit halb geschlossenen Augen (ob vor Langeweile oder Alkohol war schwer zu sagen) auf der Couch. Nur meine geistesgegenwärtig gestammelte Entschuldigung »Ich kann leider, leider nicht bleiben, ich hole nur Charlie ab« war der Grund, warum sie mir überhaupt verziehen hatte.

Um zur Arbeit zu fahren, brauchte ich kein Navi, den Weg kannte ich im Schlaf. Trotzdem juckte es mich regelrecht, das Ding noch einmal auszuprobieren. Gesetzt den Fall, ich würde das Navi einschalten und mir den Weg zur Uni weisen lassen – wo würde ich ankommen? Ich fuhr los und überlegte und überlegte und kam zu keiner Entscheidung, und dann hupte es laut, Bremsen quietschten, von irgendwoher segelte ein »Blöde Kuh!« durch mein offenes Fenster herein. Mann, ich musste echt aufpassen und auf die Straße schauen und nicht immer wieder zu dem kleinen Kästchen, das wie ein einbeiniger Diener auf seinem Saugfuß ausharrte und auf meine Befehle wartete.

»Du bleibst aus«, sagte ich mit fester Stimme.

An der Uni fand ich sogar noch einen Parkplatz, dann steckte ich das Navi sicherheitshalber in meine Tasche, damit es mir niemand aus dem Auto klaute, und begab mich in mein Büro.

David war nicht da. Das war nichts Ungewöhnliches, manchmal erschien er erst gegen Nachmittag, aber er hatte heute um elf eine Vorlesung. Das Lämpchen meines Anrufbeantworters flackerte.

»Frau Stein – ich bin es. Sagen Sie doch bitte meine Vorlesung heute Mittag ab, ich habe mir irgendeinen Virus eingefangen.« Ein künstliches Husten erklang. »Und … äh … Frau Stein, ich hatte vorhin meine Mails gecheckt, aber Ihre Mail mit dem Vortrag muss irgendwie verloren gegangen sein. Schicken Sie die doch bitte noch einmal. Das Symposium lasse ich natürlich nicht ausfallen.« Wieder das künstliche Husten und dann, ganz leise im Hintergrund, kurz bevor er auflegte, ein leises Lachen. Ein Frauenlachen.

Virus, na klar. »Hast dir wohl 'nen Herpes eingefangen, du Armer«, höhnte ich laut und lachte.

Ein Räuspern erklang hinter mir. Mist! Ich fuhr herum und blickte geradewegs in das teigige Angesicht von Juliane Schmieder. Sie hatte sich die Haare färben und kurz schneiden lassen, zu einer Art auberginefarbigem Scheitelkäppchen. Ihr Kopf wirkte dadurch winzig, wie eine Erbse auf einem Weinfass. Sie sah schlimmer denn je aus.

»Ist der Professor da?«, fragte sie.

»Nein, tut mir leid.«

Juliane Schmieder ächzte und ließ sich ungefragt auf den Stuhl in der Ecke fallen. »Mann, ich erreiche ihn einfach nie. Ich hab ihm schon tausend Nachrichten auf dem AB hinterlassen. Was soll ich denn da nur machen?«

»E-Mail«, antwortete ich knapp. David reagierte so gut wie nie auf Nachrichten auf dem AB, wusste sie das nicht?

»Auch darauf antwortet er nicht«, erwiderte sie bekümmert. »Ich kriege noch die Krise. Ich finde keinerlei Literatur zum Thema Eule und Nachtigall. Ich muss das Ding endlich zu Ende bringen, ich werde schließlich auch nicht jünger.«

Plötzlich tat sie mir leid. Sie war seltsam anzusehen, das schon, und wirkte immer wie halb narkotisiert. Sie kriegte auch irgendwie überhaupt nichts mit, aber sie war weder zickig noch arrogant noch bösartig. Sie hatte mir nichts getan, und dass David sie so ignorierte, war eine Sauerei. Er würde sie durchfallen lassen, da war ich mir ziemlich sicher. Wahrscheinlich, weil sie nicht hübsch war. Was Juliane Schmieder zu Papier brachte, war trotz allem noch akzeptabler als das Gewürge von Janina Winkler. Eine kleine fiese Idee formte sich in meinem Kopf. »Wissen Sie was?«, sagte ich freundlich. »Ich gebe Ihnen mal seine Handynummer. Da können Sie ihn immer erreichen.«

»Wirklich?« Juliane Schmieder konnte ihr Glück nicht fassen.

Ich zwinkerte ihr zu. »Sagen Sie ihm aber nicht, dass Sie die Nummer von mir haben. Und wissen Sie noch was? Nehmen Sie einfach den *Beowulf* als Thema. Das nehmen doch alle. Da gibt es sogar einen Film. Mit Angelina Jolie.« Ich lehnte mich zurück und strahlte sie an.

Juliane Schmieder knetete überrascht ihre großen Hände mit den dicken türkisfarbigen Ringen aus dem Eine-Welt-Laden. »Ja, den *Beowulf,* warum nicht. Da gibt es bestimmt 'ne Menge Sekundärliteratur. Ja, echt, gute Idee. Danke.« Sie starrte mich an, als nähme sie mich zum ersten Mal richtig wahr. »Sie sind echt nett.«

Ein Schweigen entstand, in dem ich mich irgendwie bemüßigt fühlte, ihr ebenfalls ein Kompliment zu machen, immerhin kannte ich sie am längsten von allen Studenten. »Schicke Haare«, brachte ich schließlich heraus.

»Ja, nicht? Ich war bei der Farbberatung. Ich werde bald dreißig, und irgendwie ...« Sie brach verlegen ab.

»Ich auch«, rutschte es mir heraus. Mann, was war heute nur mit mir los? Gleich würden wir uns noch um die dreißigjährigen runzligen Hälse fallen und uns gegenseitig unser dreißigjähriges Leid klagen.

»Ich gehe jetzt auch ins Fitnessstudio«, vertraute sie mir an. »Ich bin total unsportlich geworden.«

Beinahe hätte ich wieder »Ich auch« geblökt, aber ich konnte mich gerade noch bremsen. Aber es stimmte: Ich war wirklich total unsportlich geworden. Ich hatte das letzte Mal vor drei Jahren oder so mit Sebastian Tennis gespielt und mir dabei wegen eines ungeschickten – um nicht zu sagen hilflosen – Sprunges zur Seite den Fuß gebrochen. Seitdem war ich überzeugte Nicht-Sportlerin.

»Na dann. Viel Spaß beim Sport!«, sagte ich. »Und viel Glück mit der Magisterarbeit.«

»Danke.«

Ich sah ihr nach. Es war das längste Gespräch, das wir je miteinander geführt hatten. Und außerdem hatte sie mich ins Grübeln gebracht. Neulich hatte ich mit Entsetzen festgestellt, dass ich vier Kilo mehr wog als früher. Und dass ich nach Luft schnappen musste wie ein Asthmatiker, wenn ich zu schnell die Treppen hochstieg. Vielleicht sollte ich ja auch wieder ein bisschen Sport machen? Wenn ich von nun an keine unbezahlten Überstunden mehr machte, hätte ich ja viel mehr Zeit. Apropos unbezahlte Überstunden.

Lieber Herr Professor Engelbrecht, ich habe Ihre Nachricht erhalten und hoffe, Sie sind bald wieder fit. Mit einer Viruserkrankung ist nicht zu spaßen, da hilft nur Bettruhe. Den Vortrag habe ich Ihnen noch nicht gemailt, denn ich war mir nicht sicher, wie das bei außerdienstlichen Angelegenheiten mit der Bezahlung läuft. Einfach in Rechnung stellen und an die Buchhaltung weiterleiten? Ich will ja nichts falsch machen und werde mich gleich mal im Personaldezernat erkundigen. Werden Sie erst mal wieder richtig gesund! Es grüßt Sie herzlich, Lucie Stein

Ich grinste und klickte auf Senden. Und tschüss. Es dauerte keine zehn Minuten, und eine Antwort rauschte herein.

*Vergessen Sie den Vortrag, lasse das Symposium aus-
fallen. Übrigens – wissen Sie zufällig, wie zum Geier die
Schmieder an meine private Nummer gekommen ist?
Unglaublich dreiste Person!*

Nun, da konnte man geteilter Meinung sein. Ein bisschen Dreistigkeit tat Juliane Schmieder sicher gut auf
ihrem neuen, farblich aufgefrischten, sportlich ambiti-
onierten Lebensweg. Ich blickte aus dem Fenster in den
Innenhof der Uni. Heute schien wieder die Sonne, die
Luft war kühl und frisch, die Bäume von einem golde-
nen Herbsthauch überzogen. Ich beobachtete schwat-
zende, rauchende Grüppchen, küssende Paare, Bauar-
beiter, die Gerüste anbrachten oder die Plattenwege er-
neuerten, rehäugige Erstsemester, Antifa-Rebellen, die
ihr Hab und Gut in Camouflagerucksäcken herum-
schleppten wie Guerillakrieger, Informatikstudenten
mit eckigen Brillen und in T-Shirts, auf denen *Compu-
terflüsterer* stand, sowie einen einsamen Jogger. Joggen ... Dazu musste man sich in keinem Fitnessclub an-
melden, wo man sich unter den spöttischen Blicken der
Hardcoremitglieder am Crosstrainer blamierte. Man
musste sich auch nicht in kalte, chlorige Gewässer begeben und sich mit zahllosen Leuten die Bahn teilen
oder mit fremden Frauen beim Yogakurs laut atmen.
Joggen – warum eigentlich nicht?
Charlie würde auf keinen Fall mitkommen, informierte sie mich per SMS. Sie hasste Joggen fast so sehr
wie Wochenenden ohne Sex. Sport fand sie ohnehin
doof. Ich bis vor Kurzem ja auch. Allerdings musste ich
zähneknirschend eingestehen, dass Charlie es auch
nicht so nötig hatte wie ich.

Spätnachmittags stand ich zu Hause vor dem Spiegel, mit ein paar prähistorischen Turnhosen (die waren noch von Sebastian und spannten ein bisschen), einem Tchibo-T-Shirt (Werbegeschenk) und ehemals weißen Sneakers (einer nur mit halbem Schnürsenkel) bekleidet und versuchte, mir endlich einen Ruck zu geben. Auf gar keinen Fall würde ich in meinem Viertel herumrennen. Zu viele Leute, die mich kannten, zu viele Zeugen, die sehen würden, wie ich japsend einen Kreislaufkollaps erleiden und neben dem vietnamesischen Gemüsestand zusammenbrechen würde. Ich schnappte meine Autoschlüssel. Wozu hatte ich ein Auto. Es gab genug Parks in unserer Stadt. Es war vielleicht ein bisschen pervers, mit dem Auto zum Joggen zu fahren, aber das war mir schnuppe.

Unten im Auto überlegte ich kurz. Welcher Park war am größten? Der Hainpark. Und obwohl ich doch eigentlich so ungefähr wusste, wo der lag, trieb mich irgendeine innere Macht an, das Navi zu nutzen. Nur als Test. Nur um zu sehen, ob das gestern alles ein Zufall war.

»Nur ein minikleiner Test, George«, murmelte ich. »Nur um zu sehen, ob du mich auch nur *einmal* dort absetzt, wo ich wirklich hinwill.« Ich schaltete das Navi an.

»Hallo Lucie, wo soll es hingehen?«

H-a-i-n-p-a-r-k gab ich langsam und vorsichtig ein. Definitiv richtig geschrieben. Allen Regeln der Vernunft nach würde ich jetzt vorn rechts auf die Hauptstraße auffahren müssen.

»Bitte wenden und links in die Schnittergasse einbiegen, Lucie«, erklärte das Navi mit seiner sanften Stimme.

Ich holte tief Luft. *Here we go again.* »Was hast du vor, George?«, fragte ich, fuhr aber wie befohlen in die Schnittergasse.

»Nach etwa zweihundert Metern bitte links in die Goethestraße abbiegen, Lucie.«

»Aber bitte, mach ich doch gern, George«, antwortete ich in genau demselben übertrieben sanften Ton. »Du bist der Experte.«

»Danke, Lucie.«

Ich trat ungestüm auf die Bremse und schaltete hastig das Navi aus. Was war das eben gewesen? Das war keine bloße Fahranweisung. Das war ... *Ein Gespräch.* Ich sah mich ängstlich in meinem kleinen Polo um, als ob sich da irgendwer irgendwo hätte verstecken können. Vielleicht litt ich auch unter Halluzinationen. Dann sah ich zum Fenster hinaus. War die Stimme von draußen gekommen? Doch da war niemand, nur ein paar Meter weiter stand an der Ecke eine Mutter mit ihrem kleinen Sohn, der fröhlich allen Autos zuwinkte. Als er mich erblickte, wedelte er aufgeregt mit den Armen. *Fahr weiter!*

»Okay. Okay.« Ich winkte dem Jungen zurück. »Ist ja gut. Ich fahre ja schon weiter.« Und so schaltete ich meinen Verstand aus und das Navi ein und folgte den seltsamen Anweisungen, die mich natürlich nicht zum Park brachten, sondern vor einem Sportgeschäft anhalten ließen.

»Du hast dein Ziel erreicht, Lucie«, schmeichelte die Stimme.

Ich musterte das Schaufenster. Es war eines dieser edlen Outfitter-Geschäfte für wahnsinnig gewordene Extremsportler.

30% Rabatt auf alle Adidas-Laufschuhe.
40% Rabatt auf alle Ultrasport-Laufmode mit Quick-Dry-Funktion. Buy one get one free!

»Okay George«, sagte ich. »Ich kapier das schon. Du findest mich zu unsportlich angezogen. Ist es das, was du mir mitteilen willst?«

»Du hast dein Ziel erreicht, Lucie«, wiederholte die Stimme sanft.

»Ich kann mir das diesen Monat nicht leisten. Auch nicht mit dreißig Prozent Rabatt. Also fahren wir jetzt bitte zum Hainpark.«

Ich wollte weiterfahren, aber das Lenkrad klemmte irgendwie. Es ließ sich nicht mehr drehen. Fluchend zog ich den Zündschlüssel ab, nur um ihn gleich darauf wieder hineinzustecken und einen neuen Versuch zu starten. Mit einem gespenstischen Jaulen ging der Motor an, ganz so, als wäre er eine gepeinigte Kreatur, die von mir gefoltert wurde.

»Du hast dein Ziel erreicht, Lucie«, begrüßte mich als Allererstes die Stimme des Navis.

»Ach ja?«, zischte ich. »Wieso gehst du von allein an? Und was ist mit *Hallo Lucie, wo soll es hingehen*? Zum Hainpark soll es gehen, verdammt noch mal.«

»Du hast dein Ziel erreicht, Lucie.« Der Motor erstarb mit einem rachitischen Röcheln. Das Auto streikte. Ich starrte das kleine Kästchen ungläubig an. Es war nicht zu fassen. Was ging hier eigentlich vor sich? Konnte ich jetzt nicht mal mehr nach Hause fahren? Ich stieg aus und öffnete die Motorhaube. Hauptsächlich, um irgendetwas zu tun. Um hineinzustarren in das Gewirr aus unbekannten Kabeln und Gehäusen, deren Zweck und Funktion mir völlig schleierhaft waren und die zu berühren ich nicht wagte. Genauso gut hätte ich in das Innere eines erlegten Hirsches blicken können.

»Probleme?« Neben mir hielt ein Lieferwagen. *Kfz-Kunze* lautete der Schriftzug auf dem Wagen. Ein Kfz-Mechaniker, meine Güte, hatte ich ein Glück! Wenn einer dem Navi die Leviten lesen konnte, dann eine schnurrbärtige Frohnatur im Blaumann namens Kunze.

»Springt nicht an«, sagte ich zu dem Fahrer, der immer noch wartete. Etwas zu spät schickte ich ein Lächeln hinterher. Immerhin hatte der Typ freiwillig angehalten.

»Geht nicht, gibt's nicht.« Der Mann grinste, stieg aus und trat neben mich. Mit fachmännischem Blick musterte er die öligen Innereien meines Autos. »Hm«, machte er dann. Offenbar war alles in Ordnung.

»Darf ich mal?« Er quetschte sich an mir vorbei und schob sich auf den Fahrersitz, wo er ein kompliziertes Manöver aus Schlüssel rein, raus, Bremse treten, Kupplung treten, Gaspedal treten, auf Knöpfe drücken, nach unten und oben schauen und noch so einiges andere vollführte.

»Hm«, machte er wieder, diesmal klang es schon nicht mehr ganz so selbstsicher. »Irgendwelche komischen Geräusche gehört?«

Ich schüttelte den Kopf. Nein, hatte ich nicht. Wenn man mal von der Unterhaltung mit meinem Navi absah.

»Tja.« Der Mann kratzte sich am Kopf. »So auf die Schnelle kann ich da jetzt nichts finden, sehr seltsam. Kann Ihnen nur anbieten, dass unsere Werkstatt den Wagen abschleppt und wir uns das mal genauer ansehen. Soll ich Sie irgendwohin mitnehmen?«

»Nein, danke.« Meine Stimme piepste wie die eines kleinen Mädchens, eine dumpfe Ahnung stieg in mir auf. »Nett von Ihnen, aber ...« War das möglich? War es vielleicht so, dass auch die beste Werkstatt der Welt mein Auto nicht in Gang bekommen würde? Dass vielleicht sogar *das* der wahre Grund war, warum ich auf den Kfz-Heini getroffen war? Nicht, damit er mir half, sondern damit mir gezeigt wurde, welche Macht das Navi hatte? Ein leichtes Gruseln erfasste mich.

»Sicher?« Der Mann ließ nicht locker. Enttäuschung breitete sich in seinem Gesicht aus.

»Ich glaube, ich gehe einfach rasch etwas einkaufen, dann springt er bestimmt wieder an«, erklärte ich, ohne nachzudenken, denn im Schaufenster erschien jetzt eine Verkäuferin, die das *30 %-Rabatt-Schild* gegen ein *60 %-Rabatt-Schild* austauschte, eine andere stellte Joggingschuhe in die Auslage. Ein Wink mit dem Zaunpfahl. Etwa von *George?*

Der Mann warf mir einen leicht entnervten Blick zu. *Weiber und Shoppen!* »Na dann, wenn Sie meinen.« Er tippte sich andeutungsweise an die Stirn, stieg in sein Auto und fuhr davon.

»Trotzdem danke«, rief ich ihm kläglich hinterher, dann knallte ich die Motorhaube zu. »Okay«, schnauzte ich das Navi an. »Ich kauf mir was. Zufrieden, George?«

Durch das Schaufenster sahen mir die beiden Verkäuferinnen interessiert dabei zu, wie ich mein leeres Auto anschimpfte. Offenbar hatten sie sich wortlos verständigt, dass sie es mit einer Verrückten zu tun hatten, denn als ich den Laden betrat, lächelten sie milde wie Krankenschwestern und sprachen in fast genau demselben beruhigenden Tonfall mit mir wie mein eigenes Navi, das – da gab es keinen Zweifel mehr, also konnte ich den Tatsachen auch ins Auge blicken – ein »magisches« Navi war.

»Magisch«, murmelte ich vor mich hin, als ich den Laden betrat.

»Genau«, zwitscherte eine der Verkäuferinnen. »Sind die nicht irre? Minimalistisch urbane Laufschuhe mit antibakteriell behandeltem Mikrofaser-Innenfutter.« Sie hielt ein paar pfeffergraue Turnschuhe mit rosa Streifen hoch. »Und total runtergesetzt, fast geschenkt. Nur noch vierunddrei...«

»Nehm ich«, unterbrach ich das Geschnatter. Die beiden wechselten wieder einen Blick. Triumphierend diesmal.

Ich überlegte, ob Turnschuhe reichten. Lieber nichts riskieren. »Und Laufsocken nehme ich auch und die Hose und das T-Shirt.«

»Sie meinen die atmungsaktiven Sportsocken mit Frotteesohle? Oder die Marathon-Zehensocken?« Die Verkäuferin hielt etwas hoch, das wie ein langer schwarzer Handschuh für Zwerge aussah.

»Egal. Beide.«

Ich kaufte Socken. Ich kaufte Schuhe, Hose, T-Shirt, ein Armband für meinen iPod, einen Pulsmesser und Sportkopfhörer. Eine Wasserflasche bekam ich kostenlos dazu, weil ich so viel gekauft hatte und – so kam es mir zumindest vor – um mich endlich loszuwerden. Irgendwie war ich ihnen suspekt geworden, denn ich starrte immer wieder zu meinem Auto und murmelte vor mich hin.

Draußen wuchtete ich meine Einkäufe auf den Rücksitz, drehte den Zündschlüssel erneut und hielt nervös die Luft an. Der Motor startete sanft wie ein Engel, und das Navi meldete sich ebenfalls unverzüglich.

»Hallo Lucie, wo soll es hingehen?«, fragte es, als wäre nichts zwischen uns vorgefallen.

»Das weißt du genau.« Ich trommelte mit den Fingern auf das Lenkrad. »In den Hainpark.«

»Nach etwa dreihundert Metern bitte links in die Adenauerstraße abbiegen, Lucie«, antwortete das Navi prompt.

»Ach, Tatsache? Danke!« Meine Stimme triefte vor Hohn.

»Bitte schön.« Die Stimme des Navis ebenfalls.

Wieder lief mir ein kleiner Schauer über den Rücken.

New York Marathon

Im Hainpark ging es zu wie in einem dieser apokalyptischen Hollywoodfilme, in dem Massen von Menschen angsterfüllt fliehen. Vor Vulkanausbrüchen und Überschwemmungen und Invasionen der Außerirdischen und so weiter. Natürlich gab es nichts Dergleichen im Hainpark. Es dauerte nur ein paar Sekunden, bis mir dämmerte, dass die Leute nicht auf der Flucht waren, sondern joggten. Und dass die Panik in den Augen der Angst galt, irgendjemand könnte sie überholen. Am liebsten wäre ich auf der Stelle wieder abgedreht. Einzig die Ungewissheit, wie mein obskures Navi darauf reagieren würde, hielt mich davon ab. Also zog ich mir im Auto schnell die neuen Turnschuhe an, klemmte mir den albernen Pulsmesser um das Handgelenk, schnallte den iPod an den Oberarm, stöpselte die Kopfhörer in meine Ohren, warf dem Navi einen letzten misstrauischen Blick zu und reihte mich in den Strom der Läufer und Läuferinnen ein.

Auf den ersten hundert Metern ging es ganz gut. Ich lief genauso lässig federnd wie die zwei Sportgazellen neben mir. Die wurden dann nur irgendwie immer schneller und hängten mich ab, wie im Übrigen auch so ziemlich alle anderen Leute, die ohne die geringste Anstrengung an mir vorbeizogen. Ich biss die Zähne zusammen und beschleunigte, auch wenn ich mir jetzt total sicher war, dass ich Tbc hatte und aus Gesundheitsgründen eigentlich nicht laufen durfte. Meine Lunge schmerzte jedenfalls bei jedem Schritt, ich musste meinen Mund aufreißen wie eine Erstickende, um genug Luft zu bekommen. Luft, die mir jetzt eisig und beißend vorkam und nicht mehr herbstlich frisch. Ich versuchte, im Laufen den Pulsmesser zu lesen, aber alles verschwamm vor meinen Augen. Dann fing es rechts in meinem Bauch fies zu stechen an. Was war da, die Leber? Hatte ich einen Leberschaden? Außerdem schienen die neuen Schuhe meine Füße irgendwie in eine seltsame Form zu pressen. Prima, dann bekam ich zu Fettleber und Tbc jetzt auch noch chinesische Krüppelfüßchen! Plötzlich erklang hinter mir ein dumpfes Geräusch, eine Art Donnern und Schnauben, und ich befand mich mitten in einer Herde aggressiver Jogger. Ich strauchelte, fing mich wieder, aber da waren sie schon vorbei. Puh.

»Hey!«, rief jemand. »Aufpassen!«

Beinahe wäre ich in den nächsten Jogger hineingetorkelt. Warum musste der auch so hetzen? Wenn er unbedingt so schnell sein wollte, warum lief er dann nicht auf der Autobahn? Idiot.

Ich sah dem Typen nach. Auf seinem roten T-Shirt stand *New York Marathon 2013,* und er zog mit riesigen Schritten und unmenschlich schnell an allen Leuten vorbei. Selbst an der Herde. Idiot und Angeber.

Ich keuchte und schnaufte und schlurfte immer langsamer, aber immerhin hatte ich schon eine halbe Runde geschafft. Ich hatte sogar jemanden überholt, jawohl. Eine Frau, die joggte und ihren Kinderwagen dabei vor sich herschob. Gut, sie war stehen geblieben, um sich ihrem Baby zu widmen, aber überholt war überholt. Und überhaupt – die Frau hatte einen enormen Vorteil, weil sie sich an dem Kinderwagen festhalten konnte. Mit einem Rollator oder so wäre ich sicher auch schneller gewesen. Ich versuchte jetzt, mich auf mein Atmen zu konzentrieren, und betrachtete die Bäume im Park. Bäume hatten es gut. Sie mussten nicht laufen, konnten prima mit Photosynthese atmen und blieben immer schlank. Wenn sie breiter wurden, galten sie als beeindruckend, wenn sie alt wurden als majestätisch. Nie sprach jemand von fetten Bäumen oder Bäumen mit ersten Fältchen! Genau – ich würde mir einfach vorstellen, ein Baum zu sein, und mich mit »Sounds of Nature« ablenken, um noch eine zweite Runde zu schaffen, dazu musste ich nur die Ohrstöpsel meiner Kopfhörer besser in die Ohren drücken, die immer wieder herausrutschten. Plötzlich spürte ich einen gewaltigen Ruck. Etwas zerrte mich mit sich, so dass ich beinahe hinfiel. Es war der idiotische Marathonläufer, der mich schon wieder überholte.

»He!«, stieß ich wütend heraus.

Er hielt an, sah erstaunt an sich hinunter und entfernte dann im Laufen meinen linken Ohrstöpsel, der sich mitsamt dem Kabel an seiner Wasserflasche verfangen hatte.

»Mann, du musst aufpassen!«, sagte er wieder und schüttelte den Kopf.

»Pass doch selber auf!«, schnappte ich zurück. Das heißt, ich versuchte es, aber ich war so atemlos, dass ich kaum ein Wort herausbrachte. Ich hechelte den Typen nur an wie ein Hund.

»Schicke Turnschuhe«, sagte er. Ich hätte schwören können, mit einem fiesen Grinsen im Gesicht. Dann schoss er wie ein Verrückter weiter. Ich sah nach unten. An meinen neuen Turnschuhen klebte noch ein orangefarbener Preissticker. *Nur noch 34.99!* Mann, was für ein Snob. Wahrscheinlich hatte der Zusammenprall ihm eben ein paar kostbare Sekunden geraubt, und jetzt flennte er gleich wie ein Baby. *New York Marathon*, haha. Welcher Idiot flog schon nach New York, um zu laufen? Normale Menschen flogen hin, um zu shoppen! Der Typ überholte mich noch siebenmal wie ein gottverdammter Satellit, aber ich blickte jedes Mal stur geradeaus. Ebenso, als eine Schwangere und ein etwa Achtzigjähriger leichten Schrittes an mir vorbeizogen. Ich würde mich nicht unterkriegen lassen, auch wenn meine Lungen gleich explodierten. *Einatmen, ausatmen.* Marie, die Pesthure, war ganz alleine von Esslingen nach Rottweil gewandert. *Einatmen.* Barfuß. *Ausatmen.* Im Winter. *Einatmen.* Ohne Wasserflasche. *Ausatmen.* Ich würde mich nicht unterkriegen lassen!

Es fing wieder an zu regnen.

»Du bist wie lange gerannt?« Charlie sah mich fassungslos an.

»Dreizehneinhalb Minuten«, erwiderte ich stolz. Ich fühlte mich, als hätte ich heute Nachmittag den Mount Everest bezwungen. Erschöpft, aber frisch und stark und Charlie irgendwie überlegen, die in einem hellblauen Ganzkörperschlafanzug auf ihrer Couch lümmelte und Kakao trank. Ich würde auf jeden Fall wieder joggen gehen.

»Und trotzdem bist du immer noch so knallrot im Gesicht? Wahnsinn.« Sie nahm einen Schluck.

»Mach du das erst mal nach«, erwiderte ich beleidigt.

»Um Gottes willen.« Charlie schüttelte sich. »Könnte mir nichts Schlimmeres vorstellen, vor allem bei dem Wetter.« Sie sah an sich herunter. »Obwohl ...« Dann winkte sie ab. »Ach, egal, Erik gefalle ich auch so.«

»Bist du jetzt mit dem zusammen?«, fragte ich ungläubig.

»Natürlich nicht.« Charlie steckte sich eine Zigarette an. »Wir treffen uns nur gelegentlich, wenn du verstehst, was ich meine.«

Ich verstand. Das heißt, ich verstand natürlich nicht, wie sie sich mit so einem Clown auch nur *gelegentlich* treffen konnte, aber ich würde mich hüten, das zu sagen.

»Ich meine, er ist ja ganz gutmütig und so«, fuhr sie fort. »Neulich hat er mir meine Klamotten aus der Reinigung und Brötchen vom Bäcker geholt. Aber man kann nicht groß mit ihm reden. Außer: Ja, oh ja, Baby!« Sie grinste. »Und dann sind da noch seine Socken.«

»Lässt er sie etwa an?«

»Ja. Aber das ist nicht das Schlimmste. Er trägt Socken mit ...« Sie suchte nach dem richtigen Wort »... Bildchen.«

»Was für Bildchen?«

»Na, Pinguine. Oder Fußbälle. Oder Biergläser oder Totenköpfe oder die Simpsons oder ...«

»Hör auf.« Ich streckte abwehrend die Hände aus.

»Siehst du? Du verstehst mich. Wie kann ich einen Mann mit solchen Socken ernst nehmen? Ich muss mich ja schon zwingen, beim Sex nicht auf seine Füße zu gucken, damit ich keinen Lachkrampf kriege. Ich meine, es ist echt nichts abtörnender im Bett als eine blaue Socke vor der Nase, auf der Bart Simpson Handstand macht.«

Ich musste lachen, und Charlie fiel mit ein. Dann sah sie mich auf einmal neugierig an. »Was ist eigentlich mit Prinz Engelbrecht?«

»Was soll mit dem sein?«

»Ich meine ja nur. Du hast heute mit noch keiner Silbe von seinem wunderbaren Verstand und Geschmack geschwärmt. Das ist ungewöhnlich.«

»Sein Geschmack ist total daneben.«

Jetzt hatte ich ihre volle Aufmerksamkeit. »Was? Seit wann denn das?«

Ich druckste eine Weile herum, weil es mir so peinlich war, aber dann rückte ich doch damit heraus. Ich ließ nichts aus, weder den Kellner noch die Weinbergschnecken noch den erniedrigenden Anblick der beiden Verliebten in der Bar *Moretti*. Dass mich das Navi dorthin geführt hatte, erwähnte ich allerdings nicht. Charlie wunderte sich ohnehin nicht, wieso ich überhaupt vor dem *Moretti* gelandet war. Solche Details interessierten sie nie. Jetzt nickte sie mitfühlend. »Kann ich verstehen, dass du nicht mehr zu Regines Party wolltest. Das hättest du mir doch sagen können, anstatt irgendwas von einer anderen Party zu erfinden.«

»Ich ...« Ich verstummte hilflos.

»Jedenfalls hab ich's doch gewusst, dass der Engelbrecht ein arroganter Pinkel ist. Dann bist du ja jetzt frei und kannst mitkommen.«

»Wohin denn?«

Charlie stieg aus ihrem bizarren Schlafanzug und griff nach ihrer Jeans. »Na, zu Erik. Wir machen uns 'nen gemütlichen Abend zu viert, Erik kann ja noch 'nen Freund anrufen, muss ja nicht Nico sein, wenn du nicht willst.«

»Nein, danke«, platzte ich heraus. »Ich bin k.o., wirklich. Ich will nur nach Hause.«

»Na, wie du meinst.« Sie zog sich weiter an, bürstete sich die Haare, sah prüfend in den Spiegel und fuhr sich kurz mit einer Puderquaste über das Gesicht. »Aber kannst du mich noch hinfahren?«

Daher wehte also der Wind. »Ich denke, ihr seht euch nur gelegentlich?«, fragte ich spöttisch.

»Na ja, heute ist halt so eine Gelegenheit. Es ist noch nicht mal sieben, ich langweile mich hier sonst noch zu Tode.«

»Du könntest was lesen«, schlug ich vor.

Charlie starrte mich an, als hätte ich ihr gerade vorgeschlagen ins Takka-Tukka-Land auszuwandern. Sie machte sich nicht mal die Mühe, mir zu antworten, legte ein bisschen Lipgloss auf und nahm ihre Tasche. »Wir können los.«

»So. Nun mach das Ding mal an«, befahl sie fröhlich, als wir im Auto saßen.

»Welches Ding?« Ich vermied ihren Blick.

»Na, dein Navi hier. Sieht ja total antiquiert aus, wenn du mich fragst. Warum hast du nicht gleich ein neues gekauft?« Sie fummelte an dem Navi herum.

»Lass das!« Es kam schärfer heraus als beabsichtigt. Charlie sah mich verwundert an, aber ich wusste in dem Moment wirklich nicht, wie ich ihr erklären sollte, dass mein Navi mit mir ... redete. Sie würde mich für verrückt erklären, wenn auch mit einem nachsichtigen Lächeln. Andererseits, so überlegte ich dann, wäre es eigentlich ganz gut, wenn sie es selbst mal hören würde. Dann könnte ich mir die ganzen lächerlichen Erklärungsversuche sparen, und sie würde sofort sehen, was ich meinte.

»Es ist so«, setzte ich an, »dass dieses Navi ...äh ... ein bisschen anders programmiert ist als andere Navis der ... früheren Generationen. Oder späteren.«

»Ja.« Charlie sah mich leer an. Offenbar hatte sie schon bei dem Wort »programmiert« den Faden verloren.

»Also, es redet mich mit meinem Namen an.«

»Cool. Und?«

»Nichts weiter. Ich wollte es dir nur sagen. Damit du dich nicht wunderst.«

»Hm.« Charlie hörte mir gar nicht mehr zu. Sie schrieb eine SMS an Erik.

Ich startete das Auto. »Okay, wo musst du hin?«

»Brandenburgstraße. Beim Mekka-Center.«

»Okay.« Ich tat gleichmütig, obwohl mein Herz klopfte wie verrückt, und schaltete das Navi ein. Automatisch duckte ich mich ein bisschen in Erwartung des üblichen »Hallo Lucie, wo soll es hingehen?« Aber nichts passierte. Das Navi blieb stumm. Das verdammte Ding blieb stumm!

»Na los, mach«, sagte Charlie und sah auf die Uhr. »Nummer 34.«

»Okay. Okay.« Ich gab die Adresse so behutsam ein, als ob ich ein Baby streichelte, und lehnte mich gespannt zurück.

»Nach zweihundert Metern rechts in die Chausseestraße abbiegen«, erklang die Stimme von George. Komplett neutral. Die blecherne Stimme einer Maschine, weiter nichts.

Ich wusste nicht, was ich davon halten sollte, und so machte ich einfach, was es anordnete.

»An der nächsten Ampel rechts in die Schillerstraße abbiegen. Dann fünf Kilometer der Straße folgen.«

Kein Dankeschön. Kein Bitteschön. Kein Lucie, kein Hallo, kein gar nichts.

»Was genau ist jetzt mit dem Ding?«, fragte Charlie, nur mäßig interessiert.

»Nichts«, murmelte ich. George war entweder ein cleverer kleiner Mistkerl oder eine Ausgeburt meiner Phantasie. In letzterem Fall gehörte ich wahrscheinlich in Behandlung.

»Es sagt doch gar nicht deinen Namen«, fuhr Charlie ungerührt fort. »Was hast du gemeint?«

»Nichts!« Ich fing an zu schwitzen und folgte stumm den monotonen Anweisungen des Navis, bis es auf einmal einen vertrauten Satz sagte: »Du hast dein Ziel erreicht!«

»Ha!«, machte ich triumphierend und klopfte auf das Lenkrad. »Hörst du? Siehst du? Ich spinne doch nicht!«

»Was?« Charlie sah von ihrem Handy auf. »Sind wir da?«

»Nein, eben nicht. Das meine ich eben!«

»Dann fahr doch weiter.«

»Es lässt mich ja nicht. Und es duzt mich. Hörst du?«
Ich zeigte auf das Navi, und prompt beteuerte es erneut:
»Du hast dein Ziel erreicht.«

»Ist das die Brandenburgstraße?« Charlie ließ die
Fensterscheibe herunter. »Nee, hier sind wir irgendwie
falsch.«

»Genau!«, jubelte ich. »Das meine ich doch. Das Ding
hat einen Tick, einen … ich weiß nicht was, das ist nicht
normal.« Erleichtert sprudelte ich heraus, was sich in
den letzten Tagen in mir angestaut hatte. »Es redet mit
mir, es duzt mich, es antwortet, und ich meine hier *echt*
antworten und … und führt mich zu irgendwelchen
seltsamen Plätzen, wo ich gar nicht hinwill, und
dann …«

»Ach warte«, unterbrach Charlie meinen Redefluss.
»Da vorn ist es ja. Hinter dem Copyshop ist die Brandenburgstraße. Ich kann auch vorlaufen. Oh, Shit!« Sie
schlug sich mit der Hand an die Stirn. »Ich sollte diesen
blöden Vertrag von der Agentur faxen.« Sie zerrte einen
Umschlag aus ihrer Tasche. »Unsere Faxmaschine im
Büro war kaputt. Meinst du, der Copyshop hat ein
Fax?« Sie beugte sich aus dem Fenster. »Ja, da steht groß
Fax, und die haben sogar noch auf. Mann, ich danke
dir. Du bist ein Schatz, Lucie. Das hätte ich sonst glatt
vergessen. Kannst du hellsehen, oder was?« Sie lachte.

»Nein.« Ich lachte nicht. Ich fixierte das Navi.

»Danke, Süße.« Sie drückte mich kurz. »Und jetzt sei
mal nicht so verkrampft. Der Engelbrecht ist ein steifer
Knacker, viel zu alt für dich, wenn du mich fragst. Wird
Zeit, dass wir dir einen richtigen Mann finden. Und
dein Navi geht doch, auch wenn es ein bisschen scheiße
aussieht, weiß gar nicht, was du hast.« Sie küsste mich

flüchtig auf die Wange, winkte mir zu und lief zum Copyshop. Neid brauste in einer Welle über mich hinweg. Warum konnte ich nicht so sein wie Charlie? So sorglos, so unbekümmert, so ... ohne je groß nachzudenken. Sie hatte nicht mal was bemerkt. Wie auch, das Navi hatte sich ja vornehm zurückgehalten.

»George?«, flüsterte ich.

»Hallo Lucie, wo soll es hingehen?«, meldete sich die Stimme. Sie klang ausgesprochen fröhlich.

»Nach Hause«, presste ich heraus. »Einfach nur nach Hause.« Ich gab mit schwachen Fingern meine Adresse ein. Das Navi konnte sich nicht mal Adressen merken, fiel mir auf. Es musste noch älter sein, als ich angenommen hatte.

»Bitte zwei Kilometer der Straße folgen und dann auf den Beimler Ring in Richtung Südkreuz auffahren, Lucie.«

»Danke«, sagte ich schwach.

»Bitte schön, Lucie«, antwortete das Navi munter.

Ich beschloss, nichts mehr zu sagen, und das schaffte ich auch, zumindest eine ganze Weile lang. So lange, bis ich feststellte, dass ich mich ganz und gar nicht meinem Wohnviertel näherte. Im Gegenteil, ich entfernte mich immer weiter davon.

»George, was wird das?«, fragte ich warnend.

»Du hast dein Ziel erreicht, Lucie«, verkündete das Navi. Diesmal klang es – ich konnte es nicht anders sagen – regelrecht euphorisch.

»Hab ich das?«, flüsterte ich. Die Straße, in der ich mich befand, war dunkel und neblig, die Straßenbeleuchtung war ausgefallen. Es gab keine Geschäfte, nur einen Park oder Friedhof oder was immer das war auf der rechten Seite, mit riesigen Bäumen. Drei Einfamilienhäuser, eins schwach beleuchtet, zwei ohne Licht. »Hab ich das?«, wiederholte ich langsam. Denn vor mir, im Dunkel der Nacht zeichnete sich ein schemenhafter Umriss ab. Da *war* etwas.

Und es lag mitten auf der Straße.

Bardo

Ich schaltete den Motor aus. Wie blöd, jetzt war es erst recht zappenduster. Das Ding auf der Straße sah aus wie ein weggeworfener Pelzmantel. Jetzt bewegte es sich. Ich startete sofort wieder das Auto.

»Du hast dein Ziel er...«

»Ja doch, Herrgott noch mal. Ich hab's verstanden!«

Ich beugte mich vor, um besser zu sehen. Das Ding stand auf und gab ein Geräusch von sich. Ein Wolf! Shit! Wollte das Navi mich umbringen? Ich blinzelte. Ach nein, doch kein Wolf, ein Hund. Na ja, fast genauso schlimm.

Ich stieg aus, blieb aber bei der Autotür stehen. Man hörte ja die seltsamsten Dinge. Angeblich verletzte Leute, die irgendwo auf der Straße lagen, und wenn man ihnen dann zu Hilfe eilte, stürzten kriminelle Gangs aus ihren Verstecken und raubten einen aus. Oder so in der Art. Jedenfalls hatte ich das schon mal in einem Film gesehen.

»He!«, rief ich. »Hau ab. Sonst wirst du überfahren.«

Der Hund schien das als Aufforderung zu verstehen, zu mir zu kommen. Er tappte auf mich zu und winselte.

»Hast du dich verlaufen? Zu wem gehörst du denn, hm?«

Ich beugte mich hinunter und fuhr sofort wieder zurück. Der Hund hatte versucht, mein Gesicht zu lecken. Igitt!

»Bei dir klappert es wohl. Mach das ja nicht noch mal«, sagte ich. »George?«, sagte ich nervös in Richtung Auto. »Und was jetzt?«

George blieb stumm. Das Auto war ja aus. Ich ließ den Hund nicht aus den Augen, langte mit der rechten Hand ins Innere und drehte vorsichtig den Zündschlüssel wieder um. Das Auto sprang in dem Moment an, in dem der Hund wieselflink neben mir ins Auto sprang.

»Du spinnst ja wohl. Und tschüss!« Ich öffnete die Beifahrertür und schob den Hund auf der anderen Seite wieder hinaus. Sofort erstarb der Motor wieder mit einem gehässigen Gurgeln.

»Du hast dein Ziel erreicht, Lucie«, meldete sich prompt das Navi.

»Nee.« Mir dämmerte, was es wollte. »Das kannst du nicht von mir verlangen.« Unter der Motorhaube erklang ein wütendes Grollen, dann herrschte Stille. Totenstille.

»Ich kauf mir ein neues Auto!«, drohte ich laut, obwohl mein Polo erst zwei Jahre alt war und ich wusste, dass das alles absolut nichts mit dem Auto zu tun hatte. Nur mit dem Navi.

»George?«, fragte ich ungläubig. »Du willst also, dass ich diesen Hund mitnehme? Warum? Warum zum Geier sollte ich das tun? Ich habe keine Ahnung von Hunden. Ich mag Hunde nicht, die springen an einem hoch, lecken einem das Gesicht ab und schnüffeln einem ungeniert im Schritt herum, sobald man sich hinsetzt. Und nicht zu vergessen – sie beißen manchmal. Was soll ich also mit einem Hund, hm?«

Schweigen.

Ich stöhnte auf, öffnete entnervt die Beifahrertür, vor der der Hund schon wie eine ungeduldige Oma an der Bushaltestellte hin und her trippelte, und ließ ihn wieder hineinklettern. Der Hund machte es sich auf dem Beifahrersitz gemütlich, als hätte er eine Stadtrundfahrt gebucht. Ich versuchte, den Geruch nach nassem Fell zu ignorieren, der sich sogleich im Auto ausbreitete und mit den Resten von Charlies exotischem Parfümgeruch zu einer wilden Melange aus Bordell und Zoo vermischte. »Der müffelt«, informierte ich George. »Nur dass du's weißt. Herzlichen Dank.«

»Bitte, Lucie.«

Ich startete den Motor, erwartungsgemäß sprang er sofort an. »Okay, George. Können wir jetzt weiter?«

»Ja, Lucie. In fünfzig Metern bitte auf die Eisenberger Straße auffahren und links halten.«

Es war nicht zu glauben. Es war echt nicht zu glauben. Der Hund hechelte und sah zufrieden zum Fenster hinaus.

»Und dort drüben sehen Sie die Flutlichter des Stadions. Es wurde 1976 erbaut«, imitierte ich höhnisch die Stimme eines munteren Reiseführers.

»1977«, verbesserte George.

Oh Gott. Ich schnaubte hysterisch, ließ mich dann aber erschöpft von George aus dem Dschungel der Nebenstraßen hinausleiten, bis ich wieder wusste, wo ich war, und schaltete ihn dann sofort aus. Trotzdem hatte er es geschafft, noch ein letztes »Danke, Lucie« unterzubringen.

Warum? Das war die Frage. Warum das alles? Ich fuhr durch die Nacht, der Hund schnüffelte zufrieden an meinem Autositz, und ich dachte nach. Das Navi hatte mich als Allererstes zum *Moretti* geführt. Warum? Damit ich David auf frischer Tat ertappte, das lag auf der Hand. Anschließend zur falschen Regine. Warum? Damit ich endlich mal eine anständige Party besuchte? Oder damit ich kapierte, dass das Navi ein Eigenleben hatte? Es hatte mich zum Sportladen gebracht. Damit ich mich in meinem lächerlichen Outfit nicht kolossal blamierte. Weil es wusste, dass der Park voller durchgeknallter Sportskanonen war. Unmöglich. Dann eben als Investition, weil ich ja jetzt öfter laufen sollte. Es hatte Charlie rechtzeitig zum Copyshop gebracht. Um Charlie zu helfen? Oder um mich erneut mit der Nase darauf zu stoßen, dass es sich nicht um ein normales Navi handelte? Als ob ich daran noch gezweifelt hätte. Und jetzt der Hund.

Das Navi wollte mich in andere Richtungen schubsen. Es wollte mir Dinge zeigen, die ich sonst nicht sehen würde. Der Gedanke war ungeheuerlich, aber es war die einzig logische Schlussfolgerung.

»Wer bist du, George?«, flüsterte ich. Das Navi schwieg, ich hatte es ja ausgeschaltet. Der Verkäufer vom Flohmarkt fiel mir ein. Ich würde am Samstag noch einmal hingehen, den Typen und seinen seltsamen Stand aufsuchen und ihn fragen, was um alles in der Welt er mir da verkauft hatte. Wer er war. Für wen er arbeitete. Und was er oder sein Navi von mir wollte.

Zu Hause gab ich dem Hund etwas zu fressen und zu trinken, dann betrachtete ich ihn genauer. Eigentlich war er ja niedlich. Noch ziemlich jung, sofern ich das beurteilen konnte. »Aber ins Bett kommst du nicht, das kannst du vergessen«, erklärte ich. »Du schläfst hier unten, auf dem Teppich. Und wehe, du hältst nicht dicht.«

Der Hund jaulte ein bisschen, legte sich aber brav vor mein Bett. Ein Auge schloss er, das andere behielt er halb offen, wahrscheinlich traute er dem Frieden nicht. Ich knipste das große Licht aus, meine kleine Leselampe an und schnappte mir die *Pesthure*. Marie war vom Ausschlag geheilt und mittlerweile mit Jakob auf der Flucht – als fahrende Gaukler verkleidet wollten sie in die Landgrafschaft Thüringen ziehen, um dort ihr neues Leben zu beginnen.

Marie versteckte rasch die Geldkatze unter ihrem Rock, als die fremden Reiter sich näherten. »Ruhig, Bardo, das sind keine Feinde«, flüsterte sie, als der große Hund neben ihr knurrte. Marie wusste aber in der Tiefe ihres Herzens, dass das Tier sich noch nie geirrt hatte. Die Reiter kamen nicht mit guten Absichten und ...

Lautes Jaulen. Ich drehte mich um. Der Hund hatte sich aufgesetzt und sah mich vorwurfsvoll an. Dann tapste er näher und schnappte nach meiner Bettdecke.

»Auf gar keinen Fall. Du kommst nicht ins Bett. Leg dich wieder hin, Bardo.«

Bardo? Hatte ich tatsächlich Bardo gesagt? Zu meiner Verblüffung legte sich der Hund wieder hin, ganz als ob ihm der Name gefiel.

»Willst du gern so heißen? Na gut, dann nenne ich dich so. Und jetzt gute Nacht, Bardo. Ich will noch lesen.«

Ich drehte mich weg, doch das Jaulen setzte erneut ein. In dem Moment erinnerte ich mich daran, dass Sebastian mir mal gestanden hatte, er habe sich zuerst in meine Stimme verliebt. Die wäre so sanft und melodisch und dass er mir hätte stundenlang zuhören können. Dass er später mal »Ach halt die Klappe, ich kann dich nicht mehr hören!« zu mir gesagt hatte, verdrängte ich jetzt. Stattdessen räusperte ich mich und fing einfach an, mit meiner melodisch sanften Stimme vorzulesen.

... jetzt erkannte Marie die Büttel an ihren brutalen und dummen Gesichtern.

»Rasch in den Wald«, rief sie. »Bardo, komm!« Doch der Hund folgte nicht. Der Hund wollte sie verteidigen, er warf sich todesmutig den Reitern entgegen. Zweige schlugen Marie ins Gesicht, wütendes Bellen und das Wiehern der Pferde schallte ihr in den Ohren, dann verstummte das Bellen schlagartig. »Bardo«, flüsterte Marie. Eine Träne lief ihr über die Wange.

Ich wischte mir selbst eine kleine Träne aus dem Augenwinkel. »He«, wisperte ich nach unten in Richtung Teppich. Aber mein Bardo war inzwischen eingeschlafen.

Seite drei, Absatz vier

Als ich am nächsten Morgen nach und nach wach wurde, konnte ich meine Füße nicht bewegen, weil jemand darauf saß. Im ersten Moment wusste ich gar nicht, wo ich war. Hatte ich gestern Abend mit Charlie zu viel getrunken? War ich irgendwo bei einem Kerl im Bett gelandet, der sich einen Spaß daraus machte, im Morgengrauen auf meinen Füßen zu sitzen? Jetzt keuchte der Typ auch noch genießerisch. Mann, hatte der einen Mundgeruch, das war ja abartig. Ich machte die Augen auf und fuhr hoch. Auf meinen Füßen saß Bardo, der Hund. Außerdem schneite es.

»Bardo? Wieso schneit ...« Ich sah mich verwirrt um. »Ach, verdammt noch mal. Hast du mein Kissen angefressen? Wie kommst du überhaupt hier hoch?«

In meinen Haaren piekte etwas, und ich zog es heraus. Daunenfedern. Und außerdem hatte ich verschlafen. Verdammter Mist! Da hatte ich mir ja was Tolles eingehandelt. George lieferte mir besser bald eine gute Erklärung, warum ich auf einmal einen Hund brauchte. Hastig zog ich mich an, gab Bardo ein Würstchen und was zu trinken und klemmte ihn unter den Arm. »Du kommst mit ins Büro«, erklärte ich ihm. »Ich kann dich ja schlecht den ganzen Tag alleine hier lassen.«

Unten auf der Straße ließ ich Bardo schnell Gassi gehen, dann rannte ich zu meinem Auto, schob den Hund hinein und ließ den Motor an.

»Hallo Lucie«, begrüßte mich George munter. »Hallo Bardo.«

»Mann, George!« Ich ließ vor Schreck meine Handtasche fallen, Bardo jaulte kurz auf. Das Navi kannte Bardos Namen. Wie konnte das sein? Den hatte ich dem Hund erst gestern Abend gegeben. Niemand wusste davon.

»Wo soll es hingehen?«, erkundigte sich das Navi interessiert.

»Hey, George«, stammelte ich. »Also … ins Büro.« Meine Stimme wurde etwas fester. »Diesmal mit Hund, dank eines gewissen Navis.«

»Bitte sehr, Lucie«, antwortete George prompt.

Ich beschloss, ihn zu ignorieren, und tippte die Adresse der Uni ein.

»Frau Stein?« Das klatschlüsterne Gesicht der alten Kossolow aus meinem Haus tauchte auf einmal vor dem Fenster auf der Beifahrerseite auf. »Ist das ein Hund?«

Nein, du neugierige alte Schraube. Das ist ein Wasserbüffel. »Ja, in der Tat, Frau Kossolow. Ganz recht. Ein Hund.« Ich lächelte milde.

»Ihrer?«

»So halb.« Mein Lächeln wurde etwas dünner.

»Das geht aber nicht. Haben Sie den Vermieter gefragt? Im Mietvertrag steht nicht, dass das erlaubt ist.«

»Doch«, meldete sich George mit tiefer Stimme.

Frau Kossolow zuckte zurück und starrte Bardo an, der brav auf dem Beifahrersitz lag. »Der Hund da, der … also eben hat der …«

»Niedlich ist er, nicht wahr?« Ich lächelte immer noch.

Frau Kossolow schüttelte verwirrt den Kopf und zupfte an ihrer Schürze herum. »Also wegen dem Mietvertrag, da steht wie gesagt nichts von Hunden.«

»Seite drei, Absatz vier.« Die Stimme von George klang heute ausgesprochen männlich und bestimmend, ein bisschen wie ein Politiker im Streitgespräch.

»Ahm«, machte Frau Kossolow fassungslos. »Ahm …« Ängstlich trat sie einen Schritt zurück und ließ Bardo dabei nicht aus den Augen.

»Geht es Ihnen gut, Frau Kossolow?«, erkundigte ich mich und gab ganz die fürsorgliche Nachbarin, während Bardo seinen Kopf aus dem Fenster steckte und versuchte, das Gesicht der Frau abzulecken.

»Seite drei, Absatz vier«, wiederholte George. »Seite drei, Absatz vier.« Etwas endlos zu wiederholen machte er immer, wenn jemand zu dämlich war, seine Anweisungen zu kapieren, so viel hatte ich schon mitgekriegt.

»Ich …« Frau Kossolow rang nach Luft. Bardo hechelte sie an.

»Schönen Tag dann noch«, rief ich ihr fröhlich über Georges Stimme hinweg zu, dann trat ich aufs Gaspedal und brauste davon. Frau Kossolow stand wie eine vergessene Vogelscheuche mitten auf der Straße, starrte mir hinterher und guckte dann unsicher nach rechts und links, ob auch niemand sie beobachtet hatte.

»Meine Güte, George!« Ich kicherte. »Was du nicht alles draufhast. Danke!«

»Bitte, Lucie.«

»Dieser Weber!« David klatschte erbost eine Zeitung auf seinen Schreibtisch, nur um sie aufgebracht wieder in die Hand zu nehmen. »Hören Sie, Frau Stein: *Ist es wirklich notwendig, altenglische Literatur als Vorlesung anzubieten, wie es an der hiesigen Universität Usus ist? Sollten wir die Zeit unserer Studenten nicht sinnvoller nutzen und die Literatur dieser Epoche in Zusammenhang mit anderer Literatur in Europa stellen?*«

»Hm?«, fragte ich zerstreut. Ich hatte jetzt echt keine Nerven für Davids alberne Probleme. Bardo lag unter meinem Schreibtisch und schlief. *Noch.* Was, wenn er aufwachte? Ich wollte unbedingt vermeiden, dass David ihn sah.

»Professor. Chris. Weber«, erklärte David, jedes Wort ein Peitschenknall.

Ach, der schon wieder. »Was ist mit ihm?«, fragte ich, nur mäßig interessiert. Irgendwas roch hier komisch. Garantiert Bardo. Ob David das auch merkte?

»Der Mann ist ein Witz. Keine Ahnung von akademischer Forschung. Ich meine – das ist ja schon eine regelrechte Aufforderung, meine Stelle wegzurationalisieren. Was erdreistet der sich, so einen Unsinn zu verbreiten? Altenglische Literatur kann man nicht mit europäischer Literatur dieser Zeit vergleichen, weil es da noch keine europäische Literatur gab!« Er klatschte die Zeitung wieder auf den Tisch, als wollte er eine Fliege erschlagen. »Da haben sie in den Wäldern Europas noch auf Birkenholz herumgekratzt.«

»Auf Wachstafeln«, verbesserte ich.

»Was?«

»Sie haben auf Wachstafeln geschrieben. In dieser Zeit.«

Aus dem Konzept gebracht starrte David mich an. »Wie auch immer. Wieso kommen Sie eigentlich jetzt erst? Sind Sie krank? Sie sehen so ... ermattet aus.«

»Ich fühle mich nicht so gut. Vielleicht habe ich mich ja angesteckt.«

»Was?«

Für einen Akademiker hatte er ein ziemlich limitiertes Vokabular. »Bei Ihnen. Ihre Virusgrippe.«

»Ach so, äh, ja.« Er räusperte sich. »Alles wieder bestens. Im Übrigen, Frau Stein – Sie hatten sich doch wegen des Vortrages noch nicht an das Personaldezernat gewandt, oder?«

»Noch nicht.« Ich lächelte mein freundlichstes Killerlächeln. Bardo schnaufte unter dem Tisch.

David drehte irritiert den Kopf zur Seite, dann nieste er plötzlich.

»Gesundheit.«

»Danke.« Er nieste gleich noch einmal.

»Gesundheit.«

Bardo knurrte im Schlaf, und ich lächelte David immer noch verkrampft an. »Mein Magen. Hatte keine Zeit, was zu essen.«

»Äh ja. Wie gesagt«, fuhr David fort und zog kurz die Nase hoch. »Also irgendwie ...« Er nieste wieder. »Hab ich mich tatsächlich erkältet.«

»Der Virus sicher.« Ich lächelte unverdrossen. Heute gewann ich glatt einen Preis im Dauerlächeln.

»Sicher. Wo war ich? Ach ja. Das mit dem Personaldezernat ist auch nicht nötig. Solche Dinge klären wir in Zukunft unter uns. Wir sind doch ein gutes Team.« Er zwinkerte mir zu und schenkte mir ein Lächeln, bei dem ich vor Kurzem noch dahingeschmolzen wäre. Dann stutzte er. »Sie haben da was im Haar.«

»Bestimmt Daunenfedern«, erklärte ich ungerührt. »Ich dachte, ich hätte sie alle rausgekämmt.«

»Daunenfedern.« Er betrachtete mich mit einer gewissen Neugier und schien zu spüren, dass sich irgendetwas zwischen uns verändert hatte, aber er hatte natürlich keine Ahnung, warum. An jedem anderen Tag des Jahres hätte ich nämlich jetzt gelacht und den Kopf zurückgeworfen oder darauf gewartet, dass er mir die Daunenfedern aus den Haaren zog. Heute trat ich einen Schritt zurück.

»Frau Stein?«

Frau Würz, die rundliche Sekretärin aus der Rechtswissenschaft, stand in der Tür. »Könnten Sie das hier in Ihrer Fakultät weiterreichen?« Sie hielt einen großen Umschlag in der Hand. »Wir sammeln für meine Kollegin, die Frau Tscherner. Ihr Mann ist doch so plötzlich gestorben.«

»Natürlich«, beeilte ich mich zu sagen und nahm ihr den Umschlag aus der Hand. Und dann – dann schoss aus dem Nichts ein kleines Teufelchen in meinem Kopf aus seinem Versteck und veranlasste mich zu einer Frage. »War es denn nett, Frau Würz?«, fragte ich mit meiner melodisch sanften Stimme.

»Nett?« Die Gute blinzelte überrascht.

»Bei der Verabschiedung von Professor Krauss vorgestern. Als seine Sekretärin waren Sie doch sicher dabei, oder?«

Aus den Augenwinkeln sah ich, dass David sich wie in Zeitlupe nach uns beiden umdrehte, die Zeitung fächerartig in der Hand.

»Professor Krauss ist doch schon seit zwei Monaten im Ruhestand«, informierte mich die unschuldige Frau Würz. »Da müssen Sie irgendwas verwechselt haben. Professor Krauss befindet sich gerade auf einer Kreuzfahrt durchs Mittelmeer.«

»Ach, auf Kreuzfahrt«, staunte ich. »Nein, wie schön. Das wär doch mal was.« Ich strahlte die Frau an, und sie lächelte verdattert zurück.

»Ich würde ja gern, aber mein Mann will nicht«, verriet sie mir.

In diesem Moment nieste David und raschelte laut mit Papier.

Frau Würz winkte mir scheu zu, deutete noch mal auf den Umschlag, formte ein »Danke« mit ihrem Mund und huschte davon.

David legte die Zeitung endgültig zur Seite und kam näher. »Frau Stein, ich ...« Er zerrte ein Taschentuch aus der Hosentasche und schnaubte hinein. »Das gibt's doch gar nicht. Irgendwas reizt meine Nase, haben Sie heute einen Pelzmantel an?«

»Nein. Pelzmäntel sind grausam. Sehe ich aus wie jemand, der so was anzieht?«

»Nein, natürlich nicht.« Seine Nase hatte eine rötliche Färbung angenommen, ein Auge tränte leicht. »Aber irgendwie riecht es hier eigenartig, finden Sie nicht?«

»Nein.« Ich hatte mich wieder gesetzt und hackte in meine Tastatur, den Blick starr auf den Monitor gerichtet. Bardo raschelte jetzt unter dem Tisch, und ich ruckelte hektisch auf meinem Stuhl hin und her, um das Rascheln zu übertönen.

David verschwand in seinem Büro, und ich atmete tief durch. Dabei stellte ich fest, dass ich das erste Mal seit Jahren nicht hätte sagen können, wie David heute gekleidet war. In diesem Moment donnerte draußen bei den Bauarbeitern ein Presslufthammer los. Mit einem erschrockenen Jaulen fuhr Bardos Kopf herum. Und dann bellte er, unglaublich laut und unglaublich ausdauernd. »Sch, sch«, machte ich verzweifelt, aber Bardo schoss unter dem Tisch hervor und rannte durchs Büro. Bellend.

Mit einem Ruck ging Davids Zimmertür auf. Er streckte den Kopf heraus und blickte ungläubig auf das kläffende Fellbündel. »Wo kommt denn der Hund auf einmal her?«, fragte er und sah mich an. »Deshalb die Nieserei. Gehört der etwa zu Ihnen?«

»Nun, theoretisch gesehen nicht direkt«, stotterte ich und versuchte, Bardo einzufangen. Das war aber unmöglich, dieser kleine Kerl war wieselflink.

»Frau Stein, ich habe eine Tierhaarallergie, ich dachte, das wüssten Sie? Sie können doch nicht einfach Ihren Hund mit ins Büro bringen, das geht nicht. Im Universitätsgebäude sind nur Blindenhunde erlaubt. Steht unten auf dem Schild.«

»Ach so, das habe ich gar nicht gesehen. So blind bin ich manchmal. Brauch wohl selber einen Blindenhund. Weil, der hier ist ja keiner, haha.« Ich lachte gequält und zu laut. »Aber das ist sowieso nicht mein Hund, wenn Sie das meinen. Er ist nur zu Gast, also für den

Moment, bis ich ... verdammt!« Bardo flitzte durch Davids Beine hindurch im Zimmer herum, ich kniete mich auf den Boden, um ihn zu stoppen.

Die Tür ging auf, von meiner Position auf dem Fußboden aus erblickte ich kniehohe schwarze Stiefel, enge Jeans und einen schicken Mantel im Militarystyle. Janina Winkler war im Anmarsch. »Oh, ein Hund! Deiner, David?«

David räusperte sich laut. »Frau Winkler, wenn Sie einen Moment draußen warten könnten?«

Janina Winkler kriegte wie immer nichts mit und stolzierte mit ihren Fuck-me-Boots durch das Zimmer. »Oh, kann ich den mal streicheln, David?«

David schoss ihr einen Blick zu, und sie verbesserte sich hastig. »Professor Engelbrecht? Ist das Ihr Hund? Wie niedlich.«

Es gelang mir endlich, Bardo einzufangen. In diesem Moment klingelte das Telefon, und David hob entnervt den Hörer ab. »Ja? Engelbrecht am Apparat«, ranzte er. Er lauschte einen Moment lang, dann änderte sich sein Gesichtsausdruck, wurde jovial, kumpelhaft, herzlich. »Herr Prorektor. Ich grüße Sie! Ja, alles bestens, alles bestens. Kann nicht klagen. Und Ihnen? Was macht Ihr ...« Und dann ging es los. David nieste nicht nur einmal, nicht nur zweimal, sondern mindestens siebenmal.

»Entschuldigung«, keuchte er zwischen zwei Niesern, »aber ich bin hier ...« Er zog die Nase hoch und schnappte nach Luft. Wieder ein Niesen, diesmal klang er wie ein sterbender Elefant.

»Bist du krank, Schatz?«, fragte Janina Winkler, dann hielt sie sich ebenfalls erschrocken die Hand vor den

Mund. »Ich meine, Herr Professor Engelbrecht. Sind Sie krank?« Aus dem Hörer quakte leise die aufgeregte Stimme des Prorektors, David rieb sich irritiert die Augen, die jetzt rot und verquollen aussahen.

»Schaffen Sie verdammt noch mal dieses Vieh hier weg, Frau Stein!« David presste die Hand auf den Hörer und funkelte mich an. Er fand das alles offenbar überhaupt nicht lustig. »Was haben Sie sich nur dabei gedacht, den Köter mit ins Büro zu bringen? Ich bin wirklich enttäuscht von Ihnen!«

Meine Ohren fingen an zu rauschen. Es war die Wut, die mir durch den Kopf schoss, durch den ganzen Körper rauschte wie ein Wasserfall. Sechs Jahre lang arbeitete ich nun schon für David. Sechs lange Jahre hatte ich all seine Macken ertragen, hatte klaglos Überstunden geschoben, Studenten abgewimmelt, Kaffee gekocht oder sogar mal Bronchialtee, als er heiser war. Ich hatte niemandem erzählt, dass er manchmal nur für eine Stunde im Büro auftauchte, ich hatte mir seine Schimpftiraden über die Konkurrenz und insbesondere in letzter Zeit über diesen Weber angehört und mitfühlend genickt, glücklich darüber, für ihn arbeiten zu dürfen. Und als Dank maßregelte und demütigte er mich vor Janina Winkler, die sich jetzt wieder gefangen hatte und David die Hand tätschelte. Entnervt versuchte er, sich ihr zu entziehen, was ihm aber nicht gelang, weil die Winkler ihn so festhielt.

So ließ ich nicht mit mir umspringen. Ich drückte den Hund an mich. »Ich nehme den restlichen Tag frei«, erklärte ich laut. »Ich habe noch genügend Überstunden.«

Ein lautes Niesen war das Letzte, was ich hörte, bevor ich die Tür hinter mir zuknallte.

Sehen, was passiert

Ich blieb am nächsten Tag einfach zu Hause und meldete mich krank. Angesichts der Tatsache, dass ich in den letzten sechs Jahren nur einmal aus Krankheitsgründen gefehlt hatte, und zwar wegen dem besagten gebrochenen Fuß, hielt ich das für mehr als gerechtfertigt. Ich ging mit Bardo um den Block. Gleich an der Ecke kläffte er wie ein Wahnsinniger die harmlose Haltestelle mitsamt den darin wartenden Leuten an.

»Magst du keine Haltestellen?«, fragte ich ihn. »Charlie auch nicht. Charlie hasst Nahverkehr. Da habt ihr was gemeinsam. Du musst sie unbedingt kennenlernen.« Ich schickte Charlie eine SMS.

Bin zu Hause, Engelbrecht ist ein Vollidiot, ruf mich an.

Ich drehte noch eine Runde, dann gingen wir wieder nach Hause. Im dritten Stock oben lauerte Frau Kossolow hinter der Gardine und starrte zu uns hinunter. Als Bardo laut bellte, verschwand sie sofort.

»Braver Hund«, sagte ich leise kichernd. Ich fing wirklich an, ihn zu mögen. Zu Hause machte ich es mir mit ihm auf der Couch gemütlich und las ihm noch ein bisschen aus der *Pesthure* vor. Das gefiel ihm.

Die Sonne stand tief. Marie strich sich über ihren gewölbten Leib und lehnte sich an ihren Mann. Dass sie beide mitsamt ihrem ungeborenen Kind noch am Leben waren, während die sterblichen Überreste des verhassten Burggrafen irgendwo da unten in den Wäldern vermoderten, kam ihr immer noch vor wie ein Traum.

Das Telefon klingelte, Charlie war dran.

»Hey, danke, dass du gleich zurückrufst«, begrüßte ich sie. Bardo knurrte laut neben mir. Er wollte, dass ich weiterlas und ihn streichelte.

»Äh, stör ich irgendwie?« Charlie lachte albern. »Hast du Besuch oder so?«

»Charlie, warte mal kurz. Hey! Lass meine Strumpfhosen in Ruhe«, schimpfte ich Bardo an.

Charlie gab am anderen Ende ein begeistertes Geräusch von sich. »Lucie? Was hören meine alten Ohren da? Hast du tatsächlich einen Kerl aufge…«

»Es ist nicht so, wie du denkst«, gab ich zurück. »Hör auf jetzt!«, zischte ich in Bardos Richtung. »Jetzt hast du sie zerrissen, verdammt noch mal. Und hör auf, die Couch abzulecken.« »Lucie?«

Ich hielt Bardo fest, und er gab ein lautes klagendes Winseln von sich.

»Lucie? Hallo? Was macht ihr denn da Perverses?« »Entschuldige, Charlie, das ist nur mein Hund.« »Du hast einen Hund? Bist du verrückt geworden? Seit wann denn das?«

»Seit vorgestern. Weil mein Navi …« Ich stockte. Das Navi hatte nicht mit mir geredet, als Charlie bei mir im Auto saß. Ich konnte ihr jetzt unmöglich sagen, dass es mich gezwungen hatte, einen Hund aufzulesen.

»Dein Navi? Was hast du denn nur immer mit dem ollen Ding?«

»Nichts. Der Hund ist mir zugelaufen«, erklärte ich rasch.

»Ach so. Dann bring ihn doch ins Tierheim. Oder gib eine Annonce auf oder so. Vielleicht gehört er ja einem coolen Typen. Ich meine, wenn der Hund dir schon so an die Wäsche geht, wie scharf mag dann erst der Besitzer sein?« Sie lachte hell auf, und ich lachte automatisch mit, aber Charlie hatte den Nagel auf den Kopf getroffen. Natürlich – garantiert gehörte der Hund irgendjemandem. Und wenn ich denjenigen fand, dann erfuhr ich vielleicht endlich auch, warum ich Bardo hatte mitnehmen müssen.

»Was ist nun mit dem ollen Engelknacker?«, wollte Charlie jetzt wissen.

Ich holte tief Luft, ließ meiner Wut freien Lauf und berichtete ihr davon, wie David mich vor der Winkler angepflaumt hatte. Charlie hörte zu, stöhnte gelegentlich mitfühlend, und als ich fertig war, sagte sie: »Arschloch. Totales Arschloch, sag ich doch.«

Charlie fand, dass ich ruhig eine ganze Woche blaumachen sollte oder besser gleich einen ganzen Monat, und dann erzählte sie mir noch, dass sie neulich durch Zufall festgestellt hatte, dass Erik beim Küssen immer die Augen aufließ, was sie irgendwie gruslig fand.

»Ja, gruslig«, stimmte ich zu.

»Ich meine, da starrt der immer hinter mir die Wand an, wenn er mich küsst, das ist doch irgendwie seltsam, oder? Woran denkt der denn da? Dass mal wieder tapeziert werden müsste? Dass da eine Fliege entlangspaziert? Dass ein Bild schief hängt?«

»Keine Ahnung. Gruslig.«

Wir verabschiedeten uns, und ich begab mich sofort ins Internet, suchte nach Tierheimen und Ähnlichem und wurde bald fündig. Tiermeldezentrale, na bitte. Heutzutage gab es doch für alles eine Webseite.

Hund gefunden,

gab ich ein.

Geschlecht: männlich. Alter: jünger als ein Jahr, schätze ich. Farbe: schwarz-braun. Rasse: keine Ahnung, ziemlich groß. Besondere Hinweise ...

Ich zögerte kurz.

Liebt Strumpfhosen, hasst Haltestellen.

Finder kontaktieren? Ich gab meine Handynummer an und lud noch ein Foto von Bardo hoch. Es kam mir vor, als würde ich eine Flaschenpost abschicken. Wie früher, als ich gemeinsam mit Charlie krakelige Nachrichten in leere Wasserflaschen gesteckt und ins Meer geworfen hatte, um dann wochenlang zu warten, ob unsere Nachricht vielleicht bei einem Kind in New York oder Sydney gelandet war. Wir bekamen sogar einmal Antwort. Fünf Jahre später, von einem 53-jährigen Mann aus Kaliningrad, der wissen wollte, ob er uns mit seiner achtköpfigen Familie besuchen kommen könnte, sie würden zur Not auch auf dem Fußboden schlafen. Er hatte auch ein Foto beigelegt – lauter Leute in Sonntagskleidung, die düster wie die Addams Family vor einem Weizenfeld in die Kamera starrten, im Hintergrund eine Art Ufo oder russisches Kernkraftwerk. Ich verdrängte die Erinnerung daran und drückte auf *Einstellen.*

»Und jetzt melde dich gefälligst bald, du heißer Typ«, murmelte ich. »Damit ich endlich erfahre, was das alles soll. George erzählt mir ja nichts.«

Dann las ich Bardo weiter aus der *Pesthure* vor, damit er einschlief, aber leider war das Buch schon bald zu Ende.

Mist! Bardos Kopf schnippte sofort wieder hoch. Er wollte mehr, und ich wollte auch mehr. Ich wollte Marie und Jakob noch nicht verlassen, nachdem ich mit ihnen wochenlang um ihr Leben gebangt hatte. Ob es einen zweiten Teil gab? Bardo zappelte unruhig hin und her.

»Ist ja gut, ich schau mal nach. Vielleicht gibt es ja eine Fortsetzung.«

Es gab eine! Monika Bergmann, die Autorin, hatte die Geschichte der Pesthure tatsächlich weitergeschrieben. Allerdings sollte das Buch erst in fünf Monaten erscheinen. So lange musste ich mich wohl oder übel gedulden. Aber Mittelalterromane gab es ja zum Glück genug. »Wir könnten uns *Das Gold der Henkersbraut* bestellen«, schlug ich Bardo vor. »Oder den *Fluch der Gauklerin,* was meinst du?« Bardo knurrte leise. Er wollte die *Pesthure,* und nichts anderes. Ich ja eigentlich auch. Aber mehr als alles in der Welt wollte ich am Wochenende endlich diesen FlohmarktVerkäufer zur Rede stellen.

Am Samstagmorgen würgte ich Georges übliche Begrüßung, wo ich denn hinwolle, mit einem »Sorry« ab und schaltete das Navi aus. Ich musste zum Flohmarkt, ich wollte den Verkäufer finden und konnte jetzt echt keine Umleitung ä la George gebrauchen. Zum Glück zickte er nicht rum, das Auto sprang an, und weil ich so unendlich zeitig losfuhr, war ich fast als Erste auf dem Flohmarkt. Etliche Händler bauten noch ihre Stände auf, Scherze flogen hin und her, es duftete nach Kaffee und Äpfeln und Herbst, und die allgemeine Erleichterung darüber, dass endlich Wochenende war, vibrierte geradezu in der Luft. Ich entdeckte die Frau mit den gestrickten Mützen und die mit den tollen Röcken, von denen ich mir immer noch keinen leisten konnte. Dann würde mein Freund Rotmantel sicher in der Nähe sein. Allerdings konnte ich ihn nirgendwo entdecken, doch das hatte nichts zu sagen, vielleicht trug er ja heute eine stinknormale blaue Windjacke oder hatte seinen Stand am anderen Ende des Marktes aufgeschlagen.

»Entschuldigung«, wandte ich mich an die junge Frau mit den selbstgenähten Röcken. »Ich suche so einen Mann im roten Mantel. Der hatte letzte Woche diesen Stand mit... äh ... Antiquitäten. So in der Art.«

»Also Ramsch«, berichtigte die Frau und grinste. »Keine Ahnung, kenne ich nicht. Davon gibt es hier Dutzende. Musst du mal schauen.«

»Aber du hast ihn auch gesehen«, wandte ich ein. »Du hast mich sogar auf ihn aufmerksam gemacht. Du hast gedacht, er sei mein Freund.«

»Puh, weißt du, wie viele Leute hier jedes Wochenende vorbeilaufen? Wenn du was gekauft hättest, würde ich mich vielleicht an dich erinnern. Oder an deinen Freund.«

»Er war nicht mein Freund. Er war ein Händler.«

Sie zuckte hilflos mit den Schultern. »Wenn du ihn nicht findest, kannst du mal den Mann da hinten fragen. Der kleine Dicke mit der Lederjacke. Das ist Herr Winter, der Marktleiter, der hat eine Liste mit allen Händlern. Vielleicht kennt der ihn ja.«

»Oh, klar, danke für den Tipp.« Ich ging auf den Mann mit der Lederjacke zu.

»Entschuldigung?!«

»Ja?«

»Sie sind doch Herr Winter, der Marktleiter? Ich suche einen Händler, der letzte Woche da war. Er hatte Antiquitäten zum Verkauf und trug einen roten Mantel.«

»Der Weihnachtsmann?« Herr Winter grinste und lachte dann polternd los. »Kleiner Scherz, kleiner Scherz. Wie heißt denn der Mann?« Er leckte sich am Zeigefinger – eine Angewohnheit, die ich nicht ausstehen konnte – und fing an, durch die Seiten auf seinem Clipboard zu blättern.

»Das weiß ich nicht.«

»Hm, kein Problem, kein Problem. Hast Glück, hast Glück. Ich bin nämlich das Gehirn dieser Operation. Und in meinem Gehirn, da herrscht Ordnung. Ich vergesse nichts. Ich vergesse ...«

»Er hatte seinen Stand da hinten«, fiel ich dem Mann schnell ins Wort, bevor er wieder alles doppelt sagen konnte. »Bei der Frau mit den Wollmützen.«

»Ah, Feld C, Reihe 3, Feld C, Reihe 3, letzte Woche ...« Herr Winter leckte wieder an seinem Finger und ließ ihn dann feucht über endlose Reihen von Namen gleiten. »Hier!«, sagte er triumphierend. »Das ist er. Hier herrscht Ordnung, hab ich doch gesagt.« Er tippte sich stolz an den Kopf. »Der Mann hieß Schickser. Der hatte keinen Dauerstand beantragt, nur eine Tageskarte. Hat sich wohl nicht gelohnt.«

Ich richtete meinen Blick auf den nikotingelben Zeigefinger von Herrn Winter, dann auf den Namen, auf den er deutete. Herrn Winters Gehirn mochte ja das ordentlichste der Welt sein, seine Sehkraft hingegen ließ ziemlich zu wünschen übrig. Sonst hätte er nämlich erkannt, dass das flüchtig hingeschmierte »e« in dem Namen in Wahrheit ein »a« und das »r« in Wahrheit ein »1« war. Da stand nicht Schickser.

Da stand *Schicksal.*

Wie betäubt setzte ich mich in Bewegung und ging zum Auto zurück. Die Gedanken rasten durch meinen Kopf und ließen sich nicht fassen, glitten immer wieder weg wie nasse Algen. Das Schicksal persönlich hatte mir also ein gebrauchtes Navi verkauft. Okay, okay. Nein, nicht okay.

»Angenommen, es stimmt«, murmelte ich zu Bardo, der neben mir herlief. »Angenommen, hier wird wirklich per Navi über mein Schicksal entschieden. Was soll ich tun, hm, Bardo? Ich meine, ich könnte das Ding einfach entsorgen, und fertig.«

Bardo legte den Kopf schief.

»Oder – ich könnte es einfach ... annehmen. Mir auf die Sprünge helfen lassen. Sehen, was passiert. Ich meine – unter uns gesagt –, es ist ja nun nicht unbedingt so, dass ich ein glamouröses Singledasein mit steiler Karriere führe. Eigentlich eher weniger.« Mir fiel der Zoff auf der Arbeit ein, und ich schluckte. »Was meinst du? Soll ich es drauf anlegen? Es muss doch einen Grund dafür geben, dass ich das Navi bekommen habe. Dass ich dich gefunden habe. Wozu denn das Ganze?«

Bardo erwiderte selbstredend nichts, und so stieg ich grübelnd ins Auto ein, ließ ihn auf dem Beifahrersitz Platz nehmen, startete den Motor und schaltete das Navi ein.

»Hallo Lucie, wo soll es hingehen?«

»Hallo George, ich ...«

»Lucie!« Mein Vater stand auf einmal neben meinem Auto auf dem Fußweg und pochte an die Fensterscheibe. »Was machst du denn hier?«

»Oh, hallo Papa!«

Mein Vater war ein bisschen kurzsichtig, weshalb er wohl Bardo für eine Felldecke oder so hielt und die Tür aufriss. Bardo richtete sich zu voller Größe auf und legte meinem Vater freundlich die Pfote auf den Arm. Der stieß einen leisen Schrei aus.

»Um Himmels willen! Lucie, jetzt hast du mich aber erschreckt. Wieso hast du denn einen Hund da drin?«

»Bardo, aus!«, befahl ich. »Der ist nur temporär«, erklärte ich meinem Vater.

»Gut. Hunde sind fast so schlimm wie kleine Kinder.«

»Lass das nur nicht Mama hören«, sagte ich und grinste verschwörerisch. Mein Vater grinste zurück.

»Wie temporär ist dieser, wie hast du ihn gleich genannt, dieser Waldo?« Mein Vater streichelte Bardo so vorsichtig, als ob dieser jeden Moment explodieren könnte.

Das wusste ich ja selbst nicht. »Nicht so lange«, murmelte ich vage.

»Und was macht die Arbeit? Ist der Herr Engelbrecht auch nett zu meiner Lucie?«

Oh Gott, das Thema musste jetzt wirklich nicht sein. »Prima, alles bestens. Wo willst du denn hin?«, lenkte ich ab.

»Zum Optiker. Meine neue Brille ist fertig. Das Wetter war so schön, da dachte ich, ich laufe.« Er wischte sich über die Stirn. »Ist doch irgendwie weiter als ich dachte. Kannst du mich ein Stück mitnehmen.«

»Klar, steig ein. Bardo, ab nach hinten.«

Mein Vater stieg ein, und das Navi leuchtete hell auf. Autsch. Ich hatte einen Moment lang total vergessen, dass George mittlerweile in meinem Auto die Herrschaft übernommen hatte. Nervös schielte ich zu dem kleinen Kästchen hin und überlegte, ob ich es gleich wieder ausschalten sollte. Ich hatte ja noch nicht mal eine Adresse eingegeben. Würde George mich jetzt dauernd fragen, wo ich hinwollte? Andererseits, so fiel mir ein, hatte er ja bei Charlie auch nichts von seinen Fähigkeiten preisgegeben. Ich beruhigte mich ein bisschen und fuhr los. Na bitte. Himmlische Ruhe.

»Oh, ist das neu?« Mein Vater beugte sich interessiert vor und betrachtete das Navi. Daran hätte ich eigentlich denken sollen. Mein Vater liebte technische Geräte, fummelte ständig mit irgendwelchen Modems, Computern und Handys herum und trieb meine Mutter in den Wahnsinn, weil sich in der ganzen Wohnung Kabel fallstrickartig über den ganzen Fußboden ausbreiteten und damit gemütliche Kaffeekränzchen mit ihren Freundinnen unmöglich machten.

»Nee, ist schon älter. Secondhand.«

»Secondhand?« Mein Vater schüttelte vorwurfsvoll den Kopf. »So was kauft man doch nicht secondhand, Lucie. Ist es wenigstens für ganz Europa? Mit Fremdsprachen?« Er streckte die Hand aus.

»Nicht!«, sagte ich reflexartig. »Fass es nicht an!«

»Warum denn nicht?« Mein Vater ignorierte mich und tippte kurz auf den Bildschirm. »Nanu, wo sind denn bei dem die ganzen Funktionen? Geht das Ding überhaupt? Hallo Navi?«

»Hallo Günther«, erwiderte George freundlich.

Mein Vater krallte erschrocken seine Hände in den Sitz. »Was war denn das? Hast du das gehört? Wieso …«

»Ich weiß nicht, ob es eine Fremdsprachenfunktion hat«, ging ich rasch dazwischen. »Aber manchmal hat es so kleine Macken, am besten, wir machen es aus.«

»Hello Günther, how are you?«, meldete George sich prompt. »Where would you like to go?«

»Na, sieh an«, quietschte ich. »Es kann ja Englisch. Wie schön. Auf nach London!« Ich lachte schrill.

»Bonjour Günther«, redete George weiter. »Ciao Günther! Merhaba Günther! Salve Günther!«

»Ui, Latein kann es auch, nicht zu glauben, was?« Ich gab mich geradezu euphorisch angesichts der Sprachkenntnisse meines Navis und bemühte mich gleichzeitig, vor lauter Stress keinen Unfall zu bauen, während mein Vater sich immer tiefer in seinen Sitz presste.

»Hoi Günther! Hola Günther! Szervusz Günther!« Das Navi hörte gar nicht mehr auf, und Bardo fing nun auch noch an zu bellen.

»Ach, da vorn ist ja schon der Optiker«, rief ich, donnerte in letzter Sekunde bei Gelb über die Ampel und hielt mit einem lauten Quietschen vor dem Geschäft an. Der Schweiß rann mir in Strömen über den Rücken. »Da wären wir.«

Mein Vater brauchte eine Sekunde, um wieder zu sich zu kommen. Er tat mir schrecklich leid, aber warum hatte er George auch provozieren müssen? Hölzern wie eine Marionette schraubte mein Vater sich aus dem Sitz und stieg aus. »Ich danke dir«, sagte er förmlich. Dann beugte er sich doch noch einmal vor und steckte seinen Kopf zum Fenster rein. »Das Ding, also das Navi da ...«

»Lass gut sein, Papa.« Ich blickte stur geradeaus.

Mein Vater räusperte sich. »Du solltest dein Geld nicht für Scherzartikel verschwenden. Komm demnächst mal vorbei, und ich zeige dir meins, das hat Bluetooth und einen ausfahrbaren Monitor, und dann schauen wir mal, ob wir dir nicht ein besseres kaufen können. Hast ja bald Geburtstag.«

Scherzartikel? »Das ist lieb von dir, aber eigentlich ...« Und in diesem Moment wurde mir klar: Ich wollte das Navi ja gar nicht mehr hergeben. Ich wollte es nicht gegen irgendein Hochsicherheitsmonster mit Handyanschluss und Internetzugang eintauschen, ich wollte *George*, ich wollte das Modell L. Stein. Ich wollte wissen, was das Navi ... was das Schicksal mit mir vorhatte. Ich wollte mich von jetzt an nach dem Navi richten. Ohne es dauernd zu hinterfragen, und ich würde noch heute damit anfangen.

»Eigentlich bin ich ganz zufrieden damit.«

»Na, wenn du meinst.« Mein Vater brummte noch irgendwas, ich versprach, trotzdem demnächst mal vorbeizukommen, und er wandte sich zum Gehen.

»Adios Günther! Arrivederci Günther!«, rief George ihm fröhlich hinterher.

Ich gab Gas und machte, dass ich weg kam. »Jetzt halt endlich die Klappe«, sagte ich, als wir außer Hörweite waren. »Warum machst du das? Hm? Warum, George? Antworte mir einfach. Was soll das alles? Ich weiß, dass du mich verstehst. Also antworte mir gefälligst!«

George schwieg eine Sekunde lang. Und dann kam nichts weiter als sein ewiges munteres »Hallo Lucie, wo soll es hingehen?«.

»Spielt es denn überhaupt eine Rolle, wo *ich* hinwill?«, fragte ich zurück.

George antwortete nicht. Ich überlegte kurz, dann traf ich eine Entscheidung. Es regnete nicht, und ich würde wieder zum Hainpark fahren und joggen. Bardo konnte mitlaufen oder im Auto warten, wo ich ihn gut im Blick hatte. Perfekt. Ich musste nur noch meine minimalistisch Urbanen Turnschuhe mit dem antibakteriellen Innenfutter von zu Hause holen. Auch wenn ich sie vielleicht gar nicht brauchen würde, weil ich wieder ganz woanders landete. Und wo?

Eine kribbelnde Aufregung ergriff von mir Besitz.

Wiedersehen mit Specki

Die kribbelnde Aufregung hielt immer noch an, nachdem ich mich zu Hause in meine Sportsachen gezwängt und mich dann schnurstracks wieder in mein Auto begeben hatte. Falls das Navi vorhatte, mich in die Oper zu schicken, war ich natürlich blöd dran mit meinem Sportoutfit und den atmungsaktiven Schuhen. Und vor allem mit Hund im Schlepptau. Egal. Ich atmete tief durch und startete das Auto und das Navi.

»Hallo Lucie, wo soll es hingehen?«

»Joggen«, antwortete ich. Und fügte leise hinzu: »Gedanken lesen kannst du also zum Glück noch nicht, alter Knabe.«

George antwortete nicht, wahrscheinlich ärgerte er sich. Ich grinste, doch in dem Moment kam ein merkwürdiges Geräusch aus dem Navi. Erst klang es wie schepperndes Blech, und es dauerte einen Moment, ehe ich es einordnen konnte.

»Ha!Ha!Ha!« Das Navi lachte. Mein eigenes Schicksal lachte mich aus, das war echt zu viel. Mir lief es kalt über den Rücken, selbst Bardo neben mir spitzte die Ohren, das Fell in seinem Nacken sträubte sich dabei.

»Schön, dass du so viel Spaß hast.« Ich starrte das kleine Kästchen wütend an, es vibrierte regelrecht vor Belustigung. »Können wir jetzt endlich los?«

»Ja, Lucie.«

»Gut.« Dann gab ich sorgfältig die Adresse des Hainparks ein.

»An der nächsten Ampel bitte rechts abbiegen, Lucie.«

»Aha«, machte ich und schnalzte mit der Zunge. »Der Hainpark ist es also schon mal nicht.« Ich lauerte auf eine Reaktion von George, aber er hüllte sich in vornehmes Schweigen und ließ mich nur rätseln und fahren und links abbiegen und rechts abbiegen und im Kreisverkehr diese Ausfahrt nehmen und im nächsten jene, bis wir uns dem Ostteil der Stadt näherten, hier in der Nähe wohnten die beiden Regines. Sollte ich die etwa besuchen?

»Und wohin nun genau, George?«, erkundigte ich mich im Plauderton.

George hielt sich weiterhin vornehm zurück, bis wir uns einem Kreisverkehr näherten. »Bitte im Kreis die zweite Ausfahrt nehmen, Lucie.«

Okay. Die zweite Ausfahrt führte in eine lange Hauptstraße.

»In fünfhundert Metern hast du dein Ziel erreicht, Lucie.«

Jetzt wurde es spannend, ich hielt nach fünfhundert Metern an. »Du hast dein Ziel erreicht, Lucie.«

Ich sah mich um. Keine Ahnung, wo ich war. Links auf der anderen Straßenseite war ein altes Kino, schon längst nicht mehr in Betrieb, an dessen verfallener Fassade ein verblichenes Plakat für einen alten Schwarz-Weiß-Film aus den fünfziger Jahren warb. *Dein Schicksal in meiner Hand.*

»Sehr witzig, George«, murmelte ich. »Ich liebe deinen Humor.«

»Danke schön, Lucie.«

Und was genau war nun hier? Nichts. Bardo winselte.

»George, was soll ich hier? Bardo muss mal pinkeln.«

»Du hast dein Ziel erreicht, Lucie.«

Ich beäugte kritisch die Gegend. Na, klasse. Kein Fleckchen Grün, nur Hausmauern. Halt, was war das? Ich reckte den Hals. Ein Schild, genau neben uns. *Zum Sophienpark.*

»Zum Sophienpark also, aha. Siehst du, Bardo, unser Navi denkt doch mit. Dann kannst du wenigstens ein bisschen rumlaufen. Danke, George.«

»Bitte, Lucie.«

Ich nahm Bardo an die Leine und verriegelte das Auto. Dann überlegte ich kurz, entriegelte doch noch mal die Tür, zog George mit einem Plop vom Armaturenbrett und versteckte ihn unter meinem Sitz. Nicht auszudenken, wenn in dieser gottverlassenen Gegend irgendein pickliger Jungkrimineller mein Auto aufbrechen und ausgerechnet meinen kostbaren George klauen würde. Ich konnte das Gespräch zwischen den beiden förmlich hören:

»Hallo Kevin-Dennis, wo soll es hingehen?«

»Ey, Alder, krasse Scheiße, das Teil labert mehr als meine Mudda!«

Nein, das hatte George wahrlich nicht verdient, auch wenn er sich über mich lustig gemacht hatte.

Der Sophienpark entpuppte sich als ein ganz entzückender kleiner Park, von dem ich noch nie etwas gehört hatte. In der Mitte ein kleiner See mit ein paar Enten, prächtige alte Bäume mit buntem Herbstlaub und vor allem ein erstklassiger breiter Weg, der um den ganzen Park herumführte und zum Joggen bestens geeignet war. Zumal hier nicht tausend Leute herumstolperten wie im Hainpark, sondern nur zwei Frauen. Also stand heute doch Joggen für mich auf dem Programm. Ich verfiel in einen leichten Laufschritt und kam mir schon richtig gut vor. Trotzdem überholten mich die beiden Frauen sofort. Wir nickten uns zu, daraufhin verlangsamte die eine ihren Schritt und sah mich forschend an. »Lucie? Bist du das?«

»Äh, ja?« Woher kannte die mich? Ich war mir sicher, die Frau noch nie gesehen zu haben.

»Du erkennst mich nicht, stimmt's? Da bist du nicht die Einzige.« Sie verzog den Mund zu einem breiten Lachen, in dem auch ein gewisser Stolz lag.

Vage kam mir ihr Gesicht jetzt bekannt vor, und ich zermarterte mein Hirn, da kam sie mir zuvor.

»Sandra März.« Sie grinste. »Auch Specki genannt.«

»Sandra?« Ich starrte die schlanke Brünette ungläubig an. »Sandra März? *Die* Sandra März aus meiner Klasse?« Es war nicht zu glauben. Als ich Sandra März das letzte Mal gesehen hatte, vor zwölf Jahren oder so, war sie ein kleines Fass auf zwei stämmigen Beinen gewesen, ein unglückliches Mädchen mit strähnigen Haaren, die ihren Kummer mit Krapfen und Pommes betäubte, die ihren Spitznamen »Specki« klaglos hinnahm und sogar ihre Geburtstagskarten damit unterschrieb und die im Sportunterricht wie eine pralle Leberwurst am untersten Drittel der Kletterstange festhing und nicht weiterkam. »Wow.« Ich schüttelte meinen Kopf, als ob die neue Sandra ein Trugbild wäre, das sich gleich wieder auflösen würde. »Du siehst toll aus! Wie hast du das gemacht?«

»Joggen«, erklärte sie fröhlich. »Rennen, Wandern, Laufen. Letztes Jahr habe ich sogar einen Marathon mitgemacht. Franziska hat mir geholfen.« Sie stupste ihre Freundin aus Spaß in die Seite. »Sie hat auch die Laufgruppe hier gegründet.«

»Eine Laufgruppe? Toll.«

»Und wie geht es dir so«, erkundigte Sandra sich freundlich.

»Gut. Also, doch, ja. Ich wollte nur gerade auch ein bisschen … äh … joggen, weil …« Ich brach ab und sah verlegen an mir herunter. Es war nicht zu fassen, aber ich war tatsächlich mittlerweile dicker als Spe…, als Sandra.

Aber Sandra März war immer noch das gutmütige Mädchen von damals. »Du siehst doch … fast noch so aus wie früher«, tröstete sie mich. »Dieselben kurzen blonden Haare, meine ich, und deine lustigen Sommersprossen hast du dir auch nicht weglasern lassen, na ja, und bist immer noch so klein, das hat dich früher geärgert, und die Jungs fanden es süß. Gewachsen bist du also doch nicht mehr.« Sie lachte.

»Nur in die Breite«, murmelte ich. »Deswegen auch das Joggen …«

Sie nickte sofort eifrig. »Klar, das machst du richtig. Mach doch bei uns mit, was meinst du, Franziska?«

Franziska nickte, wenn auch ein wenig herablassend. Sie war bestimmt einen Kopf größer als ich.

»Würde ich gern«, antwortete ich zu meiner eigenen Verwunderung. »Es ist nur ein bisschen schwierig mit dem Kurzen hier, der bleibt immer wieder stehen.«

»Wie niedlich der ist!« Sandra kniete sich jetzt hin und tätschelte Bardo. »Du hast es gut. Ich wollte auch immer einen Hund.«

»Zu einem Hund kommst du manchmal schneller, als du denkst«, murmelte ich. Ich selbst war schließlich zu Bardo gekommen wie die sprichwörtliche Jungfrau zum Kind.

»Du kannst ihn doch einfach da drüben bei Sissi anbinden.« Sandra zeigte zu einem Baum, unter dem eine dicke Bulldogge lag und träge an einem Zweig kaute.

»Sissi heißt die? Herrlich. Ist das deine?«

»Nee, die gehört Christian, Franziskas Freund. Auf den und ein paar andere warten wir noch. Ach, da kommt er ja.« Sandra winkte jemandem zu, und ich ging mit Bardo zu der Bulldogge und band ihn dort an.

»Vertragt euch«, sagte ich. Die beiden Hunde betrachteten sich kurz und stürzten dann begeistert aufeinander zu. Gut. Ich drehte mich um und erstarrte. Ach du Scheiße. Der Typ, den diese Franziska da gerade umarmte, Christian mit Namen und Bulldoggenbesitzer, war kein anderer als der eingebildete Marathonheini vom Hainpark. Ich erkannte ihn an seinem bescheuerten T-Shirt wieder. Ich konnte mich heute also wieder hundertmal von ihm überholen lassen, na toll. Sollte ich einfach wieder gehen? Nein, das würde ich nicht. Ich würde mich doch von ihm nicht unterbuttern lassen. Forsch ging ich auf ihn zu.

»Hallo!«

Er grinste. »Hallo!« Dann rutschte sein Blick automatisch hinunter auf meine Schuhe, von denen ich das Preisschild mittlerweile entfernt hatte.

»Suchst du was?«, fragte ich.

Er schüttelte den Kopf, grinste aber immer noch leicht spöttisch, und ich spürte, wie ich rot wurde. Idiot!

»Ist das dein Hund da?« Christian zeigte auf Bardo.

»Ja. Er heißt Bardo«, erklärte ich würdevoll.

»Bardo?« Christian sah mich entgeistert an, dann huschte etwas über sein Gesicht, das ich nicht deuten konnte. Belustigung wahrscheinlich. »Wie bist du denn auf *den* Namen gekommen?«

»Wieso? Hast du was dagegen?«, gab ich schnippisch zurück. Der Typ konnte von Glück reden, dass er ein Bekannter von Sandra war. Sonst würde ich mich nämlich überhaupt nicht mit ihm befassen. »Dein Hund heißt doch auch Sissi.«

»Den Namen habe ich nicht ausgesucht. Den hatte sie schon.«

»Na, siehst du. Ich hab den Namen Bardo auch nicht ausgesucht. Der Hund hat ihn selbst gewählt.«

Christian musterte mich erstaunt. Ich biss mir auf die Zunge. Was erzählte ich dem da nur. Das mit Bardo und dem Navi und mir ging niemanden was an.

Jetzt stieß noch ein pummeliges junges Paar zu uns. Die beiden schienen trotz ihrer neongrünen Extremsportkleidung bereits vom Gang über die Wiese völlig erschöpft zu sein. Ich atmete heimlich auf. Wenigstens war hier jemand noch unsportlicher als ich.

Christian machte jetzt irgendwelche albernen Dehnungsübungen, und ich wandte entnervt den Blick ab. Von mir aus konnte er in der Zeit, die ich für eine Runde brauchte, bis zum Mond und zurück rasen. Mir doch egal, beschloss ich. Ich nahm mir jetzt Sandra zum Vorbild. Wenn sie es geschafft hatte, so fit zu werden, dann würde mir das auch gelingen.

Als wir alle losliefen, schoss Christian erwartungsgemäß wie ein Turbojet davon, Franziska folgte ihm ohne jede Anstrengung, Sandra joggte geschmeidig vor mir, und ich bildete mit dem Pärchen das lahme Schlusslicht.

Ich biss die Zähne zusammen und zuckelte stur Runde um Runde, meine Lunge brannte, mein Herz raste wie ein durchgegangenes Pferd, ich spürte, wie an meiner Ferse gerade eine Blase entstand, aber ich wollte nicht aufgeben, schon wegen diesem idiotischen Christian nicht, der in regelmäßigen Abständen wie ein Intercity an uns lahmen Regionalzügen vorbeischoss.

Wir drei Luschen krochen noch ein paar Runden, und ich war sicher, dass die Blase an meinem Fuß die Haut mittlerweile komplett weggescheuert hatte, aber als wir nach einer knappen halben Stunde Schluss machten und Sandra mich fragte, ob ich in zwei Tagen wieder mitmachen wollte, sagte ich sofort zu. Mir war mittlerweile nämlich klar geworden, warum das Navi mich hierher geführt hatte: Ich sollte Sandra treffen, denn Sandras Laufgruppe würde aus mir eine Joggerin machen. Zum ersten Mal verspürte ich tiefe Dankbarkeit für mein kleines Kästchen. Und ich beglückwünschte mich zu meinem Entschluss, mich nach dem Navi zu richten und es nicht einfach wegzuschmeißen.

Als ich zum Auto zurückging, sah ich mich noch mal kurz um und blickte Christian und Franziska hinterher, die immer noch liefen, als ob Dschingis Khan und seine wilden Horden hinter ihnen her wären. Ich verdrehte die Augen. Wahrscheinlich passten die beiden hervorragend zusammen. Wahrscheinlich joggten sie auch in der gemeinsamen Wohnung vom Bett zum Klo, zur Küche und zurück, maßen dabei ihre Zeit und massierten sich gegenseitig ihre stahlharten Marathonwaden.

»Sollen sie doch, was?«, sagte ich zu Bardo. »Wir lassen uns lieber von George Clooney durch die Welt schicken. Und jetzt besuchen wir erst mal Charlie.«

»Du musst mich bitte, bitte zu Erik fahren«, bettelte Charlie, kaum dass ich bei ihr durch die Tür getreten war. »Der meldet sich nicht mehr. Ich meine, was fällt dem ein, sich nicht mehr zu melden?«

»Vielleicht hat er viel zu tun?« Ich zuckte mit den Schultern. Dieser Erik war mir so was von egal.

»Was meinst du?« Charlie schüttelte verächtlich den Kopf.

»Bier trinken?«, schlug ich vor. »Sich durch Fernsehkanäle zappen? Pornos im Internet angucken?«

»Hör auf, du bist gemein.« Charlie lachte kurz auf, dann bekam ihr Gesicht wieder einen entschlossenen Ausdruck. »So lass ich nicht mit mir umgehen. Es geht ums Prinzip. Also, fährst du mich hin? Bitte!«

»Wenn es sein muss.« Dann fiel mir etwas ein. »Aber mein Navi fasst du nicht an, verstanden?« Auf eine zweite Runde von »Hola Charlie! Adios Charlie!« hatte ich echt keinen Bock.

»Warum sollte ich? Also Lucie, ehrlich, du brauchst endlich wieder einen Kerl, ein Hund alleine reicht nicht.« Sie tätschelte Bardo entschuldigend. »Sorry, Bardo, nicht persönlich gemeint. Oder wenigstens mal wieder anständigen Sex«, fuhr sie fort, »damit du an was anderes denkst als dauernd nur an dieses blöde Navi!«

»Hm«, machte ich vage. Charlie hatte ja keine Ahnung. Absolut keine Ahnung.

»Können wir?« Charlie klapperte mit ihrem Schlüssel, sprühte sich so großzügig mit einer Ladung Parfüm ein, dass Bardo zurückzuckte, und stöckelte dann hinter mir die Treppe runter auf die Straße.

»Hallo Lucie, wo soll es hingehen?«

Ich schielte nervös zu Charlie hinüber. Die sah kurz von ihrem Handy auf. »Ach, jetzt sagt es deinen Namen, wie süß«, meinte sie nur und tippte dann weiter. »Wie hast du das eingestellt?«

»Ich hab gar nichts eingestellt. Das Navi...«Ich stotterte herum, aber Charlie hörte mir ohnehin nicht zu. Sie hämmerte eine SMS nach der anderen in ihr Handy. Und solange sie nicht an dem Navi herumfummelte wie mein Vater, würde es sich vielleicht auch zivilisiert verhalten. Ich gab hastig die Adresse von diesem idiotischen Erik ein und fuhr los. Nichts passierte. Na bitte, wer sagte es denn.

Offenbar ließ George mich endlich mal machen, was ich wollte. Oder auch nicht. Nach fünfhundert Metern schallte die Stimme des Navis ohne Vorwarnung durch das Auto. »Du hast dein Ziel erreicht, Lucie!«

Hä? Ich hielt erschrocken an, fasste mich aber gleich wieder. »Sorry«, murmelte ich.

»Was ist los?«, wollte Charlie wissen.

»Du hast dein Ziel erreicht, Lucie!«

»Ist das Teil kaputt?« Charlie sah mich fragend an.

»Nein, ist es nicht.«

»Dann fahr doch weiter.«

»Du hast dein Ziel erreicht, Lucie!« Die Stimme klang bockig. Und warnend. Ich schloss entnervt die Augen, denn mir war klar, was hier gleich passieren würde. Nämlich Funkstille. Motorstille.

Ich räusperte mich. »Es tut mir furchtbar leid«, sagte ich zu Charlie. »Aber ich kann dich nicht zu Erik fahren.«

»Wieso das denn?«

»Weil …« Ach, nun war schon alles egal. »Mein Navi möchte das so. Das Auto springt sonst nicht mehr an, wenn du drinbleibst. Es will irgendwie nicht, dass du zu Erik gehst.«

»Lucie, jetzt hör doch endlich mal auf mit dem Scheiß. Das ist nicht lustig. Dann mach das Ding halt aus.« Wütend zog sie das Kabel des Navis heraus. Es leuchtete immer noch, aber Charlie kriegte das natürlich nicht mit. Genauso wenig wie sie mitkriegte, dass jetzt der Motor mit einem Röcheln erstarb.

»Ich kann nicht«, erklärte ich geduldig. »Das Auto springt ab jetzt nicht mehr an, weil das Navi nicht will, dass du zu Erik fährst. Ich weiß, es klingt absolut irre und abgefuckt und durchgeknallt, aber es ist so. Ich kann nichts dafür.«

Charlie reagierte nicht. Sie starrte auf ihr Handy. Dann hielt sie es mir vors Gesicht, damit ich eine SMS lesen konnte. »Erik hat gerade mit mir Schluss gemacht«, sagte sie. »Das Arschloch hat einfach mit mir Schluss gemacht, das gibt's ja wohl nicht. Spinnt der? Man macht nicht einfach mit mir Schluss! Und noch dazu per SMS. Und ich wäre beinahe noch hingefahren!«

»Totales Arschloch«, ließ George sich plötzlich vernehmen, der doch eigentlich ausgeschaltet war.

»Was zum …« Charlie wich erschrocken zurück.

»Glaubst du mir nun?«, fragte ich tonlos.

Kopfschmerzen

»Also – was genau war das eben?« Wir hatten mein Auto stehengelassen und waren wieder in Charlies Wohnung gelandet. Charlie goss sich ein Glas Wein ein und trank es auf Ex aus. »Ich meine – bin ich verrückt geworden? Du kannst es mir ehrlich sagen, wenn ich verrückt geworden bin, Lucie. Ich vertrage die Wahrheit. Du musst dann nur dafür sorgen, dass ich in meinem Nachthemd im Irrenhaus nicht hässlich aussehe und dass mir kein Spuckefaden aus dem Mund läuft, wenn da knackige junge Krankenpfleger arbeiten und mein Bett machen und ...«

»Du bist nicht verrückt«, erklärte ich mit fester Stimme. Ich goss mir ebenfalls ein Glas Wein ein.

Charlie goss sich ihres erneut randvoll und trank es halb leer. »Aber ich habe das Ding ausgeschaltet! Und dann sagt das so was. Wie kann das sein? Ich weiß, ich war in Mathe und Physik und dem ganzen Kram immer sauschlecht, aber wenn man irgendwo den Stecker rauszieht, dann geht nichts mehr, das weiß sogar ich.« Sie schüttelte sich leicht.

»Es sei denn, etwas hat eine Batterie«, verbesserte ich automatisch.

»Hat dein Navi denn eine Batterie? Für den Fall, dass es den Wunsch verspürt, ›Arschloch‹ zu jemandem zu sagen?«

»So ähnlich.« Ich räusperte mich. »Okay, aber lach jetzt bitte nicht.« Und dann erzählte ich der verwirrten Charlie meine Erlebnisse mit meinem Navi. Diesmal hörte sie endlich zu. Ich erzählte davon, wie es mich zu kennen schien, wie es mit mir kommunizierte, besonders wenn ich alleine im Auto war, wie es mich an Orte schickte, an die ich eigentlich gar nicht wollte, die sich dann aber als wichtig für mich entpuppten. Und von dem Flohmarkttypen und seinem angeblichen Namen. *Schicksal.*

Charlie schüttelte sich leicht. »Wahnsinn«, flüsterte sie. »Gruslig. Krieg ich gleich Gänsehaut.«

Ich berichtete ihr von Bardo auf der Straße, von der falschen Regine, vom *Moretti* und vom Sportladen und vom Sophienpark. Und davon, wie das Auto einfach nicht ansprang, wenn ich nicht da bleiben wollte, wo das Navi mich hinschickte.

»Ist ja irre«, meinte Charlie, als ich fertig war. »Warum hast du mir das nicht eher erzählt?«

»Weil ich es selbst nicht so richtig geglaubt habe«, sagte ich leise. »Ich meine, das ist doch schon ein bisschen so was wie ... Zauberei.«

»Voodoo«, flüstert Charlie voller Ehrfurcht.

»Nee, Voodoo ist das mit den Puppen«, erklärte ich. »Die man mit Nadeln sticht.«

»Ach so ja, genau.« Charlie nickte. »Könnte mir eigentlich eine Erik-Puppe basteln.« Dann überlegte sie kurz. »Meinst du, das Navi funktioniert auch bei mir? Kann ich es mir mal borgen? Ich muss unbedingt wissen, was die Zukunft für mich bereithält.«

»Ich weiß nicht, ob das so funktioniert.« Ich zögerte. »Es redet ja nur mit mir. Sozusagen.«

»Ach bitte, lass es uns mal ausprobieren«, flehte sie.

»Okay.« Irgendwie war ich ja auch erleichtert, dass ich jetzt in Charlie eine Mitwisserin hatte. Dass ich mich mit jemandem über das Navi unterhalten konnte, ohne Gefahr zu laufen, eine Zwangsjacke übergestreift zu bekommen.

»Bald. Versprochen?«

»Versprochen. Ach Mensch, Bardo!« Ich sprang auf und hechtete zu Bardo, der gerade den Inhalt meiner Tasche herauszerrte. Ich riss ihm die Unizeitving aus dem Maul und glättete sie. Von der Titelseite sah mir Davids Gesicht entgegen. *Beowulf. Zeitreise in die Vergangenheit. Mit Prof. David Engelbrecht.* Auf dem Foto präsentierte David sein charmantestes Lächeln, fast die Andeutung eines Zwinkerns. Er sah so verdammt gut aus, dass es wehtat, und ich verspürte ein kleines, wehmütiges Ziehen in meinem Bauch. Dann riss ich die Titelseite mit dem Foto ab und warf sie auf den Boden. »Da, Bardo. Fass!«, sagte ich.

Bardo musterte das Foto. Und dann hob er ein Bein und pinkelte darauf.

Charlie und ich wieherten los. Und dann köpften wir die nächste Flasche.

Ich wachte erst um zehn auf, in meinem Mund einen Geschmack wie Blumenerde, mein Kopf dreimal schwerer als sonst, so dass ich das Gefühl hatte, er würde bei der kleinsten Bewegung von meiner Schulter rollen. »Oh Gott«, stöhnte ich. Ich konnte mich nicht mal mehr erinnern, wie viele Flaschen Wein ich mit Charlie geleert hatte. Und heute musste ich doch wieder zur Arbeit!

Ich erhob mich stöhnend, schlurfte in die Küche und trank ein Glas Wasser, warf eine Kopfschmerztablette ein, wusch mich hastig, kämmte mich und zog mir irgendwas an. Aus dem Spiegel sah mir eine Zombiefrau entgegen, tiefe Schatten unter den verquollenen Augen, der Abdruck des Kissens auf der Wange. Ich sah völlig fertig aus. So ein Mist, ausgerechnet in diesem Zustand würde ich auf David treffen, nachdem ich ihn am Donnerstag noch so eiskalt abserviert hatte, und mehrere Stunden zu spät würde ich auch noch kommen. »Scheiße!«, fluchte ich laut. Dann hatte ich eine Idee. Vielleicht kannte George ja einen superschnellen Weg zur Uni und brachte es fertig, dass ich noch vor 11.00 Uhr da auftauchen konnte? George würde schon wissen, wie ich am schnellsten zur Uni kam. Der gute George würde alles für mich regeln. Wir waren ja jetzt Freunde.

»Hallo Lucie, wo soll es hingehen?«

»Zur Uni, George«, befahl ich. »Aber auf dem schnellsten Wege. Ich hab verschlafen. Wegen dir, gewissermaßen.« Hastig gab ich die Adresse ein.

»Tut mir leid, Lucie.«

»Ja, schon gut. Nun mach. Und rede nicht so laut, ich hab Kopfschmerzen.«

»Bitte in dreihundert Metern links in die Charlottenstraße abbiegen.«

Aha, das Navi wählte nicht den Weg, den ich normalerweise fahren würde. Sondern den direkten Weg durch die Altstadt, den ich immer vermied, weil es dort lauter Einbahnstraßen, enge Kopfsteinpflastergassen und Lieferautos gab. Letztere verstopften immer die

Straße und kamen rückwärts aus Torauffahrten herausgeschossen, begleitet vom Geschimpfe ihrer Fahrer. Heute jedoch war es märchenhaft leer, dafür war jede Ampel rot. Ich trommelte nervös mit den Fingern auf dem Lenkrad herum und sah aus dem Fenster. Direkt neben mir war ein Zeitungsladen, auf fast allen Titelbildern prangte dieselbe Schlagzeile.

Sekretärin gewinnt im Lotto und kündigt endlich ihren ungeliebten Job!

»Schön für dich«, murmelte ich und verspürte einen Anflug von Neid. Es wurde grün, nur um an der nächsten Ampel sofort wieder rot zu werden. Herrgott noch mal! Jetzt stand ich vor einer Buchhandlung. Im Schaufenster eine Pyramide aus Sachbüchern, ganz oben ein Exemplar von:

Jetzt reicht's! Wie Sie erfolgreich Ihren Job wechseln!

Ein seltsames Gefühl stieg in mir auf, ich runzelte die Stirn, doch da wurde es grün — endlich. Halt, da vorne waren Bauarbeiten, ach verdammt noch mal. Es war schon Viertel vor elf. Ich stand genau neben dem Arbeitsamt.

Zeit für einen Jobwechsel? Vereinbaren Sie ein Beratungsgespräch!

schrie mir ein riesiges Plakat entgegen. Daneben Stellenangebote in einem Schaukasten, auf mindestens sieben davon prangte ein fettes *»Sekretärin gesucht«* als

Überschrift. Dieses verdammte Navi. Mann, ich musste dringend in die Uni, und George versuchte, mir hier einen neuen Job anzudrehen. Was sollte das?

»Okay, George.« Ich holte tief Luft, denn hier musste ich offenbar etwas klarstellen. »Nur zu deiner Information – es ist nicht so einfach, einen neuen Job zu finden. Abgesehen davon mag ich meinen Job, die Uni ist ein prima Arbeitgeber. Und unter David kann ich gut arbeiten, er ist nicht so schlimm als Chef. Eigentlich.« Ich verstummte. Nur als Mann, dachte ich.

Inzwischen ging auf der Straße überhaupt nichts mehr vorwärts, weil ein riesiger Transporter die Kurve nicht weit genug genommen hatte und nun wie ein überdimensionaler Legostein die Straße blockierte. *Universum Film GmbH* prangte groß in einem runden blauen Logo auf der Seite.

»Ja, okay. Ich bin im falschen Film, George, das ist mir schon selber klar!«, schimpfte ich weiter. In die Spur neben mir kam endlich Bewegung, ich schlüpfte schnell in eine Lücke, die sich auftat, nur um gleich wieder zum Stillstand zu kommen. Diesmal neben der Stadtbibliothek. *Lesen Sie mal wieder!*, verhöhnte mich ein großes Plakat. Das ganze Schaufenster war mit Mittelalterromanen vollgestopft.

»Ja und?«, fragte ich laut. »Was soll mir das sagen? Ich mag historische Romane, aber das weißt du ja schon. Und wieso bist du auf einmal so still, George? Hm? Sonst bist du doch auch nicht um eine Antwort verlegen!«

»Du hast Kopfschmerzen.«

»Sehr lustig«, zischte ich. »Willst du, dass ich Ärger bekomme, oder was?« Und in dem Moment wurde mir klar: Natürlich – genau das war es. Ich sollte gar nicht so schnell wie möglich zurück zur Arbeit kommen. Ganz im Gegenteil. Ich sollte mich verspäten, total verspäten. Warum? Weil David gerade mit Janina Winkler zugange war und mein Navi mir den Anblick ersparen wollte? Zehn vor elf. Ich schäumte vor Ärger und fluchte und streckte meinen Kopf aus dem Fenster. Der Transporter war endlich weg, aber das Auto vor mir fuhr nicht los. Und warum? Weil der Fahrer mit einer Radfahrerin quatschte, das durfte doch nicht wahr sein. »Hey!«, brüllte ich aus dem Fenster. »Nun fahr doch endlich.« Und dann hupte ich laut.

»Gibt es ein Problem?« Wie aus dem Nichts war ein Polizist neben meinem Auto aufgetaucht.

»Kein Problem«, antwortete George, noch bevor ich etwas sagen konnte.

»Halt den Mund«, zischte ich leise. Der Polizist hatte mich trotzdem gehört.

»Die Fahrzeugpapiere, bitte.« Er sah mich streng an.

Entnervt wühlte ich in meinem Handschuhfach und reichte ihm das Gewünschte. Dabei versuchte ich, so wenig wie möglich zu atmen, unter Umständen hatte ich ja noch eine Fahne von gestern Abend. Warum hatte ich jetzt nur keinen Kaugummi?

»Lucie Stein?« Der Polizist studierte meine Fahrerlaubnis.

»Leo Winter?«, fragte George zurück.

Der Polizist zuckte zusammen und sah mich misstrauisch an. »Kennen wir uns?«

»Nein«, presste ich heraus, ohne dabei Luft zu holen.

Er musterte mich. »Was ist denn mit Ihnen? Brauchen Sie medizinische Hilfe?«

»Kopfschmerzen«, verkündete George.

»Sagen Sie, sind Sie Bauchrednerin?«

»Nein«, gab ich kurz angebunden zurück und fixierte George wütend. »Das bin ich nicht, das ist mein Navi.«

»Aha.« Der Polizist namens Leo Winter betrachtete mich – meine verquollenen Augen, meine käsige Haut, meine zerwühlte Frisur. »So, so, Ihr Navi.« Offenbar kam er zur Schlussfolgerung, dass ich ein mit irren Partydrogen vollgestopfter Nachtschwärmer auf dem Weg nach Hause war. »Steigen Sie doch bitte aus.«

»Telefon klingelt gleich«, meldete sich George. Eine Sekunde später klingelte das Handy des Polizisten. Ein Ausdruck von wachsamer Furcht trat jetzt in seine Augen. »Hallo Schatz«, sagte er leise in sein Handy. »Es geht gerade nicht.« Er lauschte aber trotzdem.

Ich bekam inzwischen schier einen Anfall vor lauter Ungeduld. Ich musste endlich in die Arbeit. »Entschuldigung?«, krächzte ich und atmete dabei unauffällig zur Seite.

»Ach, wie blöd«, sagte der Polizist jetzt, ohne mich zu beachten. »Warum denn nicht? Kann deine Freundin nicht mal alleine ...« Er lauschte wieder. Ein bekümmerter Ausdruck huschte über sein Gesicht. »Na gut«, sagte er dann. »Schade. Bis morgen dann.« Er legte auf und wandte sich wieder mir zu. »Also, bitte aussteigen.«

»Sie trifft Oliver Reimann«, sagte das Navi.

Der Polizist schluckte. »Wie bitte?«, stammelte er. »Was haben Sie da gesagt?«

»Sie trifft Oliver Reimann.«

»Woher kennen Sie den Kollegen meiner Freundin?«

»Sie trifft Oliver Reimann.« George klang bereits ein bisschen ungeduldig angesichts der Begriffsstutzigkeit des Polizisten.

Der Polizist starrte mich an, aber ich hatte das Gefühl, dass er mich gar nicht mehr wahrnahm. Irgendetwas ging in seinem Kopf vor, denn plötzlich wurden seine Augen ganz wässrig. »Oliver Reimann«, flüsterte er. »Hab ich's doch geahnt.«

»Neunzehn Uhr, Sternbachstraße 17«, fügte George hinzu. Er klang jetzt fast mitleidig.

Ich wagte kaum noch zu atmen. Verkatert und benebelt und gestresst – das war alles zu viel für mich.

»Sie können ...« Der Polizist trat einen Schritt zurück und kratzte sich verwundert am Kopf, als ob er aus einer Hypnose erwachte oder so. »Ich ... alles in Ordnung, gute Weiterfahrt.« Mechanisch reichte er mir meine Papiere und drehte sich abrupt um.

»Danke. Wiedersehen.« Ich atmete tief durch, trat aufs Gas und fuhr in gemäßigtem Tempo weiter, bis der Polizist und die Baustelle außer Sicht waren. Dann trat ich aufs Gas, die Straße war auf einmal total leer.

»George«, stöhnte ich. »Was zum Teufel war das denn eben?«

»Kleiner Nebenjob.«

»Ach ja? Kümmerst du dich jetzt schon um das Schicksal fremder Polizisten? Wie wäre es, wenn du dich erst mal mit *meinem* Schicksal beschäftigst? Wegen dir komme ich total zu spät!«

»Mach ich doch. Du hast dein Ziel erreicht, Lucie!«

Ich hielt mit einem lauten Quietschen auf dem Parkplatz vor der Uni. Elf Uhr zwanzig. Und jetzt musste ich auch noch dringend aufs Klo.

Kurz vor halb zwölf hetzte ich endlich die Treppen zu meinem Büro hoch. Vor der Tür stieß ich fast mit Juliane Schmieder zusammen, die heute noch ein bauschiges lila Band in ihre auberginenfarbenen Haare gebunden hatte, was ihr eine Art ultravioletten Heiligenschein verlieh. Trotzdem sah sie irgendwie besser aus als sonst. Fröhlicher und nicht ganz so teigig.

»Hey«, begrüßte sie mich vergnügt. »Danke noch mal für den Tipp, ich hab jetzt tatsächlich ...«

»Sorry, Juliane«, keuchte ich, »ich bin total spät dran.« Ich schob mich an ihr vorbei, riss die Tür auf und fand mich David gegenüber.

»Frau Stein«, fuhr er mich an, noch ehe ich irgendetwas sagen konnte. »So geht das nicht weiter. Erst machen Sie blau und heute kommen Sie erst mittags ins Büro. Sie können ja wohl nicht erwarten, dass ich Ihre Arbeit miterledige. Zum Glück ist Frau Würz so nett gewesen, einzuspringen, dabei wollte sie eigentlich nur ein paar Unterlagen abgeben.«

Ich sah zu meinem Schreibtisch. Dahinter saß Frau Würz aus der Rechtswissenschaft und nickte mir betreten zu. Die Arme konnte nichts dafür. Wahrscheinlich hatte er sie einfach dazu verdonnert.

»Es tut mir leid«, setzte ich an, »aber es war einfach unglaublich viel Verkehr und dann war da noch eine Polizeikontrolle und ...«

»Das mag ja sein«, meinte David. »Aber wenigstens sollten Sie nicht morgens vor der Arbeit noch einkaufen gehen!« Er deutete auf die LIDL-Tüte in meiner Hand. Darin befand sich nichts weiter als ein Ordner, im Übrigen mit einem von Davids Vorlesungsmanuskripten vom letzten Jahr, das er verbummelt hatte. Die

Kopie, die ich zufälligerweise noch zu Hause liegen hatte, wollte ich endlich zurückbringen.

Seine Unterstellung war so ungerecht, dass es mir die Sprache verschlug.

»Frau Stein ist von mir aufgehalten worden«, erklärte Juliane Schmieder in diesem Moment. »Ich habe sie mit Fragen zu meiner Magisterarbeit gelöchert, weil es ja immer so schwer ist, mit Ihnen persönlich zu kommunizieren. Bei anderen Professoren geht das viel einfacher.«

Eins zu null für Juliane. Wäre ich nicht so fertig gewesen, hätte ich wahrscheinlich laut losgelacht.

»Frau Schmieder, Sie ...«, begann David, und ich konnte sehen, dass er kurz vor dem Explodieren war, weil diese unansehnliche Dauerstudentin es wagte, seine Autorität zu untergraben.

»Ich würde gern mal etwas klarstellen«, unterbrach ich ihn, denn ich war immer noch nicht zu Wort gekommen. Doch da schob sich jemand elegant an mir vorbei, gefolgt von einem gehauchten »Darf ich mal?« und einer zarten Parfümwolke. Janina Winkler.

Sie strahlte David an, ihre Stimme ein einziges Gurren. »Ich gehe schon mal in Ihr Zimmer, Herr Professor.«

David lächelte zurück, kurz aus dem Konzept gebracht, dann wandte er sich wieder mir zu. »Frau Stein, machen Sie sich jetzt bitte an Ihre Arbeit. Und Sie, Frau Schmieder, machen einen Termin für eine Konsultation aus, so wie alle anderen Studenten auch. Frau Würz, Sie können ...«

Und plötzlich platzte etwas in mir. »Das ist nicht fair.«

»Wie bitte?« David, der gerade im Begriff war, Janina Winkler in sein Büro zu folgen, fuhr herum.

»Es ist ungerecht. Sie können nicht einfach davon ausgehen, dass ich einkaufen war. Sie lassen mich nicht zu Wort kommen und Sie ...« Tränen traten mir in die Augen, meine Stimme wurde brüchig.

»Frau Stein, nun setzen Sie sich doch in Gottes Namen einfach an Ihren Tisch. Dahin, wo Sie hingehören. Wir klären das später. Frau Würz, wer hat vorhin angerufen?«

In meinen Ohren setzte ein Rauschen ein. Setzen Sie sich an Ihren Tisch. Dahin, wo Sie hingehören.

Frau Würz räusperte sich schüchtern. »Die Assistentin von einem gewissen Professor Chris Weber, Sie wollte wissen, ob Sie Interesse hätten, sich mit Professor Weber ...«

»Nein!«, blaffte David. »Habe ich nicht!«

Das Rauschen in meinen Ohren wurde immer lauter, und das Einzige, was ich noch hörte, war meine eigene Stimme, wenn auch wie aus weiter Ferne. »Ich gehe. Ich gehöre nicht an diesen Tisch wie ein Stuhl. Ich muss mir das nicht gefallen lassen. Ich arbeite gut und mag meinen Job und habe ihn jahrelang gut gemacht. Sie haben kein Recht, mich so zu behandeln.«

David starrte mich an, als hätte ich mich gerade vor seinen Augen in einen besonders haarigen Beowulf verwandelt. Frau Würz grinste und hielt unauffällig den Daumen hoch.

»Sie gehen wohin?«, fragte David. »Etwa wieder nach Hause?«

»Genau«, erwiderte ich. »Aber dieses Mal komme ich nicht wieder. Ich kündige hiermit.« Ich drehte mich um und marschierte aus dem Zimmer.

»Frau Stein? Frau Stein?«, hörte ich ihn rufen, aber ich sah nicht zurück.

Eins zu null für Lucie. Oder hatte ich gerade ein Eigentor geschossen?

Fellnasen

»Lucie, ich bin stolz auf dich, ehrlich.« Charlie schob mir eine Tasse Tee hin. »Der Engelbrecht hat dich doch nur ausgenutzt. Deine Gutmütigkeit. Und die Tatsache, dass du in ihn verknallt warst. Glaub bloß nicht, dass er das nicht gemerkt hat.«

Ich nickte und streichelte Bardo, der vor sich hin dösend auf meinem Schoß lag. »Trotzdem«, sagte ich. »Was habe ich nur getan? Man kündigt doch nicht so einfach so einen guten Job. Ich weiß überhaupt nicht, was über mich gekommen ist.«

»Das Navi ist über dich gekommen, ganz einfach«, sagte Charlie. »Ein Kerl wäre zwar besser gewesen, unter uns gesagt, aber wenigstens bist du dadurch jetzt den Engelwicht los.«

»Charlie, Mann. Du bist immer so …«

»Und stell dir mal vor, wie der jetzt rotiert.« Charlie grinste.

»Der rotiert nicht. Der knutscht gerade die Winkler ab. Und außerdem hat er morgen schon eine neue Sekretärin, darauf kannst du Gift nehmen.«

»Na und? Wenn du willst, hast du morgen schon einen neuen Job. Aber du kannst auch was total anderes machen. Pole Dancing oder so. Da verdienst du 'nen Haufen Kohle.«

»Pole Dancing? Ich? Hast du vergessen, dass ich so gut tanze wie eine Kaffeemaschine?«

»Okay, gut, dann eben nicht. Oder du fährst Taxi, mit dem Navi als Helfer.«

»Dann kommen die Leute niemals dort an, wo sie wollen«, murmelte ich. Aber was Charlie eben gesagt hatte, war gar nicht so dumm. Das Navi hatte mir das alles eingebrockt, jetzt sollte es mir gefälligst auch aus der Patsche helfen. Natürlich. Ich musste nur Auto fahren – weiter nichts. Dann würde sich schon herausstellen, wo die Reise hingehen sollte.

Doch das war leichter gesagt als getan, denn was immer ich an diesem Tag als Ziel eingab – ob *Einkaufszentrum, Kino, Bäcker* oder *Krankenhaus* oder einmal sogar aus lauter Wut *Paris* – die Fahrt endete am Sophienpark. Das Navi wollte offenbar, dass ich dort meine Zelte aufschlug und den ganzen Tag lang in lausigem Oktoberwetter joggte. Dazu hatte ich am allerwenigsten Lust, aber ich fing dennoch an zu laufen. Langsam. Alleine und im Nieselregen, während Bardo im Auto auf mich wartete. Mit jedem Schritt wurde mir klarer, dass unbedingt etwas geschehen musste. Ich hatte meinen Job gekündigt, ich hatte keinerlei Ersparnisse und keine Ahnung, wie mein Leben weitergehen sollte. Der Regen steigerte sich zu einem richtiggehenden Prasseln, ich hörte auf zu joggen und wollte zurück zum Auto.

»Hey, Lucie!« Franziska und Sandra kamen durch Regenschleier auf mich zu, etwas weiter hinten folgte wieder das pummelige Paar, dem man ansah, dass es jetzt tausendmal lieber mit einer Tüte Chips auf der Couch gesessen hätte.

»Willst du etwa schon gehen?« Franziska grinste.

Ja, natürlich wollte ich gehen. Ich war klitschnass, meine Haare lagen wie Seetang am Kopf an, und ich hätte jeden »Miss-Wet-T-Shirt«-Wettbewerb der Welt gewonnen.

»Wir trainieren auch im Regen!« Sandra strahlte mich an, als ob sie gerade im Begriff wäre, zu einer tollen Party zu gehen.

»Ihr trainiert auch im Regen«, wiederholte ich kraftlos. Ich sah an mir hinunter, über meine Beine liefen Sturzbäche, meine neuen edlen Laufschuhe waren durch und durch nass. Ich wollte nur noch nach Hause, ein Glas Wein trinken, meine Beine hochlegen und *Game of Thrones* gucken, aber ich gab mir einen Ruck. Es gab einen Grund, warum ich hier sein sollte. Das Navi wollte es so. Wahrscheinlich würde mein Auto ohnehin nicht anspringen, wenn ich jetzt die Flucht ergriff.

»Ich wollte nur mal eine Pause machen«, log ich. »Und dann weiterlaufen.«

Franziska hielt den Daumen hoch. Ich schenkte ihr ein schwaches Lächeln. Wenigstens hatte sie ihren bescheuerten Freund zu Hause gelassen.

Sandra nickte. »Richtige Einstellung, Lucie. Es gibt kein schlechtes Wetter, nur falsche Kleidung.«

Ich lachte halbherzig und zwang mich dann dazu, mit den anderen noch ein paar Runden zu joggen. Aber etwas Seltsames passierte: Es tat nicht mehr weh. Ich schnappte nicht mehr so nach Luft. Und auf einmal war da ein Moment, in dem ich ewig hätte weiterlaufen können, trotz des Regens. Ich stellte mir plötzlich vor, wie *ich* alle 42 Kilometer des New-York-Marathons laufen würde – meine begeisterten Eltern mit kleinen Deutschlandfahnen in der Hand am Straßenrand, daneben Charlie mit einem neuen Freund im Arm, die mir irgendwas Aufmunterndes zubrüllte, die anderen Marathonläufer neben mir, die »You can do it, Lucie!«, riefen, während ich mühelos an ihnen vorbeizog, im Hintergrund die Skyline von New York, wie ich an einem kleine Café vorbeirannte, vor dem David an einem Tisch saß, ein Buch zur postmodernen amerikanischen Lyrik in der Hand, neben sich ein atemberaubend schönes Model. Und wie ihm vor Verblüffung bei meinem Anblick das Buch aus den Fingern rutschte und wie er zu der gelangweilten Schönheit neben sich »I know that woman over there, but I never knew she was so amazing« sagte und wie ich schließlich als Erste, Dritte oder von mir aus auch Zehnte durch das Ziel schoss und jemanden umarmte, dessen Gesicht ich nicht sehen konnte, von dem ich aber wusste, dass er der Mann meines Lebens war, der mir »Ich liebe dich so sehr, Lucie«, ins Ohr flüsterte.

»Wow, Lucie.« Sandra riss mich aus meinen Gedanken. »Du bist ganze zwei Kilometer gejoggt. Toll!«

Wahnsinn, wie sportlich ich war. Die restlichen vierzig Kilometer würde ich bestimmt auch noch irgendwann schaffen. Der Traum vom New-York-Marathon war doch nicht so lächerlich, auch wenn ich ihn niemals jemandem anvertraut hätte. Beschwingt lief ich zum Auto zurück.

»Hey, Bardo«, rief ich, als ich einstieg. »Auf nach Hause, wa...« Ich stockte. Das durfte doch nicht wahr sein! Bardo hatte die Sicherheitsgurte auf dem Rücksitz durchgekaut. Sie hingen wie vertrocknete Wurstzipfel an den Seiten herunter, schlaff und unnütz. »Spinnst du?«, schimpfte ich ihn an. »Was machst du denn für einen Mist?« Bardo winselte traurig, und plötzlich schämte ich mich. Er konnte ja nichts dafür. Ich hatte ihn ewig lange im Auto warten lassen, kein Wunder, dass er sich langweilte. »Sorry«, sagte ich leise. Und dann drückte ich ihn an mich, er war warm und weich, und eigentlich konnte ich mir in diesem Moment gar nicht vorstellen, ihn wieder hergeben zu müssen. Auf die Annonce hatte zum Glück noch niemand geantwortet.

Ich startete das Auto und schaltete das Navi ein. »George?«, fragte ich ohne Umschweife, noch ehe er mich begrüßen konnte. »Was ist eigentlich jetzt genau mit Bardo?« Ich gab rasch meine Adresse ein und zog fröstelnd die Schultern hoch.

»Bitte im Kreisverkehr die erste Ausfahrt nehmen, Lucie«, antwortete George. »Dann fünf Kilometer der Straße folgen.«

Das war nicht der Weg zu mir nach Hause. »George, ich wollte eigentlich in meine Wohnung. Ich sehe total schrecklich aus und mir ist kalt.«

»Heizung«, schlug George vor, und als ich daraufhin das Gebläse anstellte, kam es mir zehnmal stärker und wärmer als sonst vor, als ob ein heißer Wüstensturm in meinem Auto tobte. Im Nu war ich trocken.

»Wow, danke.«

»Bitte schön, Lucie.«

»Und wohin jetzt? Doch hoffentlich nicht unter Menschen? Ich sehe immer noch total schrecklich aus, nur in trocken.«

»Bitte jetzt links abbiegen. In fünfhundert Metern hast du dein Ziel erreicht, Lucie.«

In fünfhundert Metern? Hier war doch gar nichts. Nur Straßen und Wohnhäuser.

Ich verringerte zögernd die Geschwindigkeit. »George? Ich muss aber nicht noch einen Hund auflesen, oder?«

»Du hast dein Ziel erreicht, Lucie.«

Ich hielt an. Eine Art Baracke, an der Wand ein Bild, auf dem sich ausgelassene Hunde tummelten. Lautes Bellen erklang von irgendwoher. Sollte ich Bardo hier abliefern? Was war das?

»Du hast dein Ziel erreicht, Lucie.«

»Ja, ja. Okay.« Ich lehnte mich aus dem Wagen. Blinzelte und versuchte, das Schild am Eingang zu lesen. *Hundeschule Herzog – artgerechtes, tierisch nettes Training.*

Ich gab einen hysterischen Triller von mir. »*Das* ist dein Vorschlag für Bardo, George? Ich soll mit ihm zur Hundeschule? Jetzt? In meinen Rennklamotten?«

»Du hast dein Ziel erreicht, Lucie.« Die Stimme des Navis klang entschlossen. Was das bedeutete, wusste ich – ich würde hier nicht mehr wegkommen, selbst wenn ich das Navi herausnehmen und in der Erde verbuddeln würde.

»Okay. Na gut.« Ich wuschelte Bardo durch das Fell. »Ein bisschen Erziehung tut dir vielleicht ganz gut, alter Knabe. Ich erinnere dich nur an die Sicherheitsgurte.« Bardo wandte den Blick ab. Er hatte mich genau verstanden, da war ich sicher. Ich kämmte mich rasch und zog einen Pullover über, der noch im Auto herumlag. Die Hunde würden sich schon nicht dran stören, dass meine Haare wie Putzwolle aussahen. Dann schnappte ich mir Bardo und ging hinein, vorbei an Postern, an Aushängen und Werbezetteln für Tierärzte, Dogsitter und Hundepensionen. Schließlich erreichte ich eine große Halle, in der eine Frau gerade Stühle an den Wänden aufstellte.

»Hallo«, grüßte ich schüchtern.

»Hallo, immer reinspaziert«, rief sie fröhlich.

Hinter uns quietschte die Tür, und Bardo bellte begeistert auf. Ein Schatten stürzte an mir vorbei, und im Nu war Bardo in eine Balgerei mit einem anderen Hund verwickelt.

»Aus!«, rief jemand hinter mir. »Entschuldigung, ich weiß nicht, warum sie das macht, sie ist sonst eigentlich eher zurückhaltend bei Hunden, die sie nicht kennt. Ach halt, ist das nicht Bardo?«

Ich fuhr herum. Na prima. Hinter mir stand kein anderer als dieser Christian – schnellster und arrogantester Marathonläufer der westlichen Hemisphäre. Und der Hund, mit dem Bardo sich jetzt lüstern auf dem Linoleum wälzte, war Sissi, die dicke Bulldogge.

Musste das sein? Dass dieser Heini wie der Fluch meines Lebens überall dort auftauchte, wo ich war? Ich beschloss sofort, den Kerl zu ignorieren. Oder jedenfalls nur das Nötigste zu reden.

»Tach«, sagte ich in seine Richtung, sah ihn dabei aber nicht an. Und was er antwortete, kriegte ich gar nicht mit, denn jetzt kam ein Typ zur Tür herein, der offenbar gerade vom Planeten Adonis auf die Erde gefallen war. So was von gut gebaut, mit strahlend blauen Augen und dunklen, halblangen Haaren und mit dieser Lederjacke und diesem kleinen ... Mops. Okay. Egal,

Mopsbesitzer waren sicher total freundlich. Im nächsten Moment aber schob sich eine aufgemotzte Prolltussi in mein Blickfeld, die eine Art selbstgestrickten Riesenhund hinter sich herzerrte.

»Hey du, ich park mich gleich mal mit meinem Otto neben dich, ja?«, brüllte sie dem tollen Typen entgegen. Und der lächelte sie nur an! Musterte ihren Leopardenlook, ihre Bleistiftabsätze, die so hoch wie der Eiffelturm waren, ihre wasserstoffblonden Zuckerwattehaare. Und ihren Busen, der wie Götterspeise aus dem Ausschnitt quoll.

»Na, du kleines Scheißerchen?«, begrüßte sie den Mops vom Adonis laut.

Neben mir lachte jemand leise. Der Marathonheini. Ich ignorierte ihn, marschierte los und zog Bardo mit mir, um mich wenigstens links neben den Adonis zu platzieren, noch war schließlich nicht aller Tage Abend. Aber in diesem Moment schlüpfte diese fiese kleine Oma mit ihrem Pudel an den von mir angestrebten Platz und grinste den Schönling an.

»Kann ich mich mal hier reinzwängen, junger Mann?«, krächzte sie und lachte. Meiner Meinung nach lüstern. Also jetzt machten einem schon die Rentner Konkurrenz, das durfte doch nicht wahr sein, wo lebten wir denn? Ich warf ihr einen wütenden Blick zu, aber die Alte war kurzsichtig oder tat so, als bemerkte sie es nicht. Dafür stand ich jetzt wie bestellt und nicht abgeholt im Raum herum, während Bardo, dieser Idiot, an der Leine zerrte, um zur Bulldogge des Marathonläufers zurückzugelangen. Wütend stellte ich mich auf die gegenüberliegende Seite des Raumes. Vielleicht kam ja noch jemand. Bingo! Ein cooler junger Typ mit einem grauen Jagdhund kam zur Tür herein, lächelte mich an und strebte sofort auf mich zu.

»Hey«, begrüßte er mich. »Du bist neu hier, nicht?«

Das sind immer die Momente, in denen man wählen muss – und zwar blitzschnell. Antwortet man a) mit einem einfallslos blöden »Ja, haha, bin ich« oder mit b) mysteriösem Augenaufschlag und einem »Ja, ich war vorher in einem anderen Kurs, weit, weit weg und musste aus geheimen Gründen wechseln« oder c) mit einem rasiermesserscharf kalkulierten »Tja, ich habe erfahren, dass *du* hier bist.«? Ich entschied mich für Variante d) »Äh ...hm ... haha. Ist das ein Jagdhund?«

»Das ist ein Kurzhaar-Weimaraner«, erklärte der Typ. »Romeo heißt er. Romeo von Lengenfels. Erstklassiger Stammbaum. Und deiner?«

»Das ist ein ... also ein junger Hund.« Ich geriet ins Schwitzen. »Bardo von ... der Straße.«

Der Jagdhund namens Romeo stieß bei meinen Worten ein tiefes, böses Grollen aus, Bardo quiekte panisch und versteckte sich hinter mir.

»Dein Hund braucht 'ne feste Hand«, erklärte der Typ fachmännisch. »Wenn du willst, helfe ich dir gern mal. Ich kann dir ein paar Tipps geben, wie man ein Alphatier wird und so. Ich bin übrigens Florian.«

»Lucie.« Wir lächelten uns an. Aus den Augenwinkeln merkte ich, dass Mister Marathon zu mir herüberschielte. Da staunst du, was? Du eingebildeter Heini. Es gibt nämlich auch noch Männer mit Manieren!

Florian sah wirklich richtig gut aus, stellte ich fest. Fast so edel wie sein Hund. Er trug eine lässige Barbour-Jacke und sah aus, als wäre er der Zeitschrift *Wild und Hund* entsprungen. Wir lächelten immer noch, und

Florian stand nach wie vor dicht neben mir. In dem Moment kapierte ich endlich, warum das Navi mich hier hatte anhalten lassen. Ich sollte Florian kennenlernen, weil ein Hundebesitzer jetzt viel besser zu mir passte! So einfach war das. Und so einfach ging es auch vonstatten, denn wir übten die ganze Zeit zusammen, und am Ende der Stunde tauschten wir bereits Telefonnummern. »Vielleicht können wir uns ja … äh, am Wochenende mal treffen?«, schlug ich beherzt vor. »Zum Üben mit den Hunden, meine ich.« Röte kroch mir den Hals hinauf. Man sah mir garantiert an, dass ich Florian nicht nur wegen Bardo wiedersehen wollte. Der Marathonkerl guckte schon wieder zu uns herüber und runzelte die Stirn.

»Total gern«, meinte Florian und blickte mir tief in die Augen.

Das lief doch wie geschmiert hier. Leider musste Florian gleich nach dem Kurs weg, aber wir würden uns ja sicher bald wiedersehen. Das Navi würde schon dafür sorgen.

»Gut gemacht, George! Gute Entscheidung«, lobte ich mein Navi, als ich nach dem Kurs mit Bardo wieder in meinem Auto saß. Beinahe hätte ich das kleine Kästchen zärtlich gestreichelt. Nicht nur konnte Bardo jetzt prima sitzen und Pfötchen geben, ich hatte auch erfahren, dass es hier einen Hundekindergarten gab, wo man seinen kleinen Vierbeiner tagsüber abgeben konnte. Die Vorstellung eines Hundekindergartens hätte mich noch vor wenigen Wochen zu einem hysterischen Lachanfall getrieben. (Saßen die auf kleinen Stühlchen? Guckten *101 Dalmatiner*? Bellten im Chor »Ein Mops kam in die Küche«?) Jetzt aber hätte ich die

Kursleiterin küssen können. Das bedeutete, dass ich mir einen neuen Job suchen konnte, gleich morgen. Ich konnte also Bardo erst einmal behalten, das war prima. Und weil das Navi ganz offensichtlich Florian für mich vorgesehen hatte, würde ich bald nicht nur einen extrem coolen neuen Freund, sondern auch einen extrem wohlerzogenen, phantastisch abgerichteten Hund haben. In meinem Tagtraum vom New-Yorker-Marathon saß jetzt noch Bardo am Straßenrand und wedelte begeistert mit dem Schwanz, als ich durchs Ziel schoss.

Apropos ... Dort vorne auf dem Fußweg ging der Marathonläufer mit seiner Bulldogge Sissi nach Hause. Ganz langsam, weil Sissi immer wieder stehen blieb. Haha, diese langsame Schlurferei musste ja qualvoll für den Typen sein. Bardo bellte sehnsüchtig, als wir vorbeifuhren, aber Mister Marathon tat so, als ob er uns nicht bemerkte. Und ich tat so, als ob ich die riesige Pfütze auf der Straße direkt neben ihm nicht gesehen hätte. Tschaka!

Strike!

»Hallo Lucie, hier ist Florian, wir haben uns beim Hundekurs getroffen. Erinnerst du dich?«

Natürlich erinnerte ich mich. Wie hätte ich das vergessen können? Erstens war der Kurs erst zwei Tage her, und außerdem passierte ja sonst nichts groß in meinem Leben.

»Hey, Florian, schön, dass du anrufst!« Hoffentlich merkte er nicht, wie euphorisch ich war.

»Ja, ich wollte dich fragen, ob du Lust hast, heute Abend mit mir was zu machen?«

»Im Park?«, fragte ich perplex. »Hunde trainieren?«

»Nein, natürlich nicht. Wir wollen, also Freunde von mir und ich, wir wollen in die *Havanna Lounge*, da ist Partynacht angesagt. Gibt keine Karten mehr, aber wir bekommen natürlich noch welche. Mein Kumpel Michi kennt da jemanden.« Er lachte.

Ich lachte höflich mit, während mir bereits durch den Kopf raste, was ich denn da anziehen sollte. Die *Havanna Lounge* war so ein superexklusiver, angesagter Klub, auch ziemlich teuer, wie mir mit Schrecken einfiel.

»Na? Du sagst ja gar nichts. Hast du schon was vor?«

»Nein, also, nicht direkt.« Ich schielte zu meinem Tisch, auf dem gerade eine Schüssel Nudeln kalt wurde, mein tristes Samstagmittagmahl, das heute Abend nur

noch durch einen karierten Flanellschlafanzug, ein
Buch, meine Fernbedienung und eine halbe Tüte Gummibärchen getoppt werden würde. Mein Plan war, vor
dem Fernseher zu gammeln. Das war – das musste man
leider so sagen – das Highlight meines Wochenendes.
Mann, ich sollte mich wirklich endlich aufraffen und
was mit meinem Leben anstellen. »Ich hab nichts vor«,
erklärte ich daher mit fester Stimme. »Das klingt
prima.«

»*Fantastic.* Wir holen dich um neun ab, okay? Wo
wohnst du?«

Völlig überrumpelt gab ich meine Adresse durch.

»*Fantastic.* Bis später.«

»Fan... ich meine tschüss.«

Ein Piepen war die Antwort.

Ich stand eine Sekunde lang wie versteinert da, dann
schmiss ich die Nudeln in den Müll, wusch mir die
Haare, schmierte mir eine Erfrischungsmaske mit Sofortwirkung ins Gesicht, lackierte mir die Fingernägel
und breitete den Inhalt meines Kleiderschrankes auf
dem Bett aus. Was zog man in der *Havanna Lounge* an?
Was zog man da um Himmels willen an?

»Du siehst geil aus.« Charlie schnalzte mit der Zunge
und nahm sich eine Handvoll Gummibärchen. »Richtig, richtig gut.«

»Sind ja auch deine Klamotten«, murmelte ich. Ich
sah nicht geil aus. Ich sah aufgedonnert und ein bisschen nuttig aus in Charlies High Heels und in ihrem
kurzen Kleid, das mir eine Nummer zu klein war und
in dem ich mich nur vorsichtig bewegen konnte. Die
Krönung jedoch war diese komische weiße kurze
Fellstola, in der ich mir wie eine Laborratte vorkam.

»Die sehen da alle so aus.« Charlie zuckte mit den Achseln. »Wirst du schon sehen. In die *Havanna Lounge* kannst du nicht in Jeans gehen.«

Unten auf der Straße jaulte ein Motor auf, dann hupte es laut. »Ist er das?« Charlie sprang auf und rannte zum Fenster. »Na, sieh mal einer an!«

»Was?«, quäkte ich panisch. »Was ist denn? Was hat er an? Jogginghosen? Taucheranzug?«

»Nee. Er fährt einen fetten BMW.«

»Na und?«

Charlie verdrehte die Augen. »Meine Güte, Lucie, dann hat er bestimmt Geld wie Heu. Und nun ab mit dir. Ich pass schon auf Bardo auf. Aber ich will Details hören, verstanden. Pikante Details!«

Unten auf der Straße genoss ich eine Sekunde lang den Anblick von Frau Kossolow, die sich gierig aus dem Fenster hängte, um das schicke Auto und seine Insassen besser sehen zu können. Florian winkte mir zu, hinten im Auto saß ein Pärchen und sah mir neugierig entgegen. Ich machte mich auf den Weg, doch auf einmal passierte etwas Seltsames. Bei meinem Polo, der weiter hinten in der Straße geparkt war, fing die Alarmanlage an zu tuten. Was war denn da los?

»Moment«, rief ich Florian zu und stöckelte rasch zu meinem Auto. In dem Moment, als ich davorstand, hörte das Tuten abrupt auf. Was sollte das? Wollte mir das Navi signalisieren, dass ich mit meinem eigenen Auto fahren sollte? Ich konnte ja schlecht in meinem rumpeligen Polo hinter dem BMW herzuckeln, vor der *Havanna Lounge* vorfahren und dem Einlasser mit einem »Bitte parken« meinen Autoschlüssel mit dem Teddyanhänger zuwerfen. Nur über meine Leiche. Sollte ich etwa das Navi mitnehmen? Ich öffnete die Tür und griff danach, da fiel es bereits vom Armaturenbrett und auf den Sitz. Genau vor mich. Ich *sollte* das Navi mitnehmen.

Florian hupte erneut, es klang bereits ein wenig ungeduldig. Rasch knallte ich die Autotür zu. Nein. Ich konnte auch ebenso wenig mein olles graues Navi mit seinem Saugfuß bei Florian auf das Armaturenbrett klemmen und verlangen, dass er sich danach richtete. Ich kannte den Mann so gut wie gar nicht. Ohne mich noch mal umzudrehen, stöckelte ich zu Florian zurück, stieg ein und nickte nach hinten, um das Pärchen zu begrüßen. »Hallo.« Da bemerkte ich es. Die beiden trugen Jeans und Kapuzenshirt. Florian ebenfalls.

»*Fantastic*«, sagte Florian. »Dann können wir ja endlich los. Ach, und ich habe ganz vergessen, dir zu sagen – wir haben doch keine Karten mehr für die *Havanna Lounge* bekommen. Wir gehen zum Midnight-Bowling.«

Das Bowling war bereits in vollem Gang, es herrschte ein Lärm wie auf dem Hauptbahnhof, und in der Luft hing ein Geruch nach Schweiß und kalter Pizza. »Dancing Queen« von ABBA schallte durch die muffige Halle, und so ziemlich alle anderen Leute außer mir trugen: Jeans und Sweatshirt. Ich kam mir völlig overdressed und wie ein Callgirl vor, das von einem Escortservice für einen perversen Bowlingkugel-Fetischisten hierher bestellt worden war. Zum Glück musste ich als Erstes meine Stöckelschuhe ausziehen und gegen ein Paar weiß-rote Bowlingschuhe, so unförmig wie zwei Schlauchboote, eintauschen, in denen schon Generationen von Frauenfüßen geschwitzt hatten. Die Schnürsenkel waren zu lang, ich stolperte dauernd und kam mir mit den klumpigen Schuhen und meinem kurzen Kleid jetzt vor wie ein Pfadfinder. Ich hasste Bowling. Ich hasste es, weil ich es nicht konnte und weil ich keine Armkraft hatte und die Kugel meist mitten in der Bahn liegenblieb, so weit entfernt von den Pins wie die zwei Königskinder, die einander so lieb hatten und doch nie zusammenkommen konnten.

»So.« Florian rieb sich freudig die Hände, als wir an unserer Bahn ankamen. Er stellte ein Tablett mit Gläsern und einer Flasche Schampus ab und betätigte den Bildschirm. »Lucie, du und ich, wir sind ein Team, wir sind die Alphas. Ivanka, du und Michi, ihr seid die Betas.«

»Auf gar keinen Fall«, wehrte sich Michi sofort. »Wir sind die Alphas.«

»Das wird kaum gehen.« Florian lächelte schief. »Weil wir ja schon die Alphas sind, nicht wahr, Lucie?«

»Also von mir aus könnt ihr gern die Alphas ...«

Florian schnitt mir das Wort ab. »Ich habe das letzte Mal beim Bowling gegen Michi gewonnen. Also sind wir die Alphas. Ist im Tierreich auch so. Die Alphas führen. Wenn Michi und Ivanka gewinnen, können sie ja gern beim nächsten Mal die Alphas sein.« Er zwinkerte mir zu.

Ich versuchte es erneut. »Ist doch ...«

»Ey, das ist voll daneben«, empörte sich Ivanka. »Das finde ich nicht gerecht. Lucie, sag doch was.«

»Ich finde ...«

»Wir werfen eine Münze«, entschied Michi. »Kopf ist Alpha, Zahl ist Beta. Fertig.«

»Ich geh kurz aufs Klo«, sagte ich rasch.

Auf dem Klo überlegte ich, ob ich nicht gleich wieder abhauen sollte, aber dann fiel mir ein, dass ich ja blöderweise nicht mit meinem Auto gekommen war. Am Waschbecken standen zwei stämmige Frauen mittleren Alters in Jeans und identischen Sweatshirts mit dem Aufdruck *Betriebsausflug BV Krankenkasse 2014* und teilten sich gerade einen kleinen Feigling. »Auch einen?«, gackerten sie, als sie meinen Blick bemerkten.

»Nein, danke.« Ich sah rasch wieder weg, schnappte Charlies idiotische paillettenbesetzte Handtasche und ging zurück. Das Krachen und Klirren der Bowlingkugeln, die mit rasender Geschwindigkeit gegen die armen Pins donnerten, nahm mich wieder in Empfang. An unserer Bahn herrschte beleidigtes Schweigen. Florian und ich waren immer noch die Alphas. Ein Name, dem Florian sofort alle Ehre machte, indem er einen Strike schaffte.

»*Fantastic!*«, rief er, riss den Arm hoch und kam auf mich zu, um mir ein High Five zu geben. Ich streckte die Hand ebenfalls aus, und Florian klatschte mich mit solcher Wucht ab, dass ich fast aus meinen hässlichen Bowlingschuhen kippte.

»Au!« Ich rieb mir vorsichtig die Hand. Meine Güte, ging das nicht ein bisschen sanfter?

»Oh sorry, Lucie, alles okay?« Florian war sichtlich bestürzt, Ivanka und ihr Freund hingegen grinsten hämisch.

»Das war sein Alpha-High-Five«, kommentierte Ivanka und lachte wiehernd.

Sie grinsten noch hämischer, als ich trotz brennender Handfläche aufstand, die sagenhaft schwere Bowling-kugel zur Bahn schleppte, Anlauf nahm, über einen meiner langen Schnürsenkel stolperte und die blöde Kugel auf die Bahn plumpsen ließ wie eine Melone. Sie rollte zwei Meter und blieb dann liegen. Ich holte die Kugel zurück wie ein unartiges Kind und lachte verle-gen, Ivanka und Michi schlugen sich begeistert auf die Schenkel, Florian zog ein langes Gesicht.

»Mann, wir müssen die schlagen«, flüsterte er mir zu. »Michi gibt sonst den ganzen Abend lang an.«

Du meine Güte. Ich nippte an meinem Glas und sah mich unauffällig um. Wenigstens kannte ich nieman-den hier. Aus den Lautsprechern nudelte jetzt irgend-eine Boyband des letzten Jahrzehnts, und Ivanka und Michi flüsterten miteinander. Wie auf Kommando sa-hen sie zu uns hin und kicherten. Dann stießen sie ihre Fäuste aneinander wie Gangster in der Bronx.

»Die planen ihre Strategie«, sagte Florian wütend.

»Was arbeitest du eigentlich?«, versuchte ich abzulen-ken.

»Im Moment noch bei meinem Vater in der Firma. Mein Vater hat 'ne Firma für Haarbürsten und Kämme. Walla Kämme. Kennst du vielleicht.«

»Ja«, erwiderte ich überrascht. »Natürlich. Die liegen in jeder Drogerie.« Aha. Das erklärte den riesigen BMW. »Und was machst du da?«

Er winkte ab. »Ach weißt du, das ist doch egal. Es in-teressiert mich nicht, das ist der Punkt. Mich interessie-ren Hunde. Ich liebe Hunde, genau wie du.«

Wir lächelten uns kurz an.

»Ich will mein eigenes Business aufziehen. Hunde trainieren, Hundesport, Hundehotel, so was. Ist total im Kommen und gefragt. Bei dem Kurs bin ich nur, um mich bei der Konkurrenz umzusehen.«

»Ach so.« Jetzt verstand ich. »Du spionierst.«

»Hm.« Er nickte unkonzentriert, dann reckte er den Hals. »Verdammt, das gibt's doch nicht! Hast du das gesehen?« Florian sprang auf. »Michi hatte einen Strike!«

Ich sah entnervt zur Bowlingbahn, wo Michi und Ivanka sich schon wieder abklatschten und etwas brüllten, das wie »We are the Champions!« klang.

»Sorry.« Florian lächelte mich entschuldigend an. »Aber das ist so eine Rivalität zwischen mir und Michi. Wir stehen dauernd miteinander im Wettbewerb, schon seit unserer Schulzeit.« Er griff plötzlich nach meiner Hand. »Ich hab dir noch gar nicht gesagt, wie toll du heute aussiehst, wirklich.«

»Na ja.« Ich hielt die Luft an und zog den Bauch ein. »Bisschen zu viel des Guten, ich ...«

»Ha!« Florian sprang auf und vollführte einen kleinen Tanz. »Team Alpha!«, schrie er. »Team Alpha!« Er strahlte mich an. »Ivanka hat ihren Wurf verhauen und in die Rinne geknallt!«

Ich schloss kurz die Augen. Herrgott noch mal, es war doch scheißegal, wer hier gewann! Niemand sonst nahm das so ernst. Die feuchtfröhliche Party der Betriebskrankenkasse neben uns zum Beispiel, die lachten bei jedem Wurf laut und albern. Bei jedem! Die hatten schon alle ziemlich Schlagseite.

»Du bist dran, Lucie.« Florian zog mich von meinem Stuhl hoch. »Volle Konzentration, okay.« Er rieb sich erwartungsfroh die Hände. »Du schaffst das!«

Ich schnappte entnervt die Kugel, klemmte meine Finger hinein, holte Anlauf und schleuderte das Ding mit Wucht blind nach vorn. Das Unglaubliche geschah: Ich schmiss alle zehn Pins um.

»Strike!«, brüllte Florian. »Strike! *Fantastic!* Team Alpha!« Er sprang auf und klatschte, dann umarmte er mich. »Super, Lucie. Wir sind ein super Team!«

Ich wand mich schnell aus seiner Umarmung und deutete auf die Sektflasche, die bereits leer war. »Ich hol mal noch was zu trinken. Du kannst ruhig für mich mit bowlen.«

»Auf gar keinen Fall«, erwiderte Florian voller Ernst. »Das wäre ja Betrug.«

Ich gab es auf, schlurfte in meinen unförmigen Schuhen zur Bar und bestellte noch eine Flasche von dem gleichen Sekt.

»Macht sechsundvierzig glatt«, sagte der Barkeeper.

»Was?!«, stotterte ich. »Sechs Euro vierzig?«

»Sechsundvierzig. Sie wollten doch den Moet, nicht?«

»Gibt es denn auch noch einen anderen?«, piepte ich erschrocken.

»Den Heidsieck zu siebzig Euro. Wollen Sie lieber den?«

Scheiße. Verdammte, blöde, teure, sinnlose Scheiße. Ich legte fast meine ganze Barschaft auf den Tresen, nahm die idiotische Flasche Moet und ging zurück in Richtung Bowlingbahn, wo gerade erneut ein Streit zwischen Team Alpha und Team Beta ausgebrochen war.

»Das zählt nicht!«, hörte ich Ivanka rufen. »Das zählt absolut nicht, jetzt rechnest du bitte noch mal neu zusammen!«

Und da drehte ich mich einfach um und ging. Das heißt, ich wollte es, aber ich prallte gegen die beiden Schnapsdrosseln der Betriebsfeier, die ein volles Tablett mit Gläsern trugen. Vor lauter Schreck streckte ich die Hände aus, um das Tablett abzufangen, und ließ dabei die Sektflasche fallen, die mit einem sagenhaften Knall zersprang und ihren Inhalt quer über den Boden verschoss.

»Strike!«, kreischten die beiden Frauen und lachten hysterisch, während ich mich sinnloserweise bückte, denn es gab ja überhaupt nichts mehr zu retten. Außer Charlies Kleid, aber das merkte ich erst, als es zu spät war und die Naht hinten mit einem Ratschen aufplatzte und meinen Slip entblößte.

»Ups«, machte eine der Krankenkassensäuferinnen erschrocken. »Das issetzt aber nicht unschere Schuld, stimmt's, Heike? Nee, dafür können mir jetzt nix.« Und dann lachten sie wieder beide.

Ich lief hinaus. Einfach hinaus aus diesem Irrenhaus, ich sah mich nicht mal mehr um. Meine letzten zwanzig Euro gab ich für ein Taxi aus und stellte damit fest, dass ich an diesem Abend mehrere Hundert Euro Miese gemacht hatte, wenn man das Kleid und die blöde Fellstola dazurechnete, die noch auf dem Tisch lag, sowie Charlies High Heels, die im Schuhregal der Bowlingbahn standen und die ich irgendwie würde ersetzen müssen, denn zurück an diesen idiotischen Ort brachten mich keine zehn Pferde mehr. Dafür schleppte ich mich jetzt frierend in den potthässlichen Bowlingschuhen zu meiner Haustür, wischte mir die Tränen aus dem Gesicht und suchte meinen Schlüssel. Ich brauchte unbedingt einen neuen Job. Ich brauchte ... Hinter mir hupte es, und ich fuhr erschrocken herum. Florian war echt der Letzte, den ich jetzt sehen wollte. Aber da war kein BMW. Da war überhaupt niemand. Nur mein eigener Polo, aus dem ein kleines blaues Licht aufleuchtete. *Das Navi.* Mit einer Nachricht für mich?

Hättest du nur auf mich gehört, Lucie.
Siehst du nun, was passiert, wenn du mich ignorierst?
Lucie! Lucie! Lucie!

Ich zog die Bowlingschuhe aus und knallte sie in die Mülltonnen vor dem Haus, dann ging ich hinein.

Rettender Ritter

»Könnten Sie denn heute noch zum Vorstellungsgespräch kommen?«, fragte eine tiefe Männerstimme am Telefon. Ich konnte mein Glück nicht fassen. Das war der allererste Job, den ich mir aus dem Internet gesucht hatte, und schon durfte ich vorsprechen! Eine Firma, die Fenster und Spiegel vertrieb, was mich nicht im Geringsten interessierte, aber das Gehalt war so gut, dass ich vorsichtshalber erst mal dort hatte anrufen wollen, um herauszufinden, ob es sich nicht um einen Tippfehler handelte.

»Moment …« Ich tat, als ob ich in einem Terminkalender nachsehen würde, und legte in der Zeit ein Muster aus den verschütteten Cornflakes auf dem Tisch. »Ja, doch, das würde gehen. Wann würde es Ihnen denn passen?«

»So bald wie möglich.« Der Mann lachte polternd. »Hier herrscht ein gewisser Engpass.« Er räusperte sich. Wir verabredeten einen Termin in zwei Stunden, dann gab er mir die Adresse durch, und ich quiekte fast vor Freude. Das Büro war keine zwanzig Minuten Fußweg von meiner Wohnung entfernt, keine fünf Minuten mit dem Auto, immer nur die Hauptstraße entlang. Hier hatte eindeutig das Schicksal seine Hand im Spiel, und das, obwohl ich noch nicht mal mein Navi dafür benutzt hatte. Ich überlegte rasch, was ich anziehen sollte, und entschied mich für meinen hellgrauen Hosenanzug und eine weiße Leinenbluse. Schick und geschäftsmäßig und trotzdem nicht ohne Charme. Ich staunte – der Anzug saß mittlerweile prima, das Joggen tat mir definitiv gut.

Als ich ihn das letzte Mal getragen und mich damit ins Theater geschleppt hatte, war ich mir wie ein junger Elefant vorgekommen. Nach dem zweiten Akt musste ich damals diskret den Reißverschluss der Hose aufmachen, weil ich sonst keine Luft mehr bekommen hätte, und im dritten Akt gab es ein ploppendes kleines Geräusch, und die beiden Perlmuttknöpfe an der Jacke sprangen ab und rollten in die dunkle Leere zwei Reihen vor mir. Irgendwie war ich seither nie dazu gekommen, neue Knöpfe anzunähen, und jetzt war es zu spät. Egal.

Ich warf einen letzten Blick in den Spiegel und auf Bardo, der auf seiner Decke saß und auf einer quietschenden Gummiente herumkaute.

»Heute beginnt ein neues Leben, Bardo«, erklärte ich ihm. »Frauchen wird hoffentlich diesen Job bekommen und irrsinnig viel Kohle verdienen, und dann fahren wir zusammen ans Meer, versprochen?« An den sexy Hundebesitzer glaubte ich mittlerweile nicht mehr, denn es hatte sich immer noch niemand gemeldet. Ich verstand zwar jetzt erst recht nicht, aus welchem Grund ich mir dann einen Hund hatte anschaffen müssen, zumal Florian der volle Reinfall gewesen war, aber Bardo war nun einmal da, und ich hatte ihn liebgewonnen.

Zum Glück war Florian letzte Woche in der Hundeschule nicht mehr aufgetaucht, um die Konkurrenz auszuspionieren. Wahrscheinlich war er viel zu beschäftigt damit, seine Position als Alpha-Teamleader zu verteidigen, dachte ich gehässig. Er hatte mehrmals versucht, mich anzurufen, und mir mehrere SMS geschickt und schließlich als letzten Gruß Charlies Fellstola vor die Tür gelegt. Sie hatte jetzt einen hellgelben Fleck und sah merkwürdig zerrupft aus, wie ein junger kranker Eisbär. Egal, Charlie wollte sie ohnehin nicht wieder zurückhaben.

Als ich auf die Straße trat, huschte ich schnell zu meinem Auto. Laufen war ja gut und schön und gesund, aber jetzt war ich doch ein bisschen knapp dran.

»Hallo Lucie, wo soll es hingehen?«, begrüßte mich mein Navi in dem üblichen sanften Tonfall.

»Auf zu neuen Ufern, George«, murmelte ich und gab die Adresse der Fensterfirma ein. Im Prinzip wusste ich ja, wie ich dahin kam, nämlich einfach nur geradeaus, aber was würde das Navi dazu sagen?

»Bitte wenden und im Kreis die zweite Ausfahrt nehmen.«

Was?

»Das ist die entgegengesetzte Richtung, George«, erklärte ich. Wahrscheinlich verwechselte das Navi irgendwas.

»Bitte wenden und im Kreis die zweite Ausfahrt nehmen.« Die Stimme klang störrisch.

»George, was soll der Mist? Das ist ein Bombenjob! Ich habe jetzt keine Zeit für deine Spielchen.«

»Bitte wenden und im Kreis ...«

Wütend schaltete ich das Navi aus und startete den Motor. Er starb sofort gurgelnd wieder ab. Mist, verdammter! Wieso sollte ich nicht zu dem Vorstellungsgespräch? Ich konnte ja wohl schlecht von Luft und Wasser leben und den ganzen Tag lang joggen oder auf meinen Hund aufpassen. Vielleicht war das Navi ja einfach ein erzkonservativer Idiot, der der Meinung war, der natürliche Lebensraum einer jungen Frau sei zwischen Herd und Spüle. *Aber du hast dir geschworen, von jetzt an immer dem Navi zu folgen,* summte eine kleine nervige Stimme in meinem Kopf. *Denk an den grässlichen Abend beim Bowling. Das Navi bestimmt dein Schicksal.*

»Soll mein Schicksal vielleicht sein, dass ich verhungere, weil ich kein Geld habe?«, fauchte ich wütend. Kurz überlegte ich, das Navi einfach aus dem Fenster zu schmeißen, aber vielleicht hob es dann jemand anderes auf, und das brachte ich irgendwie auch nicht fertig. Und deshalb stieg ich einfach aus und knallte die Tür zu. Ich fing an zu laufen. Mit meiner guten Kondition konnte ich in fünfzehn Minuten da sein. Blöderweise fing es an zu regnen, und ich hatte keinen Schirm dabei. Ich fluchte leise und hielt meine Handtasche über den Kopf und hastete an einkaufenden Rentnern und Radfahrern vorbei, trat aus Versehen in eine kleine Pfütze und versaute mir meine Wildlederpumps. Fünf Minuten zu spät traf ich in der Fensterfirma ein.

»Nehmen Sie bitte Platz«, bat mich eine junge Frau am Empfang. Sie vermied es, mich anzusehen, zumindest kam es mir so vor. Ich sank erschöpft in einen Sessel und musterte sie heimlich. Meine Güte, wie hatte sie sich aufgedonnert. Stilettos und kurzer Rock und enge

Bluse mit Strassapplikationen und diese ganzen Klunker und die Schminke. Selbst von meinem Platz in der Ecke aus konnte ich ihr Parfüm riechen. Meine zukünftige Kollegin ... Ich atmete in die andere Richtung und zuckte zurück. Überall diese Spiegel hier. Und wie ich aussah! Meine Haare plattgeregnet, meine hellgraue Hose schlammbespritzt und meine weiße Leinenbluse durchweicht und damit durchsichtig. Man konnte jedes Detail meines BHs sehen! Ich raffte hastig die knopflose Jacke vorn zusammen, kämmte mich und versuchte unauffällig, den Schlamm von meinem Hosenbein zu reiben.

»Frau Stein?« Ein hagerer Mann Mitte sechzig mit buschigen weißen Augenbrauen trat ins Zimmer. Ich reichte ihm die Hand und musste daher notgedrungen meine Jacke loslassen.

Er starrte ungeniert auf meine durchweichte Bluse. »Sehr schön. Dann kommen Sie mal rein.« Er legte mir die Hand auf den Rücken, schob mich durch die Tür und behielt seine Hand auch noch dort, als ich längst schon im anderen Zimmer stand.

»Und bitte zwei Kaffee, Andrea, avanti, avanti!«, rief er über die Schulter der Frau an der Rezeption zu.

Irgendwo in meiner Bauchgegend setzte ein kleines, ungemütliches Gefühl ein.

»So. Na, das sieht ja schon mal gut aus«, meinte der Mann jetzt und grinste mich an.

Ich raffte schnell wieder meine Jacke vor der Brust zusammen. »Entschuldigen Sie bitte meinen Aufzug, ich bin in den Regen gekommen, mein Auto ist nicht angesprungen und ...«

Er winkte ab. »Schon gut, schon gut. Aber gleich mal notieren – bei uns tragen die Sekretärinnen Rock. Und ein bisschen aufhübschen, nicht? Wegen der Kunden und so. So wie die Andrea draußen. Aber das kriegen Sie schon hin, bin ich mir sicher.«

Ich schluckte. Dann kramte ich in meiner Tasche nach der Klarsichthülle mit meinem Lebenslauf. »Hier sind meine Unterlagen«, erklärte ich rasch. »Ich habe sechs Jahre lang als Sekretärin von Professor Engelbrecht an der Universität gearbeitet und war direkt verantwortlich für den reibungslosen ...«

Die Tür ging auf und Andrea stöckelte herein. Wieder mied sie meinen Blick und stellte je eine Tasse Kaffee vor ihn und mich hin. Als sie wieder hinausging, verfolgte der Mann sie mit Blicken, die eindeutig waren. Dann trank er einen Schluck Kaffee und verzog das Gesicht. »Mann, ist der wieder bitter. Ich hoffe, Sie können das besser. Andrea hat fürs Kaffeekochen einfach keinen Verstand.« Er brummte noch etwas Ungnädiges, das ich nicht verstand. Oh Gott, wo war ich hingeraten? Das war ja wie eine Zeitreise in die sechziger Jahre.

»Zeigen Sie mal her.« Der Mann nahm mir meine Unterlagen aus der Hand und warf einen Blick darauf. »Na, so viel Zeugs wie in Ihrem letzten Job müssen Sie hier nicht können. Dafür gibt es mehr Gehalt, stimmt's oder hab ich recht?« Er lachte wieder sein polterndes Lachen, zwinkerte mir zu, dann klatschte er ein paar Hochglanzbroschüren vor mich hin, alle voll mit Fotos von Fenstern jeder Art. »Hier mal reingucken, können Sie zu Hause machen. Ansonsten Telefon bewachen, Idioten abwimmeln, Kaffee kochen, Briefe tippen.« Er redete noch eine Weile weiter, aber es rauschte alles über mich hinweg. Sollte das meine Zukunft sein? Für diesen sexistischen alten Zausel Kaffee kochen und mir dabei in den Ausschnitt gucken lassen? Mich tagein, tagaus mit einem »Avanti, Avanti« drangsalieren lassen? Nein, natürlich war das nicht meine Zukunft. Mein Schicksal hatte was anderes mit mir vor, ich hatte es nur nicht wahrhaben wollen.

»Wann können Sie anfangen?« Die Stimme des Mannes drang wieder zu mir vor.

»Ich glaube, gar nicht«, erklärte ich rasch und stand auf.

Ungläubig starrte er mich an. »Okay – ich lege noch zweihundert im Monat drauf. Lumpen lasse ich mich nicht, das kann mir keiner nachsagen.«

All die schönen Taschen, Schuhe, Klamotten, Bücher, Reisen und Urlaube, von denen ich heute Morgen noch phantasiert hatte, lösten sich in nichts auf. Aber dieses Nichts war besser als das hier. »Tut mir leid.« Ich raffte wieder meine Jacke zusammen und stürmte förmlich aus dem Zimmer, dessen miefige Enge mich zu ersticken drohte.

»Auf Wiedersehen«, krächzte ich dieser Andrea zu.

»Wohl kaum«, erklärte sie, ohne aufzusehen. »Heute ist mein letzter Tag. Ich habe einen neuen Job.«

»Gute Entscheidung«, rutschte es mir heraus.

Jetzt sah sie mich an.

»Sorry. Geht mich nichts an«, sagte ich hastig. »Ich meinte nur ... Viel Glück.«

»Mein neuer Chef ist eine Frau.« Sie zog vielsagend die Augenbrauen hoch. »Kann nur besser werden.«

Ich hielt den Daumen hoch und machte mich davon.

Wieder zu Hause, kümmerte ich mich um Bardo, aber ich kam nicht zur Ruhe und setzte mich nach einer Stunde wieder in mein Auto und startete den Motor.

»Hallo Lucie«, begrüßte mich das Navi. Kein *Wo soll es hingehen*? War es sauer?

»Hallo«, flüsterte ich. »Es tut mir leid. Du hattest recht. Ich hätte auf dich hören sollen. Beim Bowling. Und auch heute.« Ich lehnte meinen Kopf an das kühle Lenkrad und schloss kurz die Augen. »Aber ich muss doch irgendwie Geld verdienen. Für die Miete. Futter für Bardo.« Plötzlich schössen mir Tränen in die Augen.

»Nicht weinen. Bitte wenden und im Kreisverkehr die zweite Ausfahrt nehmen.«

Ich fuhr hoch. Ich hatte doch gar keine Adresse eingegeben. »Wohin fahren wir, George?«

»Bitte wenden und im Kreisverkehr die zweite Ausfahrt nehmen, Lucie.«

Ich hatte keine Wahl. Wenn ich aus diesem ganzen Schlamassel je wieder rauskommen wollte, hielt ich mich lieber an die Langzeitpläne meines Navis. Und so nahm ich im Kreisverkehr die zweite Ausfahrt und bog links und danach rechts ab, fuhr auf den Ring und wieder herunter, eine breite, von Kastanienbäumen gesäumte Allee entlang, an einem hässlichen Neubau vorbei und dann in eine Gegend voller Jugendstilhäuser, kleiner Boutiquen und Kneipen. Endlich erklang das vertraute »Du hast dein Ziel erreicht, Lucie.«

Ich hielt an und sah mich um. Ich stand genau vor einem Café. *Café Grundig.* Mir fiel ein, dass ich heute noch gar nichts gegessen hatte, zu Hause war auch kaum was im Kühlschrank. Wahrscheinlich war das der Grund. Aber weshalb ausgerechnet hier? Es gab zig

Cafés und Imbissbuden in der Nähe meiner Wohnung. Nun, ich würde es erfahren.

Das Café war kaum besucht, außer mir waren nur zwei ältere Frauen, ein paar Studenten und ein Zeitung lesender Mann mit kalter Pfeife im Mund da. Umso besser. Ich suchte mir den schönsten Platz aus – am Fenster, damit ich sehen konnte, wer draußen vorbeilief, und von wo aus ich außerdem die Tür gut im Blick hatte. Irgendjemanden sollte ich hier treffen, das war klar. Bei dem Gedanken klopfte mein Herz auf einmal wie verrückt. Wer würde es sein? Und woran würde ich erkennen, dass das Navi denjenigen für mich bestimmt hatte? Ich bestellte mir das große Frühstück, um mich mit Essen abzulenken, und schielte immer wieder nervös zur Tür. Zwei junge Mütter wuchteten ihre Kinderwagen durch die Tür und verbreiteten mit ihren quengelnden kleinen Kindern im Nu Hektik. Sie würdigten mich keines Blickes, und ich atmete auf. Mit denen sollte ich offenbar nichts zu tun haben. Ich aß zwei Brötchen und trank zwei Tassen Kaffee, aber niemand sonst kam herein. Draußen liefen allerlei Leute vorbei, doch die meisten schauten nicht einmal in das Café herein. Merkwürdig. Wie lange sollte ich hier noch warten? Obwohl ich gar keinen Hunger mehr hatte, schmierte ich mir ein drittes halbes Brötchen und köpfte das gekochte Ei. Mit Schwung segelte das halbe Ei vom Tisch und landete auf dem Boden. Ich bückte mich hastig, um es aufzuheben, dann hielt ich inne. Unter meinem Tisch lag etwas. Etwas Plattes, Schwarzes. Eine Brieftasche. Nein, halt. Ich klaubte das Ding vom Boden auf. Oha. Ein E-Reader. Da würde sich aber jemand ärgern.

»Hallo!«, signalisierte ich der Kellnerin und hielt den Reader hoch, aber die schwatzte mit jemandem am Telefon und lachte laut. Ich zögerte kurz. Gucken kostete ja nichts. Ich wollte mir schon lange so ein Ding zulegen, weil mein Bücherschrank bald aus allen Nähten platzte. Es war sozusagen Marktforschung, die ich hier betrieb. Und da die Kellnerin noch immer nicht herübersah, sondern es sich vielmehr auf einem Barhocker gemütlich gemacht hatte, schaltete ich den Reader ein. Das Bild auf dem Monitor verschwand, dafür erschien eine Seite aus einem Buch, das jemand bis zu 21 Prozent gelesen hatte. Ich überflog die Zeilen und stutzte.

Der kleine Johannes hielt die Hand seiner Mutter fest, die stolz auf ihn hinabblickte. Noch nicht mal ein Jahr alt war ihr Sohn und konnte bereits laufen. »Marie?« Die älteste Tochter des Schreiners kam den staubigen Feldweg entlanggehastet. »Marie, mein Vater lässt euch warnen, ihr müsst hier weg! Sagt eurem Mann Bescheid!«
»Aber Jakob ist im Wald«, antwortete Marie. »Er kommt erst am Abend wieder.«

Was? Das konnte doch nicht sein … Meine Augen huschten über den Text und blieben dann an dem Titel des Buches hängen, der ganz oben auf der Seite stand: *Der Fluch der Pesthure.*
Ich stieß ein überraschtes Quieken aus, eine Mischung aus Freude und Verwirrung. Eine der Mütter blickte vom Nachbartisch zu mir herüber und zog ihr Kind vorsichtshalber näher zu sich heran. Ich schenkte

ihr keinerlei Beachtung. Das war ja nicht zu fassen. Wie konnte das sein, das Buch kam doch erst in ein paar Monaten heraus? Die Kellnerin schwatzte immer noch, und so drückte ich den *Home*-Button und betrachtete das Inhaltsverzeichnis. *Monikas Kindle* stand ganz oben. Wow. Diese Monika hatte einen absolut guten Geschmack. Ich konnte es nicht glauben, hier eröffnete sich mir eine Goldgrube an historischen Romanen. *Das Schicksal der Ketzerin. Die Bettelprinzessin. Das Erbe der Heilerin. Der Schwur der Raubritterin ...*

»Wollten Sie noch etwas?« Die kleine Kellnerin stand plötzlich vor mir.

»Ich ...« Innerhalb einer Viertelsekunde traf ich eine Entscheidung. »Nein, nichts, danke.« Mit meinem Arm bedeckte ich den Reader und schämte mich dabei. Aber ich konnte das Ding unmöglich wieder hergeben. Es hatte den zweiten Teil der *Pesthure* geladen, auch wenn mir schleierhaft war, wie diese unbekannte Monika da rangekommen war. Wahrscheinlich war sie Mitglied in irgendeinem Buchklub, wo man Bücher schon vor Erscheinen lesen konnte, so etwas gab es ja heutzutage zuhauf.

»Mensch, George«, murmelte ich, als die Kellnerin wieder weg war. »Ich danke dir, das hat mir den Tag gerettet.« Ein Friedensangebot meines Navis. Bestimmt, um mich wieder dazu zu bringen, mich nach ihm zu richten. Leise kicherte ich vor mich hin. Die Mami am Nebentisch warf mir einen strengen Blick zu und sagte etwas zu ihrer Begleiterin, woraufhin sie beide zu mir herübersahen. Egal. Meine Mission hier war beendet. Ich hatte gefunden, was ich finden sollte. Und ich würde den Reader ja auch zurückbringen. In ein paar

Tagen oder so, wenn ich die *Pesthure* ausgelesen hatte. Ich war schließlich keine Diebin.

Draußen im Auto streichelte ich mein Navi. Jedenfalls so lange, bis ich die Blicke der beiden Muttis im Café bemerkte. Die eine wedelte sich gerade leicht vor der Stirn herum, ihre Blicke hatten jetzt was Bedauerndes. Um sie zu ärgern, gab ich meinem Navi noch einen Kuss und startete mein Auto.

»Hallo Lucie, bitte zweihundert Meter der Straße folgen und dann links abbiegen«, begrüßte mich mein Navi.

Ich runzelte die Stirn. Genau wie vorhin – es wollte mich irgendwohin leiten, noch ehe ich eine Adresse eingegeben hatte.

»Äh, hallo? Du weißt doch gar nicht, wohin ich will. Das ist jetzt schon das zweite Mal, dass du mich einfach wild drauflos schickst.«

»Genau«, antwortete George. Na, klasse. Wie es aussah, hatte die Beziehung mit meinem Navi eine neue Ebene erreicht. In der wir beide nicht mehr so taten, als ob ich je eine Wahl gehabt hätte, und George deshalb das Kind auch gleich beim Namen nennen konnten. George bestimmte, wo es langging, und ich fuhr. Punkt.

»Ich wollte eigentlich nach Hause, lesen«, wandte ich dennoch ein. »Und zu Bardo. Und weiter nach Jobs suchen.«

»Bitte zweihundert Meter der Straße folgen und dann links abbiegen.«

»Okay, ist ja gut. Und danke für den Reader. Nett von dir.«

»Bitte schön, Lucie. Viel Spaß.«

Wie immer, wenn das Navi mir so direkt antwortete, rieselte mir ein kleiner Schauer über den Rücken. Es kam mir jedes Mal vor, als ob jemand in dem Kästchen hockte oder als ob darin eine versteckte Kamera wäre und mich irgendjemand in einer Schicksalszentrale geheimdienstmäßig beobachtete.

Wir fuhren quer durch die Stadt und dann in die Vorstadt in ein Industriegebiet und ich wurde schon langsam ungeduldig, als das Navi mich endlich erlöste. »Du hast dein Ziel erreicht, Lucie.«

Schönes Ziel. Hier war nichts. Nothing, niente, nada. Nur dröge Werkhallen, vor einer standen zahllose LKWs mit einem Logo, das mir vage bekannt vorkam, und lauter Menschen, wahrscheinlich war gerade Schichtende oder so.

»Und? Was ist hier?«, fragte ich ungeduldig.

»Mittelalter«, antwortete George.

»Willst du mich verar...«

In diesem Moment erblickte ich den Ritter. Er saß in voller Rüstung auf einem Pferd und ritt gemächlich im Gras um die Werkhalle herum.

»Was zum ...« Ich kniff die Augen zu und öffnete sie wieder. Der Ritter war immer noch da, jetzt folgten ihm auch noch zwei Mönche mit Tonsur und einem Esel. Sie überquerten die Wiese und spazierten alsdann gemütlich die Bornhauser Straße entlang und direkt auf mich zu. Einer der Mönche zog ein letztes Mal an seiner Zigarette und trat sie aus. Sie warteten an der Ampel, dann drehten sie sich um, weil sich zwei stämmige Mägde mit Bündeln in der Hand der Ampel näherten.

Das Grüppchen begrüßte einander mit freudigen Rufen, einer der Mönche klopfte dem Esel auf den Rücken und riss irgendeinen Witz. Alle lachten.

Eine der Mägde drehte sich jetzt um. Sie hatte eine eigenartige Frisur, ein auberginenfarbiges Scheitelkäppchen, geschmückt mit einem feuerroten Haarband.

»Juliane?«, flüsterte ich ungläubig. »Juliane Schmieder?« Wie ferngesteuert stieg ich aus dem Auto. »Juliane!«, rief ich laut.

Sie erkannte mich und winkte mir zu. »Hallo, Frau Stein! Wollen Sie auch zum Film?«

»Wie?«

Juliane Schmieder deutete auf die LKWs und die Menschenmassen. »Universus Film.«

Die LKWs! Jetzt wurde mir auch klar, wo ich das Logo schon mal gesehen hatte. An dem Tag, als George den Polizisten hypnotisiert und ich meinen Job gekündigt hatte.

Juliane Schmieder schlenkerte ihr Bündel hin und her. »Schon der zweite Tag heute, aber die suchen noch Leute, das weiß ich. Sie drehen *Die Henkerin,* zwei Wochen lang. Haben Sie das nicht in der Zeitung gelesen?« »Nein, aber … also, das klingt toll, viel Spaß.« »Machen Sie doch mit!« Juliane Schmieder gestikulierte eifrig. »Die zahlen gut!«

Pesthure, die zweite

»Und ich stehe als Marktfrau herum. An meinem Stand werden Eier verkauft. Die sind natürlich nicht echt, sondern aus Plastik. Und ich habe ein blaues Kleid samt Schürze an und eine Haube auf. Aber ich stehe nicht die ganze Zeit, meistens sitzen wir und schauen zu, nur ab und zu wird eine Marktszene gedreht. Einmal musste ich ein paar Kinder verscheuchen, die Eier stehlen wollten. Also die Plastikeier.« Ich verstummte, denn Charlie hatte immer noch nichts gesagt. Sie starrte mich mit offenem Mund an.

»Und sie zahlen total gut, und weißt du, was das Beste ist? Ich kann morgen Bardo mitnehmen. Sie brauchen noch ein paar Hunde, die da herumrennen.«

Charlie sagte immer noch nichts, und so brachte ich verzweifelt meinen letzten Trumpf an. »Und weißt du, wer mitspielt? Dieser Jakob Makatz, den magst du doch so, den Schauspieler. Und die Mutter der Henkerin ist Veronika Fellers. Ist das nicht toll? Die hat so ein ganz enges Dirndl an, und am ersten Drehtag ist angeblich ihr Busen da rausgeploppt, also, ich hab es nicht selbst gesehen, aber ...«

»Warum hast du mir nichts davon erzählt?« Charlies Gesicht war eine einzige Anklage. »Jakob Makatz und Veronika Fellers, und das erzählst du mir erst jetzt? Ich dachte, wir sind Freundinnen!«

»Ich ...« Ich geriet ins Stottern. Ich hatte es total vergessen. Ich war so glücklich über meinen neuen Job, dass mir die letzten beiden Tage wie im Traum vorgekommen waren. Als ob ich in einen meiner geliebten historischen Romane gesprungen und direkt in die Geschichte eingetaucht wäre, so kam es mir jedenfalls vor. Umgeben von mittelalterlichem Volk jeder Art, von Lautenspielern, von wilden Reitern und Rittern, von herrlichen Kostümen, und nicht zu vergessen die authentischen Kulissen und die gelegentlich erhaschten Blicke auf die Schauspieler – es war einfach großartig, und dafür wurde ich auch noch bezahlt. Aber natürlich, Charlie hatte recht. Es wäre absolut ihre Welt gewesen. Wie gedankenlos von mir.

»Aber du musst doch sowieso arbeiten«, warf ich schüchtern ein. »Dein großes Projekt, von dem du erzählt hast.«

Charlie verdrehte die Augen. »Meine Güte, für so was hätte ich natürlich krankgemacht. Wann im Leben kann man schon mal in einem Film mitspielen, hm?« Sie seufzte. »Wie hast du eigentlich davon erfahren?«

»Mein Navi hat mich hingebracht.«

»Wahnsinn.« Charlie riss bewundernd die Augen auf. »Wahnsinn, dieses Ding. Warum hab ich nicht so was? Du hast mir außerdem versprochen, dass ich das Navi auch mal ausprobieren darf.«

»Hm.« Ja, das stimmte. Aber Charlie ganz alleine mein kostbares Navi übergeben? Das bedeutete ja, mein Schicksal in Charlies flatterhafte Hände mit den angeknabberten Fingernägeln zu legen ... Schon allein die Vorstellung schreckte mich ab. Außerdem hatte Charlie ja kein Auto. Sie konnte nicht mal fahren!

»Du hast es mir versprochen«, beharrte Charlie, als könnte sie meine Gedanken lesen. »Mann, seit Erik ist nichts mehr gelaufen in meinem Leben. Nichts mehr. Ich habe auch ein bisschen Navi-Glück verdient, besonders jetzt, nachdem du mich um meine Karriere beim Film gebracht hast.« Sie zog einen Schmollmund, aber ich wusste, dass sie mir nicht mehr richtig böse war.

»Okay«, sagte ich zögernd. »Morgen ist Sonntag, da sind keine Filmaufnahmen für mich. Wir fahren zusammen irgendwohin, lassen uns vom Navi leiten. Und dann werden wir ja sehen, ob es bei dir wirkt oder nicht, einverstanden?«

»Einverstanden. Du bist die Beste.« Sie drückte mich. »Und jetzt erzähl mir mal genau, wie der Makatz in natura aussieht. Und die Fellers. Ist sie dicker als wir?«

Zu Hause blinkte mein Anrufbeantworter, ich hatte zwei neue Nachrichten. Die erste war von meiner Mutter. Vor ein paar Tagen hatte ich meinen Eltern endlich gestanden, dass ich meinen Job gekündigt hatte. Meine Mutter klang besorgt, sie fragte, ob sie mir was zu essen bringen sollte. Meine Eltern konnten absolut nicht verstehen, wie man heutzutage einen so guten Job hinschmeißen konnte, ich glaube, sie waren enttäuscht von mir. Wahrscheinlich sahen sie mich schon mit einem Pappschild und einer Wollmütze am Straßenrand sitzen, aber wenigstens erwähnte meine Mutter keinerlei neue Schwangerschaften in unserem Bekanntenkreis. Die zweite Nachricht war von David.

Frau Stein – hier ist David Engelbrecht. Ich bitte Sie wirklich, sich bei mir zu melden. Ich finde einige Unterlagen nicht und brauche Ihre Hilfe. Und, Frau Stein?

Ich lauschte dem Klang seiner warmen Stimme, die durch meine unaufgeräumte Wohnung rauschte wie ein Gruß aus einer anderen Dimension. Kein Wort der Entschuldigung, er schien überhaupt nicht begriffen zu haben, dass meine Kündigung in irgendeiner Weise etwas mit ihm zu tun hatte. Von Juliane Schmieder hatte ich erfahren, dass er noch keine neue Sekretärin hatte und seine Assistentin zwang, meine Arbeit zu erledigen. Ich kannte die Assistentin, ein selbstbewusstes, karriereorientiertes junges Ding, lesbisch und komplett resistent gegen Davids Charme. Die würde das nicht lange mitmachen. Wenn ich wieder anfinge, für ihn zu arbeiten, wäre alles wie früher. Und das wollte ich nicht mehr. Ich wollte etwas Neues, auch wenn ich immer noch keine Ahnung hatte, wohin die Reise ging.

»Goodbye, David«, sagte ich leise und drückt die Löschtaste. Bardo sah mir dabei zu und legte den Kopf schief. »Und jetzt das Abendschmankerl, Bardo«, versprach ich ihm. Wir machten es uns beide auf der Couch gemütlich, und ich holte den E-Reader heraus. Marie kam einfach nicht zur Ruhe in ihrem Leben. Der verhasste Burggraf war nämlich gar nicht gestorben, sondern von einer Kräuterfrau im Wald wieder aufgepäppelt worden. Er war immer noch hinter Marie und jetzt auch ihrem kleinen Sohn her, denn es hatte sich mittlerweile herausgestellt, dass Marie ganz und gar nicht mittellos war, sondern Anspruch auf die halbe

Burg hatte, weil ihre Großmutter dem Großvater des Burggrafen mal das Leben gerettet hatte.

Der Wirt stellte einen Krug Bier vor dem Gast mit dem mürrischen Gesicht ab. Er hörte kein Wort des Dankes, aber das war ihm egal. Hauptsache, dieser Mensch bezahlte und verschwand bald wieder. Er hatte etwas Unheimliches an sich, etwas, was einem wahren Christenmenschen einen Schauer über den Rücken jagte.

Ich stutzte. Da war wieder so eine Anmerkung. Ich öffnete sie und las:

Burggraf zu dämonisch? Mehr von Rache/Gier getrieben? Evtl. noch mal überdenken.

Ich biss mir auf die Lippe. Das war jetzt mindestens schon die sechste Anmerkung dieser Art. Die unbekannte Monika ließ sich alle paar Seiten wegen irgendeiner Kleinigkeit am Text aus. So was Pingeliges hatte ich noch nie erlebt. Ich meine, ich hatte mich auch schon oft über irgendeine Stelle in einem Buch geärgert, aber mir die Mühe machen und etwas im Buch anmerken ... Komisch. Ob die Testleser das so machen mussten?
Zwei Seiten weiter stieß ich auf die nächste Stelle.

Oh, er hatte Pläne mit dieser Pesthure. Er würde sie an ihren langen roten Haaren über den Boden schleifen und ...

Offenbar hatte auch diese Stelle Monika gestört.

*Zu sadistisch? Charakter Burggraf noch besser ausar-
beiten.*

Ausarbeiten. Ich starrte auf das Wort. *Noch besser
ausarbeiten.* Und dann brach die Erkenntnis über mich
wie die Pest über Maries Heimatdorf. Was ich hier las,
war ein Manuskript! *Monikas Kindle* ... Monika Bergmann hieß doch die Autorin der *Pesthure*. Das waren
die Anmerkungen der Autorin! Der Reader rutschte
mir aus der Hand und knallte auf den Boden. Verdammt, ich hatte der Autorin der *Pesthure* den Reader
geklaut. Ich las hier etwas, was noch gar nicht fertig
war. Und garantiert suchte die Frau händeringend
nach ihrem Kindle, nicht ahnend, dass ihr größter Fan
sich das Ding unter den Nagel gerissen hatte.

»Mist, Bardo«, flüsterte ich. »Was mache ich denn
jetzt?«

Wochenend und Sonnenschein

»Okay!« Charlie rieb sich vergnügt die Hände. »Wohin fahren wir?«

»Keine Ahnung. Das ist ja gerade der Witz. Wir lassen uns irgendwohin führen, und dort passiert dann irgendwas, was von Bedeutung für uns ist.«

»Geil.« Charlie berührte voller Ehrfurcht mein unscheinbares Navi. Ich warf einen nervösen Blick auf den Rücksitz, auf dem Bardo unruhig hin und her rutschte. Er brauchte dringend ein bisschen Bewegung, und irgendwie war er in den letzten Tagen *noch* größer geworden. Es war ein strahlend schöner Herbsttag, und ich hoffte, das Navi würde uns vielleicht irgendwohin bringen, wo wir ein bisschen herumlaufen könnten. Und mich nicht wieder im Stau sitzen lassen. Aber vielleicht würde das Navi ja gar nicht wollen, dass Charlie mitfuhr? Als Charlie das letzte Mal in meinem Auto gesessen hatte, hatte das Navi schließlich nach fünfhundert Metern gestreikt. Ich drehte den Zündschlüssel und hielt gespannt die Luft an.

»Hallo Lucie, hallo Charlie!«

»Oh mein Gott!«, kreischte Charlie so laut, dass Frau Kossolow oben im dritten Stock beinahe aus ihrem Fenster gefallen wäre, so sensationslüstern, wie sie sich herauslehnte. »Woher weiß das Ding meinen Namen? Das gibt es doch nicht. Ich fasse es nicht.«

»Willkommen im Klub«, murmelte ich. Ich hatte Charlie zwar schon viel über das Navi erzählt, aber nicht alles.

»Bitte in dreihundert Metern halb rechts abbiegen, Lucie«, meldete sich das Navi. Eine Adresse einzugeben konnte ich mir neuerdings definitiv sparen.

»Na, dann mal los«, sagte ich. Als ich losfuhr, krallte Charlie ihre Finger in meinen Ärmel.

»Oh Mann, das ist ja richtig spannend. Und du weißt wirklich nicht, wo wir hinfahren?«

»Nein, weiß ich nicht. Du siehst es ja selbst, es gibt hier keine Karte mit der Route. Es gibt nur … die Stimme.«

»Bitte fünf Kilometer der Straße folgen, Lucie.«

»Alles klar, George«, antwortete ich.

Charlie quiekte wieder, wenn auch leiser. »Du nennst das Ding George?«

Ich zuckte mit den Schultern. »Die Stimme von George Clooney, weißt du nicht mehr?«

»George passt zu ihm.« Sie grinste.

»Danke, Charlie!«

»Oh mein Gott, der hört mich!«, kreischte Charlie erneut und erschreckte mich so, dass ich beinahe bei Rot über die Ampel gefahren wäre.

»Nun beruhige dich doch endlich«, sagte ich. »Ich weiß, es ist ein bisschen … gewöhnungsbedürftig. Aber bitte schrei nicht so herum, okay?«

»Okay.« Sie presste die Lippen zusammen und sah angestrengt aus dem Fenster. Wir näherten uns der Südvorstadt, dann ging es aus der Stadt hinaus, und schließlich fuhren wir Landstraße. Was immer unser Ziel war – es lag anscheinend nicht in der Stadt.

»Wie lange geht das noch? Haben wir genug Benzin? Was, wenn wir nicht mehr zurückkommen?« Charlie wurde mit jedem zurückgelegten Kilometer nervöser. Ich auch, ehrlich gesagt. Am Anfang waren wir noch durch ein paar Dörfer und Ortschaften gefahren, jetzt waren nur noch Wiesen und Felder um uns herum. Für heute Nachmittag hatten sie einen Herbststurm vorausgesagt. Außerdem war mein Tank nur noch zu einem Viertel voll, wie ich gerade feststellte.

»Bitte an der nächsten Kreuzung links abbiegen.«

»Kreuzung? Meint der die Feldwege da vorn?«, fragte Charlie ängstlich.

In der Tat. Aus irgendeinem Grund sollten wir dort entlangfahren. Und dann, als links ein Weizenfeld und vor uns eine kleine Wiese mit einem Tümpel und nichts weiter sonst zu sehen war, verkündete das Navi:

»Du hast dein Ziel erreicht, Lucie.«

Ich hielt an.

»Wie jetzt«, fragte Charlie. »Hier? Hier sollen wir anhalten?«

Ich zuckte mit den Schultern. »Es ist besser, wenn du nicht darüber nachdenkst, glaub's mir. Du kommst sowieso zu keiner logischen Schlussfolgerung. Vielleicht soll Bardo auch nur mal Pipi gehen.«

Charlie wirkte jetzt ein bisschen beruhigter. Sie rauchte eine Zigarette nach der anderen, während Bardo sein Glück nicht fassen konnte, dass er ohne Leine auf der Wiese herumtollen durfte. Ich ließ ihn Stöckchen holen und sich im Gras wälzen und betrachtete dabei unentwegt die Umgebung. Das hier war mit Abstand die bislang merkwürdigste Tour. Hier war ja nicht mal mehr menschliche Zivilisation anzutreffen.

Na gut, vielleicht mal von dem Hochsitz in einiger Entfernung abgesehen. Sollten wir einen Förster treffen? Einen Jäger? Pilzsammler?

»Was ist denn nun?«, rief Charlie, die gelangweilt am Auto stand. »Mir wird langsam kalt. Und ich glaube, ich habe eben den ersten Regentropfen abbekommen.«

Hier war nichts. Wahrscheinlich war das doch nur eine Pinkelpause.

Wir mussten weiter. »Komme.« Ich schnappte Bardo, ging zurück zum Auto und steckte den Zündschlüssel ins Schloss.

»Du hast dein Ziel erreicht, Lucie.« Mit einem Würgen erstarb der Motor wieder.

»Oh nein, bitte nicht schon wieder«, flüsterte ich.

»Was ist denn? Fahr los.« Charlie fröstelte und zog sich ihre dünne Strickjacke enger um den Leib.

»Ich kann nicht. Das Navi lässt mich nicht. Wie neulich, als du zu Erik wolltest, weißt du nicht mehr?«

»Aber wir wollen doch gar nicht zu Erik.«

»Nein«, sagte ich. Manchmal war Charlie echt begriffsstutzig. »Heute und hier ist irgendwas anderes mit dem Navi. Das finden wir heraus, wenn wir hierbleiben.«

»Du meinst, wir müssen jetzt hierbleiben?« Sie sah mich entsetzt an. »Hier findet uns doch keiner. Wir wissen nicht mal, wo wir sind! Hier ist nur Wald und Feld und wir werden erfrieren und verhungern, es sei denn, wir essen Bardo und ...«

»Hör auf!«, fuhr ich sie an. »So schnell verhungert man nicht. Zur Not müssen wir eben auf der Landstraße bis zum nächsten Dorf laufen.«

»Mit den Schuhen?« Charlie reckte ihr Bein hoch und zeigte auf ihre sandfarbenen Peeptoe-Stiefeletten mit den hohen Absätzen.

Ich schwieg, Charlie klapperte demonstrativ mit den Zähnen.

»Scheiß Navi«, murmelte Charlie. »Wie blöd sind wir eigentlich?«

»Ziemlich«, gab ich zu. Ich hatte jetzt auch die Nase voll.

»Was machen wir hier überhaupt, sind wir …«

»Seht!« Ich lauschte. Da war ein Geräusch. Ein Brummen. Es kam näher. »Hörst du das?«

»Hör ich was? Ja, ich hör was! Gott sei Dank!«

Das Brummen kam näher und näher. Ein Auto. Nein – das klang zu röhrend.

»Ein Motorrad«, jubelte Charlie. »Da!« Sie öffnete die Tür und winkte dem Motorradfahrer zu. »Halt! Hilfe! Hilfe!«

Das Knattern und Röhren wurde langsamer und hörte schließlich mit einem Röcheln auf. Der Motorradfahrer hielt auf dem Feldweg an und schob sein Visier hoch. »Was ist denn los? Probleme?«

»Unser Auto springt nicht an«, rief Charlie zurück.

Ich lächelte schwach. Daran würde auch der Typ nichts ändern können, aber ich brachte es nicht übers Herz, Charlie aufzuklären.

»Na, sieh mal einer an«, sagte Charlie jetzt leise. »Wen haben wir denn da?«

Der Typ stieg ab, nahm seinen Helm ab und kam näher.

»Kneif mich mal«, flüsterte ich. Er sah umwerfend aus. Groß, schlank, kurze dunkle Haare, kleine Narbe an der Stirn. Augen, die zu lächeln schienen, dunkle Jeans und Lederjacke, um die dreißig.

»Springt nicht an?«

»Springt nicht an«, wiederholten wir im Chor. Charlie strich sich die Haare aus dem Gesicht, so langsam und lasziv wie immer, wenn sie im Flirtmodus war. Sie schien ganz vergessen zu haben, dass das hier *mein* Navi war. Ich schenkte dem Typen mein schönstes Lächeln und beugte mich aus dem Fenster. »Wir haben schon alles versucht. Motor ... äh ... gecheckt und so.« Hoffentlich wurde ich bei dieser Lüge nicht rot.

»Darf ich mal?« Der Mann beugte sich durchs Fenster herein, unsere Köpfe berührten sich fast. Ich roch Wind, Gras, Leder und einen Hauch von Benzin. Er drehte den Zündschlüssel um, der Motor sprang sofort an, glatt und geschmeidig und ohne irgendwelche Macken.

Meine Güte, wie peinlich war das denn? George, dieses Miststück.

»Danke«, hauchte Charlie. »Wir waren schon völlig am Ende!«

Der junge Mann grinste. »Tja, die Technik, nicht? Immer für 'ne Überraschung gut.« Er zog seinen Handschuh aus und reichte Charlie die Hand. »Bin der Jan. Jan Letzow.«

»Charlotte Fuchs, aber alle nennen mich Charlie.« Charlie ergriff seine Hand, noch bevor ich »Piep« sagen konnte.

»Lucie!«, sagte ich laut und vernehmlich, weil Charlie die Hand von diesem Jan immer noch festhielt, als ob sie mit Sekundenkleber daran festhing.

»Charlie«, sagte Jan und lächelte charmant. »Das ist aber mal ein süßer Name.«

Hallo? Hier ging es um *mein* Schicksal! Konnten die beiden vielleicht mal aufhören, achtlos darauf herumzutrampeln?

Morgen wirst du entsorgt

»Oh Mann, Lucie, du bist ein Schatz. Das Navi ist ein Schatz! Hast du so was schon mal erlebt? Ich meine, wie ging denn das? Erst springt das Auto nicht an, dann doch, und alles nur, weil dein Navi mir diesen gnadenlos süßen Typen spendieren wollte.«

Charlie war völlig aufgelöst und störte sich nicht an meiner Schweigsamkeit während der letzten halben Stunde Fahrt zurück nach Hause. Sie schien auch nicht eine Sekunde lang darüber nachzudenken, ob dieser Jan vielleicht für mich bestimmt gewesen war. Immerhin war das doch mein Navi!

»Jan Letzow. Anwalt für Mietrecht.« Charlie wedelte zum hundertsten Mal mit der kleinen Visitenkarte herum, die dieser Jan ihr gegeben hatte. »Meinst du, ich soll ihn einfach mal anrufen? Ich könnte so tun, als ob mir meine Wohnung gekündigt wurde.«

»Wurde sie aber nicht.«

»Ich könnte so tun, als ob Bardo mir gehört und mir deswegen gekündigt werden soll. Hast du was dagegen, wenn ich mir deinen Bardo borge?«

»Nein.« Du hast dir ja schon mein Navi und mein Schicksal geborgt, dachte ich. Da kommt es auf Bardo nun auch nicht mehr an.

»Ich weiß nur nicht, was ich sonst sagen soll«, plapperte sie ungerührt weiter. »Irgendeinen Vorwand muss ich ja haben, wenn ich ihn anrufe.«

»Sag einfach, du willst ihn wiedersehen, weil er so ein heißer Typ ist«, murmelte ich unwirsch.

»Meinst du das wirklich?«

»Natürlich nicht!«

Jetzt endlich merkte Charlie etwas. »Hey, was ist denn? Freust du dich gar nicht?«

»Doch. Aber ich hatte gedacht ... ich meine ...« Ich geriet ins Stottern, doch dann platzte es aus mir heraus. »Seit Wochen richte ich mich nach dem Ding. Ich jogge. Ich kündige meinen Job, ich kümmere mich um einen Hund, ich mache alles, was das Navi will, aber wo bleibt meine Belohnung? Was ist der Sinn von all dem, warum das alles? Ich finde keinen Job, ich habe ein Date mit einem besessenen Bowling-Alpha und seinen noch bekloppteren Freunden. Ich meine – es führt alles zu nichts. Und heute, als dieser Jan ankam, da hab ich gedacht, dass ...«

»... dass er deine Belohnung ist.« Sie nickte bedächtig.

»Genau.« Ich schniefte trotzig. »Aber der hatte nur Augen für dich.«

»Lucie, ich ...« Charlie brach bekümmert ab. Dann reichte sie mir die völlig zerknitterte Visitenkarte. »Hier. Ruf du ihn an.«

Ich schüttelte den Kopf. Mein Gott, wir benahmen uns wie zwei Teenager. »Ist schon okay. Der war nur an dir interessiert, das hat man gemerkt.«

»Vielleicht will er ja gar nichts von mir«, sagte Charlie.

Ich verdrehte die Augen. »Bist du blind? Der wäre ja am liebsten durch das Fenster gekrochen!«

Wir kicherten, und ich war froh darüber. Das Letzte, was ich wollte, war, mich auch noch mit Charlie zu verkrachen. »Und überhaupt«, fuhr ich fort. »Ein Mann als Belohnung, was für 'n Quatsch. Ich hoffe doch mal stark, dass ich nicht meinen Job hingeschmissen und einen Hund adoptiert habe, nur um irgendeinen Vertreter der männlichen Spezies als Preis zu ergattern, der mir dann immer die Fernbedienung wegnimmt, um Fußball zu gucken.«

»Genau«, lachte Charlie. »Und wenn ich mich doch nicht traue, ihn anzurufen, dann machen wir nächstes Wochenende mal wieder einen drauf!«

Ich nickte, schwieg aber. Irgendetwas sagte mir, dass dieser Jan Charlie anrufen würde, wenn sie sich nicht meldete. Da war ich mir hundert Prozent sicher, denn das Navi hatte die beiden zusammengebracht. Aber warum zum Geier kümmerte das Navi sich um Charlies Schicksal und nicht um meins? Plötzlich bekam ich einen riesigen Schreck und bremste so plötzlich, dass Charlie beinahe durch die Scheibe flog.

»Sorry«, murmelte ich. »Mir ist nur gerade was eingefallen.« Ich griff nach dem Navi und zog den Saugfuß mit einem dumpfen Plop vom Armaturenbrett. Einen Moment lang hielt ich es grübelnd in der Hand, während Charlie sich den Ellenbogen rieb und leise fluchte. Was, so überlegte ich panisch, wenn das Navi nicht mehr das Modell *L. Stein* war? Was, wenn da jetzt Modell C. *Fuchs* stand? Wenn es die Nase voll von mir hatte und jetzt lieber Charlies Schicksal in die Hand nehmen wollte?

Ich drehte das Navi um. Modell *L. Stein.*

Erleichtert atmete ich auf, meine Enttäuschung jedoch blieb, denn jetzt verstand ich erst recht nichts mehr.

Ich lieferte Charlie zu Hause ab und fuhr noch tanken, Bardo schlief auf dem Rücksitz, das Navi hielt sich wohlweislich zurück, denn ohne Benzin hatte es ja auch keinen Job mehr. Als ich von der Tankstelle zurückfuhr, verfärbte sich der Himmel auf einmal so tiefschwarz wie meine Laune, Blätter flatterten erst schwach und dann immer wilder auf den Bürgersteigen herum, hoben schließlich ab und wirbelten durch die Luft, nur um sofort von peitschendem Regen wieder auf die Straße zurückgeschleudert zu werden. Der angekündigte Herbststurm setzte ein.

Zu Hause zog ich meinen alten Schlafanzug an, machte mir einen heißen Kakao und dachte nach. Das heißt, ich versuchte es, aber meine Gedanken ließen sich nicht ordnen und ergaben keinen Sinn. Ich hatte das Gefühl, in einer Sackgasse zu stecken, auf der Stelle zu treten und nicht weiterzukommen. Gut, ich hatte meinen Job als Komparse beim Film, aber der ging nur noch bis morgen. Ich hatte Sandra getroffen und war durch sie wieder fit geworden, ich hatte gelernt, einen Hund zu lieben, ich hatte (als Belohnung?) den zweiten Teil der *Pesthure* schon vor Erscheinen lesen dürfen. Und nun?

Mein Handy summte, eine SMS von Charlie leuchtete auf.

OMG, Jan hat mich gerade angerufen!! So schnell! Wir treffen uns morgen!

War doch klar, simste ich zurück. Hatte ich es doch gewusst.

Mein Anrufbeantworter blinkte, das hatte ich gar nicht gesehen, als ich hereingekommen war. Vielleicht eine Antwort auf meine Bewerbungen?

»Hallo Lucie, hier ist Romy. Ach Shit, jetzt habe ich wieder die Zeitverschiebung vergessen. Ich wollte doch mal wieder richtig mit dir quatschen, Papa sagt, du hast deinen Job hingeschmissen und hast jetzt einen Hund? Er klang nicht besonders begeistert, haha. Aber du wirst schon wissen, was du machst, ist ja deine Entscheidung und dein Leben, was? Lass uns mal wieder skypen, dann kann ich dir auch Bertie zeigen, unseren neuen Mitbewohner. Ein Känguru, das manchmal in unserem Garten herumspringt, er ist der Hammer! Tschühüss!«

Meine kleine Schwester, die jetzt mit Kängurus in Australien spielte. Ich musste unwillkürlich lächeln. Und etwas an dem, was sie gesagt hatte, ging mir nicht aus dem Kopf. *Es ist deine Entscheidung und dein Leben.* Genau so etwas Ähnliches hatte ich gestern gelesen, auf der letzten Seite der *Pesthure 2*. Wie war das gleich? Ich schnappte mir den Reader und las noch mal nach. Da war es. Marie, die bis dahin geglaubt hatte, alles wäre Schicksal, war am Ende ihres Lebens zu einer Erkenntnis gekommen:

»Unser Schicksal ist im Endeffekt doch nichts anderes als die Summe unserer Entscheidungen – gute oder schlechte«, sagte Marie zu ihrer Enkeltochter Johanna und strich ihr mit ihrer greisen Hand über die Wange...

»Recht hast du, Marie«, flüsterte ich. »Und recht hast du, Romy.«

Wie hatte ich nur erwarten können, dass ein kleines Kästchen über mein Leben bestimmte? Das musste ich selbst tun.

»Es tut mir leid, George«, sagte ich laut in den Raum hinein. »Aber ich verstehe deinen Plan einfach nicht. Ich gebe auf. Was immer du mir sagen willst, kommt nicht bei mir an. Morgen wirst du entsorgt.«

Und außerdem, so fügte ich in Gedanken hinzu, würde ich endlich den E-Reader in das Café zurückbringen und mit ein paar gestammelten Entschuldigungen dort an der Theke abgeben. Die arme Monika sollte meinetwegen nicht noch länger leiden.

Purzel

Am nächsten Morgen holte ich schweren Herzens das Navi aus meinem Auto und legte es auf meinem Küchentisch ab. Einen irrationalen Moment lang fragte ich mich, ob es wohl dort liegen bleiben oder vom Tisch springen und mir runter auf die Straße folgen würde. Blödsinn. Ich lief mit Bardo eine Runde um den Block, ließ ihn die Haltestelle anbellen und packte ihn dann in mein Auto, um zu meinem letzten Drehtag zu fahren. Vielleicht bezahlten sie uns ja heute schon, dann musste ich mir zumindest diesen Monat noch nichts von meinen Eltern borgen. Es war seltsam ohne das Navi im Auto. So still und leer und irgendwie einsam, ich war wieder ganz auf mich allein gestellt. Ich schaltete das Radio an, etwas, das ich in den letzten Wochen völlig vernachlässigt hatte. Die neuesten Hits schallten durch mein Auto, dann der Wetterbericht, der Verkehrsbericht, die mäßig lustigen Witzchen der Moderatoren, das unsichere Gestotter irgendwelcher Anrufer, die galaktische Megapreise gewinnen wollten. Alles wie gehabt und doch alles so fremd.

An der Hundeschule hielt ich an und brachte Bardo in den Hundekindergarten, wo bereits drei Welpen im Garten herumtollten. Sissi, die Bulldogge, war auch dabei, und Bardo zerrte bei ihrem Anblick so sehr an der Leine, dass er mir bald den Arm auskugelte. Kaum hatte ich ihn losgemacht, stürzte er zu ihr. Die beiden benahmen sich, als wäre Bardo nach zehn Jahren Kriegsgefangenschaft endlich nach Hause zurückgekehrt, und wälzten sich glücklich im Gras herum.

»Wahre Liebe, was?«

Ich fuhr herum. Hinter mir stand Christian, der Marathonläufer. »Hallo«, antwortete ich automatisch. Seit wann genau redeten wir miteinander?

»Wenn wir nicht aufpassen, gibt es bei den beiden bald Nachwuchs«, sagte er jetzt.

»Wie der dann wohl aussieht. Bulldoggengesicht, Fettröllchen und extrem behaarte Beine ...« Ich wusste selbst nicht, wieso das auf einmal aus meinem Mund kam.

»Klingt wie meine Cousine.« Christian lachte, sein Gesicht wirkte dabei wie verwandelt, total entspannt und nett. Eigentlich sah er ja richtig gut aus, stellte ich überrascht fest. Wenn er nur nicht immer so sportbesessen wäre.

Etwas zu spät und zu lahm lachte ich mit.

»Herr Bergmann?« Die Betreuerin des Hundekindergartens kam heraus, eine robuste kleine Frau im blauen Trainingsanzug. »Wann wird Sissi abgeholt?«

»Gegen vier«, sagte Christian. »Ich habe heute straff zu tun.«

»Alles klar. Und Bardo?« Das galt mir.

»Äh ... nachmittags, irgendwann. Ich habe auch ... straff zu tun.«

Ich sah Christian hinterher, der jetzt flotten Schrittes davonging. Hatten wir tatsächlich eben ein ganz normales *Gespräch* geführt?

Nachmittags um drei war meine Karriere beim Film zu Ende.

Vier Szenen hatte ich heute gedreht, jedes Mal war es die Jagd eines Ritters quer über den Markt gewesen, bei dem Körbe umgeschmissen wurden und Ikea-Töpfe zu Bruch gingen, dann hatte ich zwei Stunden lang rumgesessen und mich mit dem Henkersgehilfen unterhalten, der Tourismus studierte, und außerdem mit einigen älteren Leuten, die ihre Rente als Leprakranke aufstockten und einen Heidenspaß dabei hatten. Ich hatte Veronika Fellers von weitem gesehen und mir eingebildet, dass sie mich sogar kurz angelächelt hatte. Aber dann war Schluss, ich bekam meinen Verdienst in bar ausgezahlt und trank mit Juliane Schmieder noch einen Kaffee.

»Und wie geht es Ihnen so?«, fragte sie mich. »Haben Sie einen neuen Job oder kommen Sie mit zum nächsten Film?«

»Juliane«, sagte ich, »wollen wir uns nicht endlich duzen? Ist doch albern. Ich bin ja nicht mehr die Sekretärin des allmächtigen Professor Engelbrecht. Ich heiße Lucie.«

»Gerne. Und ich bin nicht mehr die Studentin des allmächtigen Professor Engelbrecht.« Sie grinste. »Und da bin ich nicht die Einzige.«

»Wie meinst du das?«

»Na ja, es haben sich wohl noch ein paar andere ausgeklinkt und sind zu Professor Sander gewechselt. Der ist nicht so eingebildet.«

Interessant. Da rannten David also die Studenten weg. Ob ihn das juckte?

»Was meinst du mit ›zum nächsten Film‹?«, fragte ich sie.

»Na, die meisten von uns hier machen in zwei Wochen weiter. Da drehen sie einen *Tatort* in der Nähe. Sie brauchen Leute, die auf dem Flughafen im Hintergrund herumlaufen und schreien, wegen eines Bombenattentats oder so, das hat mir die eine Frau hier erzählt. Also ich mach auf alle Fälle weiter. Ich kann unheimlich laut schreien.« Sie strahlte mich an.

»Mal sehen.« Schreiend auf dem Flughafen herumzulaufen war nicht unbedingt die Karriere, von der ich immer geträumt hatte, aber ich würde es im Hinterkopf behalten, für alle Fälle. Für alle *Notfälle*. Wir tauschten noch unsere Handynummern aus, und weil es ein sonniger, klarer Tag war, holte ich Bardo ab, zog mich zu Hause um und beschloss, im Sophienpark joggen zu gehen. Bardo war müde, den ließ ich zu Hause. Das Navi lag immer noch auf dem Küchentisch, klein, unscheinbar und grau. Und vorwurfsvoll.

Ich verspürte eine tiefe, geradezu wütende Energie in mir, die ich irgendwie abarbeiten musste. Noch vor Kurzem hätte ich mich zu diesem Zweck auf die Couch geschmissen, eine Packung Kekse in der Hand, und mir eine amerikanische Krimiserie im Fernsehen reingezogen, aber die Zeiten hatten sich geändert. Ich musste einfach laufen. Und ich konnte laufen, es bereitete mir überhaupt keine Probleme mehr.

»Lucie! Hey!« Sandra joggte auf der anderen Seite des Parks und kam quer über die Wiese auf mich zu.

Ich nickte ihr zu, hielt aber nicht an. Sandra holte auf und lief neben mir. »Meine Güte, ein Tempo hast du drauf. Ich erkenne dich nicht wieder!«

Ich verspürte auf einmal große Dankbarkeit ihr gegenüber. »Alles dein Verdienst«, sagte ich. Wir lachten und verfielen in ein gleichmäßiges Lauftempo. Heute wollte ich unbedingt das erste Mal fünf Kilometer durchlaufen, und ich würde es schaffen, ich war mir sicher. So schnell wie Mister Marathon würde ich zwar nie im Leben werden, aber das machte gar nichts.

»Ach, da hinten kommt ja Christian«, sagte Sandra, als hätte sie meine Gedanken erraten. Wir liefen gerade an dem kleinen See vorbei und scheuchten ein paar Enten auf. »Frag ihn bloß nicht, wo Franziska ist.«

»Wieso?«

»Es ist aus zwischen ihnen.«

»Ist sie ihm davongelaufen?« Ich kicherte albern, aber Sandra blieb ernst.

»Nee, er hat mit ihr Schluss gemacht. Sie ist ihm zu …« Sandra suchte nach dem richtigen Wort. »Besessen.«

»Was?« Ich stolperte und geriet beinahe aus meinem Rhythmus. Einen Moment lang hatte ich ein Bild vor mir – Franziska, wie sie mit einem langen, weißen Nachthemd bekleidet in einem Kreis aus Feuer tanzte und heiser irgendwelche satanischen Beschwörungen ausstieß. »Besessen? Wie meinst du das denn?«

»Zu sportbesessen. Sie trainiert mittlerweile jeden Tag fast sechs Stunden. Steht um vier auf, um zu laufen. Es ging wohl um den Urlaub. Er wollte nach England, alte Schlösser und Burgen besichtigen oder so, und sie wollte einfach nur drei Wochen lang knallhart durchtrainieren.«

»Du meine Güte.« Mehr fiel mir dazu nicht ein, mehr konnte ich sowieso nicht sagen, weil mir sonst die Luft knapp wurde. Drei Kilometer hatte ich schon weg, jetzt wurde es langsam hart. *Vier Kilometer.* Ich konzentrierte mich nur noch auf das Stückchen Weg vor mir, schaute nicht nach links und rechts, auch nicht zu Christian, der uns schon ein Mal überholt hatte. Wie seltsam, dass ihm Franziska zu sportbesessen war. Ich hätte ja eher geglaubt, dass ihn das glücklich machte. Mist, ich stolperte schon wieder, was war nur mit mir los? Ich verzog das Gesicht, jetzt tat mein Knöchel bei jedem Schritt weh. Ich wollte aufhören, aber wie aus dem Nichts war Christian wieder aufgetaucht, er rannte direkt neben mir, und weil ich mir nicht die Blöße geben und wie ein nasser Sack auf die Wiese fallen wollte, rannte ich humpelnd und stur weiter. *Fünf Kilometer!* Ich riss die Arme hoch, wie es die Leute bei der Olympiade immer machten.

Christian rannte an mir vorbei, und dann geschah es: Er drehte sich kurz zu mir um und hielt den Daumen hoch. Er hielt den Daumen hoch! Und obwohl er doch eigentlich allen Anzeichen nach mein natürlicher Feind war und garantiert nie ein Buch las und nur von Eiweißdrinks lebte und schon wieder dieses angeberische T-Shirt vom New-York-Marathon anhatte, verzog sich mein Mund gegen meinen Willen zu einem stolzen Lächeln.

Ich ließ mich ins Gras fallen, das nass und eisig kalt und gerade deshalb wahnsinnig erfrischend war, dann breitete ich die Arme aus und schloss kurz die Augen.

»Du hast echt deine Kondition verbessert«, sagte eine Stimme über mir. Christian. »Ich staune.«

»Danke.« Ich machte die Augen auf und rappelte mich hoch.

»Und wie du läufst«, meinte er, »das hab ich überhaupt noch nicht gesehen. Das sieht so ...« Er verstummte hilflos.

»Wie denn?«, fragte ich leicht beleidigt. Was gab es bitte schön an meinem Laufstil auszusetzen?

»Du läufst so ...«, setzte Christian erneut an, doch in diesem Moment klingelte mein Handy.

Eine unbekannte Nummer. Vielleicht jemand mit einem Jobangebot? Ich ging ran. »Hallo?«

»Hast du unseren Purzel?«, fragte eine Kinderstimme.

»Was?«, fragte ich perplex zurück.

»Unseren Hund. Den Purzel. Du hast ihn doch fotografiert.«

»Euren Hund«, sagte ich langsam. Ein fieser kleiner Schmerz setzte irgendwo in der Nähe meines Herzens ein.

»Mit wem redest du denn da, Sascha?« Eine Frauenstimme erklang im Hintergrund. »Du solltest mich das doch machen lassen.« Etwas raschelte, dann sagte die Stimme: »Hallo?«

»Hallo«, krächzte ich zurück.

»Sind Sie Lucie Stein?«

»Ja?«

»Entschuldigen Sie bitte, mein Sohn konnte es mal wieder nicht abwarten. Wir haben heute Ihre Anzeige im Internet gesehen, Sie haben doch vor einiger Zeit unseren Purzel gefunden, den jungen Hund. Wissen Sie, wir waren noch mal im Urlaub vor dem Umzug, und die Oma, also meine Mutter, sollte auf ihn aufpassen, und der Purzel ist der Oma weggelaufen, aber die Oma schaut natürlich nicht ins Internet, wie Sie sich vorstellen können, und sie hat sich nicht getraut, uns zu sagen, dass er weg ist. Deshalb haben wir das erst heute erfahren und haben dann alle Webseiten durchgesehen und Ihre Anzeige gefunden. Sehr nett von Ihnen, wo ist er denn jetzt?«

»Bei mir.« Meine Stimme war ein einziges Raspeln, ich bekam die Worte gar nicht heraus. Was waren das für blöde Leute, die ihren Hund bei einer Oma ließen, die nicht auf ihn aufpassen konnte? Was waren das für blöde Leute, die unvermittelt in mein Leben platzten und mir Bardo wegnehmen wollten? Nach allem, was ich für ihn getan hatte?

»Bei Ihnen? Er war die ganze Zeit bei Ihnen? Ach, das ist aber nett von Ihnen, ich erstatte Ihnen natürlich die Ausgaben, die sie hatten. Warm können wir ihn denn abholen? Sie glauben ja nicht, wie mein Kleiner sich da freut. Er hat den Purzel so in sein Herz geschlossen, er hat jeden Tag nach ihm gefragt.«

»Ach, ja?« Tränen schössen mir in die Augen, wie durch einen Schleier nahm ich wahr, dass Sandra und Christian mir erstaunte Blicke zuwarfen und irgendwelche Zeichen machten, aber ich ging nicht darauf ein. Ausgerechnet jetzt, wo ich mich so an ihn gewöhnt hatte, da sollte ich ihn wieder hergeben? Das war so gemein. Und überhaupt – von wegen sexy Hundebesitzer. Einer gestressten Mutter und ihrem Kind gehörte mein Bardo.

»Hallo? Ist alles in Ordnung? Sie klingen so ...«

»Mir geht's gut«, schniefte ich.

»Weinen Sie etwa? Ach, das tut mir leid. Sie haben ihn sicher auch lieb gewonnnen, wie dumm von mir, Sie haben sich ja die ganze Zeit um ihn gekümmert.« Die Frau klang schuldbewusst. »Hören Sie, lassen Sie uns doch in Ruhe darüber reden, vielleicht können wir ja irgendwie ...« Sie verstummte hilflos.

»Ist schon okay.« Ich riss mich zusammen. »Kommen Sie einfach vorbei, in einer Stunde oder so.« Ich gab ihr meine Adresse durch, dann stand ich auf und ging mit hängenden Schultern zum Auto.

»Lucie? Ist was passiert?«, rief Sandra mir hinterher.

»Bardos Besitzer wollen ihn zurück«, rief ich, aber was Sandra antwortete, hörte ich nicht mehr. Ich hörte nur noch mein eigenes Herz, das viel zu schnell klopfte, und irgendwo in meinem Kopf auch ein kleines glückliches Hundeschnarchen, das ich ab heute nie wieder hören würde. Ich fuhr wie blind nach Hause, nahm beinahe jemandem die Vorfahrt, parkte hastig und schief ein und rannte die Treppe zu meiner Wohnung hinauf, vorbei an Frau Kossolow, die mich schon wieder nerven wollte.

»Also noch mal wegen Ihrem Hund ...«

»Egal!«, sagte ich und stürmte durch die Tür. Bardo lag in seiner Box und schlief. Als er mich hörte, wachte er auf und wedelte vor Freude mit dem Schwanz. Ich ließ ihn heraus und vergrub mein Gesicht in seinem warmen, weichen Fell. »Bardo«, schluchzte ich. »Du musst jetzt ganz tapfer sein.« Sanft streichelte ich ihn. »Du heißt in Wahrheit Purzel. Ich weiß, das ist demütigend für dich, aber es ist leider die Wahrheit.« Bardo winselte verwundert, dann versuchte er, mir die Tränen im Gesicht abzulecken. Und diesmal ließ ich es zu.

Die Frau war um die vierzig, der kleine Junge ungefähr sechs Jahre alt. Soweit ich das beurteilen konnte, es fiel mir immer total schwer, das Alter von Kindern einzuschätzen. Es gab Babys, und dann kamen die mit Zahnlücken und dann Teenager.

»Das ist Sascha«, sagte die Frau und streckte mir ihre Hand hin. »Ich bin Christine Weber.«

»Angenehm«, murmelte ich. Die Lüge ging mir glatt von den Lippen. Ich wollte diese Leute nicht sehen oder mit ihnen reden müssen, ich wollte das hier so schnell wie möglich über die Bühne bringen, sie loswerden und rüber zu Charlie, um mich auszuheulen. »Er schläft gerade.«

Frau Weber folgte mir mit ihrem Kind. Wahrscheinlich dachte sie jetzt, dass sie es mit einem Messi zu tun hatte, denn meine Wohnung sah ziemlich chaotisch aus, aber es war mir total egal. Alles war mir egal. »Ich habe ihn übrigens Bardo genannt«, informierte ich die beiden über die Schulter hinweg. »Er hat sich an den Namen gewöhnt, er hört jetzt auch darauf.« Und Purzel ist ein Scheißname, tut ihm das nicht an. Aber Letzteres behielt ich für mich.

»Bardo?«, fragte Frau Weber erstaunt.

»Das ist althochdeutsch für ...«

»Wolf. Ich weiß.«

Das wusste sie?

»Purzel«, schrie der kleine Junge in diesem Moment. Wir hatten mein Wohnzimmer betreten, und Bardo sprang sofort von seinem Kissen hoch und lief auf den Kleinen zu.

»Bardo«, verbesserte ich leise. Bardo freute sich mindestens genauso, den Jungen zu sehen, wie er sich immer freute, mich zu sehen, und sein eigentliches Frauchen sprang er genauso begeistert an wie mich, er machte keinen Unterschied. Verräter.

»Sascha, der Purzel heißt jetzt Bardo.« Frau Weber legte dem Jungen kurz die Hand auf den Arm. »Das ist doch auch ein schöner Name.«

»Ja, Bardo ist auch schön«, sagte der Kleine, ohne zu zögern, und meine Laune besserte sich ein wenig. Wenigstens schien Bardo nicht in eine dieser nervig antiautoritären Familien zu kommen.

»Hier ist sein Kissen«, erklärte ich. »Und da ist seine Schlafbox und sein Futternapf. Er kaut gern auf Strumpfhosen rum, wenn Sie noch ein paar alte haben, und er kann jetzt auch schon sitzen und sich hinlegen, er geht nämlich mit mir zum Hundetraining. Ging, meine ich.« Meine Stimme klang ganz dünn, ich bückte mich hastig, um Bardos Sachen zusammenzutragen. Der Futternapf rutschte mir aus der Hand und fiel klirrend zu Boden.

»Warten Sie, ich helfe Ihnen.« Frau Weber bückte sich ebenfalls, hob ihn auf und klaubte bei der Gelegenheit gleich noch ein Buch auf, das auf dem Boden lag.

»Ach, *Beowulf* lesen Sie«, meinte sie. »Sind Sie Studentin?«

»Nein. Warum?«

»Na ja, freiwillig lesen so was meistens nur Studenten.« Frau Weber lachte. Eigentlich war sie ja sympathisch, Bardo würde es gut bei ihr haben, da war ich mir sicher. Trotzdem …

»Und meine Studenten lesen es nicht mal freiwillig«, redete sie weiter. »Die lesen lieber so was.« Sie deutete auf die Reihen historischer Romane in meinem Bücherschrank. »Ich ja eigentlich auch.« Sie kicherte.

Ich betrachtete die Frau zum ersten Mal richtig. Irgendwo in meinem Kopf setzte sich jetzt ein kleines Rädchen in Bewegung.

Frau Weber merkte nichts davon. »Wissen Sie ungefähr noch, wie viel Sie für all das bezahlt haben? Und den Trainingskurs haben Sie ja sicher auch bezahlt, nicht? Und hören Sie, wir können doch ausmachen, dass Sie den Pur ... den Bardo besuchen können, wie fänden Sie das?«

Sie heißt Weber, Weber, Weber, nagte es in meinem Hirn.

»Sind Sie zufällig Professorin?«

»Ja.« Jetzt war sie es, die mich erstaunt ansah. »Das bin ich. Professorin für englische Philologie mit Schwerpunkt Literatur des Mittelalters und der Renaissance.«

»Professor Chris Weber?« Ein leicht hysterisches Glucksen bahnte sich den Weg in meinem Hals nach oben. »Sie sind Professor Chris Weber?«

»Ja?«, antwortete sie langsam. »Ich habe mir in jungen Jahren angewöhnt, den neutralen Namen Chris zu benutzen, die akademische Welt kann nämlich immer noch recht sexistisch sein. Aber was ist daran so überraschend? Ich trete im nächsten Semester meine Stelle hier an der Uni an. Deshalb sind wir umgezogen, wir kommen eigentlich aus Hamburg.«

»Es ist nur ...« Gott, wo sollte ich anfangen? »Sie sind meinem Exchef immer ein Dorn im Auge gewesen. Professor David Engelbrecht, mit dem werden Sie dann hier zusammenarbeiten müssen. Da wird er ganz schön ...« Ich grinste und lag schon allein bei der Vorstellung flach, dass man David »den blöden Weber« genau vor die Nase setzte. »... zu kämpfen haben.«

»Na, das ist ja ein Ding. Sie haben für Professor Engelbrecht gearbeitet? Und wo sind Sie jetzt?«

»Nirgendwo. Ich habe gekündigt. Ich musste mich ja um Bardo kümmern und hatte nicht mehr so viel Zeit und da ist... da war ...« Und dann platzte alles aus mir heraus. Wie lange ich schon für David gearbeitet und was er wegen Bardo für einen Aufstand gemacht und wie ich vor Wut gekündigt hatte. Das Navi erwähnte ich allerdings nicht und auch nicht, dass ich jahrelang in David verknallt gewesen war. Aber ich glaube, das merkte sie auch so. Sie hörte mir aufmerksam zu und unterbrach mich kein einziges Mal, während ihr Sohn mit Bardo herumtollte und dabei – das musste ich neidlos feststellen – eine Energie an den Tag legte, die ich auch nach zehn Tassen Kaffee nicht aufgebracht hätte.

»Dann haben Sie jetzt also keine Arbeit mehr, weil Sie sich um unseren Hund gekümmert haben. Und weil Kollege Engelbrecht offenbar keine Ahnung hat, was ihm da für eine Perle abhandengekommen ist«, fasste Christine Weber schließlich mein Gestammel zusammen. »Ich mache Ihnen einen Vorschlag: Sie arbeiten für mich. Ich hätte ja gern meine Sekretärin mitgebracht, aber sie wollte nicht umziehen. Ich muss mir sowieso jemand Neues suchen. Und Sie kennen sich bestens aus, was Besseres kann mir gar nicht passieren. Was halten Sie davon?«

»Meinen Sie das ernst?«

»Ja, natürlich meine ich das ernst. Dann könnten Sie auch Bardo jederzeit sehen, das wäre doch prima! Kommen Sie doch einfach nächste Woche in die Uni, und wir machen das klar.«

»Aber ... Professor Engelbrecht...«

»Was ist mit dem? Wir sind hier in einem freien Land, oder etwa nicht? Und außerdem ... aber das ist vertraulich, Professor Engelbrechts Stelle wird wahrscheinlich ... äh ... neu konzipiert.«

»Neu konzipiert?« Was genau hieß das? Ich musste unbedingt Juliane anrufen.

»Mama, ich hab Durst«, meldete sich der kleine Sascha.

»Willst du ... Wollen Sie vielleicht einen Tee oder so?«, fragte ich verlegen. Hoffentlich tranken die beiden Pu-Erh-Tee oder wie immer das Zeug hieß. Den hatte Charlie mir mal geschenkt, und was anderes hatte ich ja gar nicht im Haus. Höchstens noch Leitungswasser, Kefir und eine halbe Flasche Tequila, die zusammen mit einem Sombrero und einem falschen Schnurrbart noch von einer mexikanischen Fiesta zu Sebastians Zeiten übrig geblieben war.

»Tee klingt gut.«

Ich braute eine Kanne von dem komischen Tee, und dann saß ich fast eine Stunde lang zwischen Futternapf und Strumpfhosen mit meiner zukünftigen Chefin auf dem Fußboden, trank den Tee, der seinem Namen alle Ehre machte und nach Moder und Blumenerde schmeckte, und unterhielt mich mit ihr über Bücher im Allgemeinen und Mittelalterromane im Besonderen und über Hunde und Kinder und Mütter und Kollegen, bis Bardo unruhig wurde und wir zu dritt eine Runde um den Block zogen und uns dann im Treppenhaus an Frau Kossolow vorbeischoben, die das erste Mal bei meinem Anblick stumm blieb und sich nur eingeschüchtert an die Wand drückte. Als es dann Zeit wurde, von Bardo Abschied zu nehmen, schaffte ich es sogar, nicht in Tränen auszubrechen, denn ich würde ihn ja in ein paar Tagen wiedersehen, und er würde Teil meines Lebens bleiben. Ein bisschen jedenfalls.

Als ich später das erste Mal seit Wochen wieder komplett allein war, holte ich das Navi vom Küchentisch und betrachtete es lange. »Danke«, sagte ich dann. »Dass du mich auf den rechten Weg geschubst hast.« Denn das, so war mir jetzt klar geworden, war alles, was das Navi getan hatte. Es konnte mir nur Dinge vorschlagen. Ob ich sie annahm, lag bei mir. Ich hätte das Navi ja gleich nach der allerersten Fahrt wegwerfen können. Ich hätte in meinen Job zu David zurückkehren oder den Job bei dem sexistischen Fensterheini annehmen können. Ich hätte Bardo auch auf der Straße liegen lassen und nach Hause laufen können. Ich hätte Sandra freundlich grüßen und einfach nur im Park spazieren gehen können, niemand zwang mich zu joggen. Ich hätte den E-Reader unterm Tisch liegen lassen können und den Job beim Film nicht annehmen müssen. Ich hätte als zweites Mitglied des Alpha-Teams Karriere machen und eine Haarbürstenfabrik erben können. Und ich hätte heute Christine Weber am Telefon anlügen und ihr sagen können, dass Bardo gar nicht mehr bei mir, sondern weggelaufen war. Dann hätte ich Bardo noch, aber keinen neuen Job. Es waren meine Entscheidungen, die mein Leben in andere Bahnen schoben. Das Navi half mir nur dabei.

Und so schaffte ich es im Dunkel der Nacht wieder dorthin, wo es hingehörte. In mein Auto – bereit für den nächsten Tag.

Mittelalter

»Also erst waren wir ein bisschen verlegen. Vielmehr er. Ich bin ja nie verlegen. Und dann haben wir einen Kaffee getrunken, und er hat mir lauter Komplimente gemacht. Der ist so süß, das glaubst du gar nicht. Und dann bin ich mit ihm Motorrad gefahren. Meine Frisur war von dem Helm total matschig, aber das hat ihn überhaupt nicht gestört.«

»Sag bloß.« Ich lauschte Charlies Redefluss nun schon seit fast fünfzehn Minuten und gab ab und zu ein überraschtes, bewunderndes oder zustimmendes Geräusch von mir. Zu mehr kam ich nicht, denn sie schwebte auf Wolke sieben und redete nonstop.

»Und dann waren wir noch bei mir und haben es uns gemütlich gemacht.« Sie kicherte.

»Und? Was für Socken trägt er?«, erkundigte ich mich in geschäftsmäßigem Ton. Ich trank einen Schluck Kaffee und kippelte leicht gelangweilt am Frühstückstisch herum.

»Wie? Ach so ... keine Ahnung. So weit sind wir noch nicht.«

Ich verschluckte mich an meinem Knäckebrot und hustete Krümel durchs Zimmer. Was? Das waren ja ganz neue Töne. »So weit seid ihr noch nicht? Was ist denn jetzt passiert? Hast du deine Tage?«

»Also weißt du.« Sie klang beleidigt. »Wir sind doch keine Karnickel, die gleich beim ersten Mal übereinander herfallen. Jan respektiert mich, wir wollen uns erst ein bisschen besser kennenlernen.«

Ich staunte. Vielleicht war er schwul. Obwohl, warum sollte er Charlie dann anrufen? Und sie mussten füreinander bestimmt sein, schließlich hatte mein Navi sie zusammengebracht.

»Es ist irgendwie ... ganz anders als sonst«, sagte Charlie. »Er hat mir sogar einen Brief geschrieben.«

»Einen Brief?« Ich verschluckte mich beinahe wieder.

»Das überrascht dich auch, was? Ich wusste ja erst gar nicht, was das ist. Ich meine, normale Menschen simsen sich, wenn du weißt, was ich meine. Aber ist das nicht süß?«

»Ja«, antwortete ich verblüfft. »Was stand denn drin?«

»Hab ihn noch nicht ganz gelesen. Er ist echt lang. Wahnsinn, was für eine Mühe Jan sich gemacht hat.«

»Lies den Brief!«, befahl ich. Herrgott noch mal, Charlie wusste echt nicht, wie gut sie es hatte. Wo gab es heute noch Männer, die Liebesbriefe schreiben? Die überhaupt noch was schrieben, außer ihre krakelige Unterschrift unter irgendwelche Verträge? Und Charlie hatte es noch nicht mal gelesen. Apropos lesen. Ich musste den E-Reader endlich zurückbringen.

»Charlie, ich komme später rüber, okay. Dann kannst du mir alles in Ruhe erzählen.«

»Nee, das geht nicht, ich treffe Jan heute Nachmittag. Morgen auch. Am Wochenende hab ich auch keine Zeit. Aber ich melde mich, okay?«

»Ja.« Im Gegensatz zu Charlie hatte ich auf einmal wieder sehr viel Zeit. Endlos viel Zeit. Viel zu viel Zeit, um an Bardo zu denken und daran, wie es ihm wohl jetzt ging. Ob es wohl unhöflich war, wenn ich heute Abend bei Professor Weber anrief und mich nach ihm erkundigte? In ein paar Tagen würde ich sie sowieso treffen, vielleicht wartete ich lieber so lange. Ich musste mich ablenken. Rasch griff ich mir den E-Reader und ging runter zu meinem Auto. Diese Monika Bergmann suchte wahrscheinlich schon händeringend nach dem Ding, und ich wollte der Veröffentlichung des zweiten Teils der *Pesthure* nicht im Weg stehen. Vielleicht würde es ja bald noch einen dritten Teil geben, immerhin hatte Marie jetzt eine Enkelin.

»Hallo Lucie, wo soll es hingehen?«

Ach, ich hatte wieder eine Wahl? Wie nett. »Zum Café Grundig. Du weißt schon. Wo wir den E-Reader gefunden haben.«

Doch noch bevor ich irgendeine Adresse eingeben konnte, erklang die Stimme des Navis.

»Bitte an der Ampel rechts abbiegen.«

Ich fuhr los. Zum Café Grundig, den E-Reader abgeben. Das heißt, ich würde ihn nicht direkt abgeben, das war mir viel zu peinlich, sondern das Teil bei günstiger Gelegenheit – also wenn die Kellnerin wieder am Telefon flirtete zum Beispiel – auf der Theke ablegen. Vielleicht noch mit einem Zettel dran: *Gefunden.*

»Bitte im Kreisverkehr die zweite Ausfahrt nehmen, Lucie. In fünfhundert Metern hast du dein Ziel erreicht.«

Es war, wie schon so oft. Hier ging es nicht zum Café Grundig. Das war der Weg, den ich in den letzten Wochen mehrmals gefahren war, nämlich direkt zur ...

»Du hast dein Ziel erreicht, Lucie.«

… Hundeschule.

»Was soll ich hier, George? Ich habe keinen Hund mehr.«

Ich blickte stur nach vorn, auf die Straße. Wie konnte das Navi mir so etwas antun? Das war nicht fair. Das tat weh, verdammt noch mal. Gerade ging eine junge Frau mit einer riesigen Dogge hinein, wahrscheinlich brachte sie das Tier in den Hundekindergarten. Mein Magen zog sich zusammen.

»Du hast dein Ziel erreicht, Lucie.«

»Zweite Warnung, ich weiß schon«, gab ich zurück. Ich stieg aus und knallte die Autotür zu. Vielleicht kannte die Frau vom Hundekindergarten sogar jemanden, der einen kleinen Welpen abzugeben hatte. Die Idee elektrisierte mich sofort. War das unter Umständen der Grund, warum ich hier hatte anhalten müssen?

»Die Billie ist eine ganz wilde Küsserin«, gab die junge Frau mit der gigantischen Dogge gerade zum Besten, als ich hereinkam. »Nicht wahr, Billie?« Die Dogge stand auf ihren Hinterbeinen, die Pfoten auf die Schultern ihrer Besitzerin gelegt, und sabberte deren Gesicht ab. Die Frau vom Hundekindergarten warf mir einen entnervten Blick zu. *Und ich darf jetzt vier Stunden lang vor diesem küssenden Ungeheuer flüchten*, hieß das. Ich lächelte schwach zurück.

»Nanu, wo ist denn Bardo?«, rief sie mir zu.

»Bardo ist … Bardo ist …« Weiter kam ich nicht, denn beim Anblick all der Hundeutensilien löste sich in mir eine Tränenlawine. In wenigen Sekunden würde ich losplärren wie ein Kleinkind.

»Noch ein Küsschen für die Mami«, ertönte die quietschige Stimme der jungen Frau, und ich drehte mich abrupt um.

»Hallo.« Vor mir stand Christian.

»Hallo«, erwiderte ich kläglich und zog die Nase hoch.

»Taschentuch?« Christian reichte mir eins.

»Danke.« Wenn ich jetzt noch trompetend hineinschnaubte, war der schreckliche Eindruck, den er bereits von mir hatte, perfekt. Ich rannte in Schuhen mit grellen Preisstickern herum, ich schlenkerte ohne Sinn und Verstand meine Kopfhörer durch die Gegend, ich schnaubte wie ein asthmatischer Elefant in das Taschentuch, ich hatte weinerlich verquollene Augen, und selbst mein Hund war leichten Herzens mit anderen Leuten mitgegangen. Und außerdem lief ich – wie hatte er neulich gleich gesagt, so ...

»Alles in Ordnung? Du siehst ein bisschen mitgenommen aus. Was machst du denn hier, ist Bardo doch bei dir geblieben?«

»Nein.« Ich schluckte. »Seine richtigen Besitzer haben ihn gestern abgeholt. Sie sind sehr nett. Ich werde ihn besuchen können, und außerdem hab ich durch die Frau wahrscheinlich einen neuen Job bekommen.« Ich hielt inne. Warum erzählte ich ihm das. Er wusste ja nicht mal, dass ich meinen alten Job verloren hatte, und es ging ihn auch gar nichts an.

»Super«, meinte Christian. »Aber besonders glücklich siehst du trotzdem nicht aus.«

»Ich ... es ist nur auf einmal so ... still in meiner Wohnung.« Ich kniete mich rasch hin und streichelte Sissi, die mich traurig aus ihrem plattgedrückten Bulldoggengesicht ansah. Sissi verstand mich. »Du vermisst

Bardo auch, stimmt's?« Ich ließ meine Hand über ihr kurzes, glattes Fell geleiten. Sissi war viel kompakter und muskulöser als Bardo.

»Wenn du willst, kannst du dir Sissi jederzeit borgen«, meinte Christian. »Die dicke Nudel freut sich immer über Abwechslung, und sie mag dich ja, das merkt man.«

»Findest du? Bis vor Kurzem fand ich Hunde total blöd, kannst du dir das vorstellen? Ich fand sie entweder furchteinflößend oder nervig und wusste gar nicht, was das für tolle Tiere sind. Und wie sie unser Herz im Sturm erobern können.«

»Sissi ist auch mein erster Hund«, gab Christian zu. »Wir müssen beide noch 'ne Menge lernen. Und dass Hunde so viel Zeit in Anspruch nehmen, habe ich vorher auch nicht gewusst.«

»Na ja, Zeit hab ich ja jetzt wieder.« Ich stand auf. »Wenigstens kann ich wieder mehr lesen. In den letzten Wochen bin ich kaum dazu gekommen. Außer abends. Da habe ich Bardo immer vorgelesen. Das mochte er. Ist das nicht ulkig? Er hat doch kein Wort verstanden.«

»Wahrscheinlich mochte er deine Stimme«, sagte Christian ernst. »Die klingt auch toll.«

Das hatte er jetzt nicht wirklich gesagt – oder? »Danke«, stammelte ich überrascht mit meiner angenehmen Stimme.

Einen Moment lang herrschte Schweigen zwischen uns, ein knisterndes, seltsames Schweigen, das ich dringend unterbrechen wollte, weil das Gespräch hier auf einmal in eine ganz neue Richtung lief, in die ich bislang noch nicht mal in meinen wildesten Träumen gedacht hatte. Eine Richtung, die sich überraschend gut anfühlte.

»Was hast du ihm denn vorgelesen?«, erkundigte Christian sich in diesem Moment.

Meine Wangen wurden ganz heiß. »Äh ... also, ich mag, ich meine, Bardo mochte, also ich habe ihm historische Romane vorgelesen.«

Christian zog die Augenbrauen hoch.

»Einen Mittelalterroman, um genau zu sein«, fuhr ich trotzig fort, denn ich schämte mich nicht für meinen Geschmack. »Ich liebe historische Romane über alles. Ich verschlinge sie kiloweise. Wenn ich abends fertig und müde bin, dann will ich manchmal nichts mehr von der Welt um mich herum wissen. Ich will im Fernsehen keine deprimierenden Nachrichten mehr sehen, keine zeitkritische Dokumentation, nicht mal mehr einen Krimi, in dem missbrauchte Kinder von irgendwelchen Drogenhändlern mit Stasi-Vergangenheit an die Taliban verkauft und in letzter Minute von einem transsexuellen und alkoholkranken Kommissar gerettet werden. Ich will einfach was Schönes lesen und die Welt um mich herum vergessen und abtauchen – in eine andere Welt, eine andere Zeit. Das verstehen viele Leute nicht, aber mir gefällt das.« Ich schob trotzig das Kinn vor.

»Doch«, antwortete er zu meiner Überraschung. »Das verstehe ich total. Unser Zeitalter ist so komplex und technikbesessen und rasend schnell. Wer nicht mitzieht, fällt runter. Früher war das Leben grausamer, aber gleichzeitig langsamer und idyllischer. Allein die Stille. Kein Flugzeug, kein Autolärm, kein Sirren von elektrischen Hochspannungsleitungen, kein Radio, kein Piepen, Tuten, Handyklingeln, kein gar nichts. Das kann man sich gar nicht mehr vorstellen.«

»Genau, du sagst es. Und wenn ich in so einen Roman abtauche, dann blende ich die ganze Gegenwart aus. Inklusive Autolärm. Und ab und zu kann man sogar noch was fürs eigene Leben lernen«, trumpfte ich auf. »Neulich erst habe ich so ein schönes Zitat gelesen, das hat total auf mein Leben gepasst. Wie war das gleich noch mal?« Ich überlegte kurz. »Ach ja. Unser Schicksal ist im Endeffekt doch nichts anderes als die Summe unserer Entscheidungen – gute oder schlechte.«

Christian starrte mich entgeistert an.

»Das stimmt total.« In meiner Stimme schwang Aufsässigkeit mit. Sollte er doch denken, was er wollte. »Ich habe in letzter Zeit eine Menge neuer Entscheidungen getroffen, manche gute, manche nicht so gute, und sie haben mein Leben umgekrempelt. Also mein Schicksal.« Ich lachte etwas zu schrill, denn wenn ich nicht aufpasste, erzählte ich ihm gleich noch von meinem Navi und wie es in mein Leben eingriff, und dann würde er wahrscheinlich glauben, dass ich ihm als Nächstes von den Stimmen in meinem Kopf berichtete, die »Du musst ihn mit dem Hackbeil umbringen!« riefen, und schreiend wegrennen.

»Na ja, jedenfalls war das ein tolles Buch. Den schlauen Spruch sagt die alte ...«

»... Marie zu ihrer Enkeltochter, als sie im Sterben liegt. Dann streicht sie ihr ein letztes Mal über die Wange und stirbt. Jakob, ihr Mann, sitzt dabei mit Johannes, ihrem Sohn, an ihrer Seite«, vollendete Christian meinen Satz.

Jetzt war ich es, die mit offenem Mund dastand. »Woher weißt du das? Hast du das Buch auch schon gelesen? Das kommt doch erst in ein paar Monaten raus?«

»Nein, ich hab es nicht gelesen.« Ein eigenartiger Ausdruck trat jetzt in sein Gesicht, eine Mischung aus Schock, Verwunderung und Belustigung.

»Aber woher weißt du dann ...«

»Ich habe das Buch nicht gelesen. Ich habe es *geschrieben*.«

Morgen, übermorgen oder irgendwann

»Unsinn«, protestierte ich sofort. »Das kann nicht sein. Die Autorin heißt Monika ...«

»Herr Bergmann?«, rief die Frau vom Hundekindergarten. »Entschuldigen Sie, wenn ich kurz störe. Ich lasse die Hunde jetzt in den Garten, wenn Sissi mitwill, müsste sie jetzt kommen.«

»Ja. Danke. Gleich.« Christian wandte den Blick nicht von mir ab.

»Bergmann«, sagte ich langsam. »Du heißt Bergmann mit Nachnamen, stimmt. Aber du heißt nicht Monika. Wer zum Teufel ist Monika?«

»Meine Oma.«

»Deine Oma schreibt die Romane? Monika Bergmann ist deine Oma?«

»Meine Oma lebt nicht mehr. Sie ist vor zehn Jahren gestorben. Sie war wie eine Mutter für mich, hat mich mehr oder weniger großgezogen, weil meine Mutter nie Zeit hatte. Und meine Oma hat mir als Kind viel vorgelesen und erzählt. Besonders Geschichten von früher, wie sie sagte. Von Rittern und armen Mägden und gemeinen Königen und so.« Er lächelte bei der Erinnerung.

Ich verstand immer noch Bahnhof. »Und dann hat deine Oma die *Pesthure* geschrieben? Das kann doch gar nicht sein.«

»Meine Oma hat nie ein Buch geschrieben. Das konnte sie gar nicht. Sie konnte nur wunderbar erzählen und vorlesen. Ich habe ihren Namen als Pseudonym gewählt, um ihr ein Andenken zu setzen. Und weil sich historische Romane mit einer Frau als Autorin besser verkaufen. Im ersten Teil der *Pesthure* steht doch auch ›Für meine Oma‹ als Widmung, hast du das nicht gesehen?«

Das hatte ich zwar gelesen, mir aber nichts dabei gedacht. Höchstens: *Monika Bergmann, eine nette Frau unbestimmten Alters, bestimmt mit Strickjacke und modischer Brille, widmete das Buch halt ihrer Oma.* Nur, dass Monika Bergmann auf einmal ein Typ im grellroten New-York-Marathon-T-Shirt war, der mit seinen langen Beinen dreißig Kilometer pro Stunde rannte ...

»Ich fasse es nicht«, sagte ich und fing an zu lachen.

Er nickte. »Yep. Monika, das ist mein Alter Ego. Und zu Lesungen ziehe ich dann immer mein violettes Kleid und meine Stöckelschuhe an.«

»Was?« Ich trat erschrocken einen Schritt zurück.

»Sorry. Das hast du jetzt beinahe geglaubt, gib es zu.« Er grinste. »Und im Übrigen bin ich jetzt dran, Fragen zu stellen. Woher kennst *du* diesen Satz eigentlich? Das Buch kommt doch erst in vier Monaten raus?«

»Ich ...« Ich spürte, wie ich feuerrot anlief. »Also neulich ... Ich war in diesem Café Grundig, und da ist mir das Ei aus dem Eierbecher geschnipst, und ich habe ... Unterm Tisch lag dann so ein Ding, also ein Kindle.«

»Mein Kindle«, verbesserte er. »Aha. jetzt verstehe ich.«

»Monikas Kindle. Wenn da *Christians Kindle* gestanden hätte, hätte ich ...« Ich brach ab. Selbst wenn da *Christians Kindle* gestanden hätte, wäre mir in meinen kühnsten Träumen nicht in den Sinn gekommen, es könnte sich um *den* Christian handeln.

»Und ich wollte nur mal reinschauen, weil ich mir ja vielleicht auch so einen Reader kaufen will, und da war plötzlich der zweite Teil der *Pesthure* und ich konnte ... ich konnte ... ich musste das einfach erst mal lesen. Es tut mir leid, ich bin wirklich sonst überhaupt nicht kleptomanisch veranlagt, ich hab noch nie was geklaut. Also gut, Kaugummis, als ich zehn war, es war so eine doofe Mutprobe, aber danach nie wieder, ich schwöre es.« Ich redete immer schneller und hastiger. »Ich weiß gar nicht, was über mich gekommen ist, das ...«

»Du wolltest unbedingt den zweiten Teil lesen. So, so sehr, dass du deine moralischen Grundsätze über den Haufen geworfen und etwas mitgehen hast lassen.« Christian bekam einen verträumten Zug um die Augen. »Das ist das schönste Kompliment, das ein Autor bekommen kann.«

»Was?«, stotterte ich. »Du freust dich darüber?«

»Natürlich freut mich das! Und wie fandest du den zweiten Teil?«

»Toll. Ganz toll. Aber auch traurig. Warum musste Marie denn sterben? Sie hätte doch ruhig noch bisschen leben können, wenigstens einen dritten Teil lang.«

»Es gibt doch noch die Enkeltochter.« Er zwinkerte mir zu.

»Heißt das, du schreibst einen dritten Teil?«

»Herr Bergmann? Kommt die Sissi noch?«

Wir fuhren herum. Ich hatte völlig vergessen, wo ich war.

»Ja, Entschuldigung. Wir kommen.« Er wickelte Sissis Leine um das Handgelenk. »Wartest du kurz?«

»Zum Café Grundig muss ich ja nun nicht mehr fahren. Da wollte ich nämlich gerade hin, den Reader zurückbringen, ob du es glaubst oder nicht! Aber mein Auto hat mich nicht gelassen, weil...«

Und in dem Moment verstand ich. Ich hatte Christian treffen sollen. Ich hatte Christian schon die ganze Zeit lang treffen sollen, von Anfang an! Nicht Sandra, um wieder fit zu werden, das war nur ein Nebeneffekt. Christian war mir im Hainpark, im Sophienpark und im Hundekurs über den Weg gelaufen, und er hatte das Café Grundig wahrscheinlich nur wenige Minuten vor mir verlassen.

»Dein Auto lässt dich was nicht?«, drang Christians Stimme zu mir vor. Sissi zerrte an ihrer Leine.

»Lange Geschichte. Vielleicht erzähle ich sie dir irgendwann mal.« Ich holte rasch den Reader aus dem Auto, während er Sissi wegschaffte, und als er zurückkam, reichte ich ihm das Ding. »Hier. Damit du nicht denkst, ich lüge.«

»Das kann ich mir bei dir auch nicht vorstellen«, antwortete er. »Du bist ziemlich direkt. Das gefällt mir.«

»Ach ja? In dem Fall würde ich gern mal wissen, was du neulich gemeint hast. Du hast gesagt, du hättest noch nie so was gesehen, und ich laufe so ...«

»Süß. So wütend. Und so kämpferisch. Du schlenkerst so mit den Armen, und dann läufst du mit viel zu großen Schritten viel zu schnell los, aber du gibst nicht auf, dein Gesicht ist wild entschlossen, auch wenn du humpelst, und auch wenn du immer langsamer wirst, du läufst und läufst, stur wie sonst was, Runde um Runde, und wenn man dir zusieht, begreift man, dass du wahrscheinlich alles erreichen kannst, was du dir vornimmst.« Er verstummte.

Ich wusste nicht, was ich sagen sollte. »Na ja, so schnell wie du werde ich niemals«, brachte ich endlich heraus.

»Darum geht es auch nicht. Du läufst doch für dich und nicht für jemand anderen. Deine Bestleistung mag für andere Leute ein Klacks sein, aber für dich ist es das Größte, was du bis zu diesem Zeitpunkt erreicht hast. Und das ist toll, denn du hast nicht aufgegeben und hast es so weit geschafft. Ich weiß noch, als ich das erste Mal einen Kilometer laufen konnte, ohne stehen bleiben zu müssen. Das war ein unglaubliches Gefühl.«

»Das kann ich mir gar nicht vorstellen. Du warst doch garantiert schon als kleiner Junge so ein Sportfreak.«

»Ich war ein total fetter kleiner Junge. Meine Oma hat immer deftig gekocht. Und es durfte nichts weggeschmissen werden.« Er verzog verlegen den Mund.

»Das kenne ich auch.« Vor meinem geistigen Auge erschien Blumenkohlauflauf, der schon beim Kochen in der ganzen Wohnung einen Geruch nach alten Turnschuhen verbreitete und als Endprodukt stark an Gehirnmasse erinnerte. Blumenkohlauflauf gab es bei uns immer samstagmittags, und er vermieste mir das ganze Wochenende. Und nun stellte sich heraus, dass ausgerechnet Christian genauso gelitten hatte. Wie hatte ich ihn je arrogant finden können?

»Und ich hab überhaupt keinen Sport gemacht, ich hab Sportunterricht gehasst«, fuhr er fort. »Wenn wir im Unterricht Fußballteams bilden mussten, blieb ich immer übrig. Keiner wollte mich haben. Ich stand ja eh nur dick und fett im Weg herum.«

»Du Armer«, rutschte es mir heraus. Auf einmal wollte ich nichts mehr, als den kleinen, dicken, einsamen Christian von damals umarmen. Kein Wunder, dass er Zuflucht bei Raubrittern und verfallenen Burgen gesucht hatte.

»Wenn du willst, zeig ich dir ein Foto. Damit du siehst, dass ich nicht lüge.«

»Das kann ich mir bei dir nicht vorstellen. Du bist nämlich auch ziemlich direkt.« Ich schenkte ihm ein Lächeln.

Christian knetete nervös Sissis Leine in der Hand. »Du könntest ja mal zu mir kommen. Heute oder so. Oder morgen oder übermorgen oder auch irgendwann. Oder wir könnten zusammen joggen. Ich warte auch auf dich, wenn du langsamer bist. Oder auch nicht, was immer du willst«, fügte er hastig hinzu. »Oder wir könnten Sissi ausführen. Damit du nicht so traurig bist, wegen Bardo. Oder wir könnten über Bücher reden. Über Pesthuren. Oder nur über die Pest. Oder nur über Huren, ganz, wie du willst. Wenn wir mit Sissi spazieren gehen. Heute oder morgen oder übermorgen oder ...«

»Christian, ich ...«

»Oder mit Sissi Bücher lesen. Oder in der Bibliothek Bücher übers Joggen ausleihen. Oder über die Pest. Mit Sissi. Oder auch ohne Sissi, weil ich glaube, Huren, also ich meine Hunde, dürfen da nicht rein in die Bibliothek. Morgen, weil die Bibliothek heute zuhat, das weiß ich, weil ich oft dort arbeite. Oder übermorgen, oder ...«

»Christian, hör auf!« Ich schüttelte den Kopf.

»Du willst nicht? Okay, kein Problem, ich meine doch, es ist ein Problem, denn Sissi wäre da sicher sehr traurig. Sehr, sehr traurig, weil du ja bestimmt immer noch ein bisschen nach Bardo riechst und ...«

»Wo wohnst du?«

»Am Florinplatz. Warum?«

»Weil ich ja wissen muss, wo du wohnst, wenn ich zu dir kommen soll.«

»Du willst also doch? Also gut, hier ist meine Adresse, warte, geh nicht weg, bleib stehen.«

»Ich stehe doch«, verkündete ich. »Genau vor dir.«

»Hier.« Er reichte mir einen Zettel. »Wann ... würdest du denn kommen wollen? Heute? Oder morgen? Oder übermorgen, also, wann immer du ...«

»Heute.« Warum lange herumfackeln. Wenn das Navi wollte, dass ich Christian kennenlernte, dann brauchte ich das alles nicht noch künstlich hinauszuzögern. Und außerdem ... wollte ich selber nichts mehr als das.

»Heute. Siehst du, das mag ich so an dir. Du bist so direkt. Du sagst, was du denkst.«

»Und das auch noch mit meiner so angenehmen Stimme«, fügte ich hinzu.

Christian stutzte kurz, dann zog ein Lächeln über sein Gesicht.

»Dann mal los, George«, kommandierte ich später am Nachmittag, als ich in mein Auto stieg. Ich hatte lange überlegt, was ich anziehen sollte, und dann entschieden, dass das völlig egal war. Christian hatte mich schweißüberströmt, vom Regen klitschnass, mit Hundehaaren vollgefusselt und mit vom Weinen verquollenen Gesicht gesehen. Vor ihm musste ich nichts verstecken oder verschönern. »Zum Florinplatz 37.«

Das Navi blieb stumm.

»Hallo? Was ist? Hörst du mich?«

Nichts. Ich schüttelte irritiert den Kopf und gab die Adresse ein, die Christian mir aufgeschrieben hatte. *Bitte jetzt nicht rumspinnen*, flehte ich innerlich. *Bitte das mit*

Christian jetzt nicht kaputt machen, es fühlt sich doch endlich gut an, und wenn das jetzt nicht richtig sein soll, dann weiß ich nicht, was.

»Bitte nach zweihundert Metern links in die Schildstraße abbiegen.«

Ich atmete auf. Der Motor startete brummend, ich durfte losfahren, es gab keine seltsamen und unerklärlichen Macken und Störungen, alles ganz normal. Ich stutzte. Viel zu normal. George hatte mich nicht begrüßt.

»Danke, George«, sagte ich laut.

»Bitte im Kreisverkehr die zweite Ausfahrt nehmen.«

»George?« War das Navi kaputt?

»Nach zwei Kilometern rechts halten.«

»George, alter Knabe, schmollst du? Was ist los?«

»Bitte jetzt auf den Leonard-Ring auffahren.«

»Okay, mach ich, ich mach alles, siehst du, wie ich dir folge? Ich beschwer mich auch gar nicht mehr, kein einziges Mal.«

»In fünfhundert Metern haben Sie Ihr Ziel erreicht.«

Sie?

»Sie haben Ihr Ziel erreicht.«

Ich hielt an. Florinplatz 37. Eine ruhige Straße, große Balkone, direkt gegenüber befand sich eine kleine Grünanlage. Und auf einem der Balkone stand Christian, der mir zuwinkte. »Da bist du ja«, rief er. »Ich mach dir auf.«

Ich winkte zurück, schnappte meine Tasche und wollte aussteigen. Doch dann hielt ich inne, ließ mich wieder zurück in den Sitz fallen und griff nach dem Navi. Ich zog es mit dem üblichen sanften Plop vom Armaturenbrett ab und hielt es in der Hand. Mein Herz klopfte, vom Haus her hörte ich einen Türsummer, das musste Christian sein, der auf mich wartete. Aber erst musste ich hier etwas nachsehen. Ich drehte das Navi um und zuckte zusammen. Was hatte das zu bedeuten? Da stand jetzt:

Modell: ABCDEFGHIJKLMNOPQRSTUVWXYZ

Chinesisch

Sieben Wochen später

»Das hier sind die Literaturlisten, die müssten noch getippt und vervielfältigt werden.« Professor Weber reichte mir einen Stapel Blätter. »Und die Handouts für das Seminar müssten auch kopiert werden. Können Sie aber auch morgen machen.«

»Das schaff ich schon noch, kein Problem.«

Sie nickte mir zu und packte weiter Bücher aus einer Kiste aus. »Was ist denn das?«, murmelte sie. »Ein Gruß von Bardo.« Sie hielt eine völlig zerkaute Socke hoch, die auf mysteriöse Weise in der Buchkiste gelandet war.

»Warum soll es Ihnen besser gehen als mir«, sagte ich leichthin. Letzte Woche erst hatte Bardo bei seinem Wochenendbesuch bei mir das marinierte Hähnchen angeknabbert, das ich eigentlich für Christian und mich gekocht hatte, und zum Nachtisch hatte er Christians Lesebrille zerkaut.

Sie lachte und beugte sich dann wieder über die Kiste. »Wollen Sie ihn dieses Wochenende nicht auch wieder haben?« Professor Webers Stimme erklang dumpf aus den Tiefen der Bücherkiste heraus. »Ich schwöre es, dieser Hund wird nie müde. Nie!«

»Geht nicht. Wir fahren auf die Wartburg.«

»Ach.« Christine Webers Kopf tauchte wieder aus der Kiste auf. »Einfach so? Oder zu einem Weihnachtskonzert?«

»Nein, Christian will recherchieren.«

»Ein Buch über Martin Luther?« Professor Webers Augen leuchteten. »Da freue ich mich ja jetzt schon drauf!«

»Na ja, also mehr ein Buch über Johanna, die Enkelin der Pesthure«, stotterte ich. »Aber Luther kommt irgendwie auch mal vorbeigeritten. Auf einem Esel, glaube ich.«

»Umso besser. Dann lesen es die Leute wenigstens.« Professor Weber nickte zufrieden. Sie sah sich um. »So, das macht doch schon einen ganz anständigen Eindruck. Ab wann gehen Sie in die Vertretung für Frau Würz?«

»Nach Weihnachten.« Frau Würz hatte ihren Mann endlich dazu gebracht, eine Kreuzfahrt zu buchen – sehr zu meinem Gefallen. In der Zwischenzeit vertrat ich sie, und danach würde ich endgültig für Professor Weber arbeiten.

»Das hier müsste dann noch in die Personalabteilung.« Sie reichte mir einen Umschlag.

»Ach, das bringe ich gleich hin«, antwortete ich. »Ich mache jetzt eh Mittagspause.«

»Alles klar.«

Ich griff mir den Umschlag und meine Tasche. Draußen im Gang hatte jemand einen Weihnachtskranz an die Tür gehängt, von irgendwoher roch es nach frisch gebrühtem Kaffee, es war richtig gemütlich hier. Vielleicht hatte der Weihnachtsmarkt ja schon auf? Oder ich würde mir beim Bäcker was holen, ein belegtes … Ich blieb stehen, mein Blick wie magnetisch angezogen von einer offenen Tür. Mein früheres Büro, beziehungsweise das von David. Wieso stand die Tür auf? War er gekommen, um etwas zu holen? Professor David Engelbrecht war seit Wochen wie vom Erdboden verschwunden, und es kursierten die wildesten Gerüchte an der Uni. Seine Stelle hatte man nämlich gestrichen, weil es ja jetzt Professor Christine Weber gab, und es hieß, David wäre auf Forschungsreise in Dänemark oder Island. Ganz böse Zungen behaupteten, dass David wegen irgendwelcher kriminellen Verwicklungen in Untersuchungshaft säße, aber das konnte ich mir beim besten Willen nicht vorstellen. Ich näherte mich der offenen Tür so vorsichtig wie einem Sarg. Was, wenn er wirklich da war? Wir hatten nie mehr miteinander geredet. Ich hatte ein bisschen Angst davor, ihn zu treffen. Angst, dass die alte Lucie auf einmal wieder zum Vorschein käme und sich von ihm einwickeln ließe. Blödsinn. Ich straffte mich, setzte ein selbstbewusstes Lächeln auf und begab mich in das offene Büro. Den Umschlag wie einen Schutzschild vor die Brust gepresst, schleuderte ich ein forsches »Hallo!« in den Raum, noch bevor ich richtig drin war.

»*Nin hao!*«, antwortete jemand eilfertig. Ein asiatischer Mann, kaum größer als ich, stand in der Ecke und goss gerade einen Bonsaibaum. Er nickte heftig und deutete mit der Hand auf einen freien Stuhl. Wer war das denn?

»*Nin hao, nin hao!*«, sagte der Mann wieder und wandte sich dem nächsten Bonsaibaum zu. Das ganze Zimmer war voller Bonsaibäume, stellte ich fest, und in der Luft hing ein Geruch, der mir irgendwie bekannt vorkam. Ich schielte auf die kleinen Visitenkarten auf dem Schreibtisch. *Professor Zhen Wei Wang – Associate Professor, Modern Chinese Literature and Culture, Mandarin Chinese, Asian Studies.*

Das musste Davids Nachfolger sein. »Hello!«, sagte ich.

»Hello, hello!« Professor Wang nickte wieder so heftig, dass ich mich fragte, ob er nicht am Ende seines Arbeitstages schreckliche Kopfschmerzen haben würde. *»You would like to study Chinese, yes?«*, fragte er. *»Woidd you like some tea, yes?«* Er hob eine gusseiserne Kanne hoch, der Quell des Geruchs, wie ich schnell erkannte. *»Pu Erh tea, very, very good.«*

Oh Gott, nicht noch mal. *»No, thank you.«*

Er sah mich traurig an, und so presste ich eilig meine Hand auf den Bauch und verzog das Gesicht. *»Allergie«*, erklärte ich. *»Very, very allergic to Pu Erh.«*

»Ah.«

Wir lächelten uns an, dann verbeugte er sich leicht, und ich verbeugte mich ebenfalls. Professor Wang griff nach einer Broschüre und wollte sie mir geben, er hielt mich wohl für eine Studentin.

»I am not a Student, I was the secretary«, stellte ich klar. *»Of David Engelbrecht.«*

»Ta fit Häng hei bek?« Professor Wang beugte sich interessiert vor.

»David.«

»Ta fit?«

Hm. Das konnte dauern. Wie kam ich hier bloß wieder raus?

»Lucie!« Ich drehte mich um. Hinter mir stand ein rettender Engel mit tizianrotem Wollhut, in einen peruanischen Poncho gehüllt und mit Lederbändern voller keltischer Symbole behängt. Juliane.

Das Gesicht von Professor Wang hellte sich auf. »Dschuljänna«, sagte er glücklich. *»Would you like some tea, yes?«*

»Ihr kennt euch?«, fragte ich verblüfft.

»Ja, ich bin seine erste Studentin, stell dir vor. Ich verlängere mein Studium noch ein bisschen, auf die paar Jahre kommt es auch nicht mehr an, dann kann ich echt noch einen BA in Chinesisch machen. Das ist bestimmt nützlich, und ich hab etwas, worauf ich zurückgreifen kann, wenn es beim Film nicht klappt.«

»Na, so was.« Ich gab ein Geräusch von mir, das man mit viel gutem Willen als freudige Bewunderung interpretieren konnte. »Und sag mal, weißt du, wo David Engelbrecht jetzt ist?«

Juliane lächelte verschwörerisch. »Ich wollte gerade über den Weihnachtsmarkt schlendern, hast du Zeit? Dann kann ich dir echt alles erzählen. *See you later*, Professor Wang!«, rief sie.

»See you later, Dschuljänna*!«*

Wir saßen in meinem Auto, und ich starrte auf mein Navi. »Ist was kaputt?«, fragte Juliane, die von einem Geruch nach Teebaumöl und Räucherstäbchen umgeben war. »Wir können auch laufen, das ist doch nicht weit.«

»Nein! Ich will fahren. Sorry, ich meine … ich muss fahren, ich habe mir den Fuß verknackst. Beim Laufen. Tut immer noch weh.« Ich vermied es, sie anzusehen, aber Juliane schien durch nichts zu erschüttern zu sein.

Sie plapperte unentwegt über eine Chinareise, die sie plante. Ich tippte inzwischen hastig die Adresse ein, und wie immer in den letzten sieben Wochen erklang die Stimme des Navis unpersönlich und blechern.

»Bitte nach zweihundert Metern links in die Goethestraße abbiegen.«

»Weißt du denn nicht, wie du zum Markt kommst?« Juliane unterbrach ihren eigenen Monolog für einen Moment. »Ist doch nur die Straße vor und dann ...«

»Ich weiß«, krächzte ich. »Aber ich muss das Navi... äh, testen. Ich will es verkaufen. Da muss ich ja wissen, ob es wirklich alle Wege kennt. Wenn es nicht mal den Weg zum ... äh ... Markt findet, dann kann ich ja kaum was dafür verlangen.«

Juliane versuchte meinem Gestammel irgendeinen Sinn zu entnehmen und nickte gutmütig. »Ja, mit 'nem ordentlichen Navi kann man sich nicht verfahren. Obwohl, ich habe eigentlich einen guten Orientierungssinn. Ich weiß immer, wo's langgeht.« Sie lachte vergnügt. »Also in einer fremden Stadt oder so. Letztes Jahr in London, da war ich echt die Einzige von meinen Freunden, die den Weg zum Hotel zurückgefunden hat. Wenn die mich nicht gehabt hätten, würden sie heute noch durch den Hyde Park irren.«

»Hm?« Hatte sie gerade etwas gesagt, das von Bedeutung war, das ich mir hätte merken sollen? Ich war viel zu beschäftigt damit, die Gegend zu beobachten, die Straße, die Leute, die Schilder, und hatte nicht richtig zugehört. Warum passierte nichts mehr – nirgendwo war Stau, nirgendwo musste ich anhalten, nirgendwo lag etwas Interessantes auf der Straße oder im Schaufenster, mal abgesehen von zahllosen Weihnachtsdekorationen.

»Suchst du einen Parkplatz? Da vorne ist was frei.« Sie deutete an die Straßenecke.

»In fünfzig Metern haben Sie Ihr Ziel erreicht. Ihr Ziel befindet sich auf der linken Seite.«

Ich gab es auf, parkte absichtlich vor einem Elektroladen, der Navis der neuesten Hightech-Generation im Schaufenster hatte (mal sehen, ob das Navi wenigstens dazu etwas zu sagen hatte!), und folgte Juliane auf den noch etwas verschlafenen Weihnachtsmarkt.

»Also – du erinnerst dich doch an die Tussi, mit der der Engelbrecht ein Techtelmechtel hatte.« Juliane biss genüsslich in ihr Bärlauch-Fladenbrot.

»Janina Winkler.« Ich nickte, nahm mein Fladenbrot mit Schinken in Empfang und biss ab. Lecker.

»Die hat ihn angezeigt.«

»Was?« Ich spuckte vor Schreck Krümel auf die Pflastersteine. Sofort stürzte sich eine Taube darauf.

»Tja, da staunt die Welt. Der gute Professor Engelbrecht ist nämlich ein Triebtäter. Echt.«

»Niemals.«

»Na ja, also jedenfalls so was in der Art«, schwächte Juliane schnell ab. »Die Winkler lebt noch. Sonst hätte sie ihn ja nicht anzeigen können. Wegen sexueller Belästigung.« Juliane kaute genüsslich auf ihrem Fladenbrot herum. »Ist doch echt der Hammer, oder? Und du hast jahrelang mit dem gearbeitet. Das ist doch echt gruslig.«

»Das ist Blödsinn«, erklärte ich rigoros. »Die Winkler hat ihn genauso angeschmachtet wie er sie. Die hat ihn ausgenutzt.« Ich erzählte Juliane von der dummen Hausarbeit, die ich hatte neu schreiben müssen.

Ihre Augen rundeten sich voller Empörung. »Sauerei«, schimpfte sie. »Und meine Hausarbeit hat er als unzulänglich abgetan. So ein Affe.« Sie regte sich immer mehr auf.

»Vielleicht wollte sie ja, dass er sie durch die Prüfung durchschummelt oder so«, überlegte ich laut. »Und das hat er sich dann vielleicht nicht getraut. Weil ja seine Stelle schon am Kippeln war.«

»Genau! Und das ist noch nicht alles. Die Assistentin, die Dings, wie hieß sie gleich, die nach dir kurz für ihn gearbeitet hat?«

»Komme jetzt nicht auf den Namen, aber ich weiß, wen du meinst.«

»Die hat aus irgendeinem Grund seine Doktorarbeit gelesen und festgestellt, dass er irgendwo abgeschrieben hat.« Juliane war jetzt fertig und wischte sich mit einer Serviette die fettigen Finger ab.

»Das ist nicht dein Ernst?«

»Doch. Echt. Das weiß ich von Professor Wang.«

»Von Professor Wang? Wie um alles in der Welt habt ihr darüber *reden* können? In welcher Sprache denn? Woher wusste ausgerechnet *er* das?« Ich verstand überhaupt nichts mehr.

»Er wusste es ja gar nicht. Ich habe es ihm übersetzt, er hat wie alle so eine Mitteilung bekommen, dass Kollege Professor Engelbrecht vorläufig nicht wiederkommt. Hat ihn aber echt nicht interessiert. Professor Wang interessiert sich nicht für Klatsch.«

Mir schwirrte der Kopf, das Fladenbrot hielt ich immer noch schlaff in der Hand. Was für seltsame Entwicklungen hatten nur während meiner Abwesenheit an der Uni stattgefunden? Professor Wang mit seinen Bonsaibäumchen und Davids Doktorarbeit, die ein Plagiat sein sollte? War David tatsächlich so blöd gewesen? Das konnte ich mir nicht vorstellen.

»Lasst uns froh und munter sein«, erschallte es laut von links. Ein Karussell setzte sich schwerfällig in Bewegung, der Verkäufer am Stand neben uns stellte rotbäckige Holzengel in die Auslage. Froh und munter ... Wo David jetzt wohl war?

»Und wo ist er jetzt?«, fragte ich Juliane. »Ist er wirklich in U-Haft?« Einen Moment lang stellte ich mir David vor, wie er mit seiner feinen grauen Weste zwischen lauter finsteren Gestalten auf einem kalten Betonboden lag, wie er krampfhaft eine Kopie des *Beowulfs* an seine Brust presste, die ihm ein stämmiger Auftragskiller entreißen wollte, wie ein Typ, der ein bisschen wie Vladimir Putin aussah, Davids elegante Brille mit einem höhnischen Lachen auf dem Gefängnishof zertrat, wie David von zwei bärtigen Zellinsassen gezwungen wurde, den Fußboden mit seinem Brillenputztuch zu reinigen und sich *Fuck You* auf die Fingerknöchel tätowieren zu lassen, wie ...

»Quatsch. Der sitzt auf den Malediven oder so. Wie alle Bonzen dieser Welt.«

Auch das konnte ich mir nicht vorstellen. Davids Schicksal konnte mir zwar eigentlich egal sein, trotzdem tat er mir ein bisschen leid.

»Oje, ich muss los.« Juliane sah erschrocken auf ihre Uhr. »Jetzt bist du ja wieder an der Uni, da sehen wir uns sicher öfter. Und denk dran, nächsten April!« Sie strahlte mich an.

»Was ist da?«

»Na, unser Film. Ich kann es kaum erwarten. Hoffentlich haben sie mich nicht rausgeschnitten, das wäre schade. Dann gehen wir zusammen ins Kino – versprochen?«

»Versprochen!« Ich sah ihr hinterher, wie sie sich einen Weg durch die Weihnachtsbuden bahnte, ein vergnügtes buntes Geschöpf, so ganz anders als die Juliane Schmieder der ganzen Jahre zuvor. In diesem Moment blieb sie stehen und sprach mit jemandem in einem langen roten Mantel. In einem langen roten Mantel ... Mein Gott, natürlich, hier war wieder so ein ähnliches Ambiente wie auf dem Flohmarkt. Der perfekte Ort für den mysteriösen Mr Schicksal, noch mehr Navis oder andere Sachen an den Mann zu bringen. Ich *musste* hin.

»Halt«, rief ich. »Warte!« Ich ließ den Fladen fallen und rannte los, doch da war sie schon um die Ecke gebogen. Der Mann im roten Mantel drehte sich nach mir um. Ein als Weihnachtsmann verkleideter Typ mit Augenringen, der Aufkleber verteilte.

»Darf ich Ihnen ein paar Informationen über unsere Flatrate-Aktion anbieten?«, leierte er herunter, sobald ich mich auf zwei Meter genähert hatte.

»Nein, danke.« Ich steckte meine eiskalten Hände in die Manteltaschen und wandte mich ab.

Zurück im Auto vollführte ich mein Ritual, der Motor brummte, das Navi leuchtete auf und blieb stumm. Störrisch gab ich die Adresse der Universität ein. Als ich an einer Ampel anhalten musste, öffnete ich mein

Fenster, damit ich auch ja nichts in meiner Umgebung verpasste. Ein Zeichen, ein Schild, einen Menschen, irgendwas.

»Ist irgendwas?« Die Frau im Auto neben mir hatte ihr Fenster ebenfalls geöffnet. »Ist irgendwas an meinem Auto? Sie schauen so?«

»Nein, ich glaube nicht.« Verlegen schloss ich das Fenster wieder, zum Glück wurde es grün. Nichts war passiert – nichts, nichts, nichts. Und vorn an der Ecke tauchte bereits die sandsteinfarbene Fassade der Universität auf. Nein, ich würde noch weiterfahren. Ich würde weiterfahren, bis ich dem Navi irgendeine Reaktion abgetrotzt hatte! Spontan drehte ich ab und bog in eine kleine Seitenstraße ein. Blöde Idee, denn mir kam prompt ein Bus entgegen, der ohnehin kaum durch die schmale Straße passte. Der Busfahrer rollte entnervt mit den Augen, ich hob entschuldigend die Hände. Mann, ich konnte doch nichts dafür, dass seine Route hier entlangführte. Überhaupt, er sollte froh sein, dass mein Auto so klein war und ich halb auf den Fußweg fahren konnte, um ihn vorbeizulassen. Als er schließlich auf meiner Höhe war, sah ich, dass der Bus leer war. Nein, halt, ein einziger Fahrgast saß darin. Er winkte mir sogar zu. Ich stutzte, blinzelte, sah noch mal hin. Ein Mann, um die fünfzig. Oder sechzig. Oder siebzig? Mit rotem, altmodischem Mantel, definitiv kein Weihnachtsmann. Jetzt kniff er ein Auge zu und hob leicht die Hand, dann war der Bus vorbei.

»Oh mein Gott.« Ich hieb meinen Fuß auf das Gaspedal und riss das Steuer herum. Verflucht, wie sollte man hier wenden, welche Idioten hatten die ganze Straße zugeparkt, ich musste doch dem Bus hinterher!

Das war er doch, das war der Verkäufer des Navis, und ich Trottel hatte mir noch nicht mal die Busnummer gemerkt. »Mist, verdammter!«, schimpfte ich laut. Und dann starb mein Motor mit dem altbekannten Gurgeln ab. Die einsetzende Stille wirkte gespenstisch. Und so vertraut.

»George?«, fragte ich ungläubig. »Warst du das?« Ich drehte den Zündschlüssel um. Etwas knackte. Der Motor sprang an, das Navi leuchtete auf. Heller als sonst, wenn auch nur für einen Moment.

»Du hast dein Ziel schon erreicht, Lucie.«

»George!« Wie elektrisiert fiel ich zurück in meinen Sitz. »Du bist wieder da! Was war denn nur los?«

»Du hast dein Ziel schon erreicht, Lucie.«

»Ja, ich weiß, ich hab ... was war das eben?« *Schon*. Du hast dein Ziel *schon* erreicht, Lucie ...

Die wirren Gedanken in meinem Kopf begannen, sich zu einem klaren Bild zu formen.

»Hab ich das?« Ich rieb mir benommen die Schläfe. Dann lachte ich. Es war so einfach. Wie hatte ich so blind sein können? Ich *hatte* mein Ziel erreicht, im wahrsten Sinne des Wortes. Mein neuer Job und meine nette neue Chefin und Christian – der liebste, klügste, witzigste, attraktivste Mann, den ich je in meinem Leben getroffen hatte und der mich so liebte, wie ich war, für den ich mich nicht verstellen und nicht verändern musste. Bardo, der mir auf seine stürmische und tapsige Art beigebracht hatte, wie sehr man ein Tier lieben konnte. Es gab, so stellte ich verblüfft fest, zu diesem Zeitpunkt in meinem Leben nichts, was nicht in Ordnung war. Frau Kossolow grüßte mich devot, ja, sogar Charlie war glücklich bis über beide Ohren verknallt in ihren Jan. Mein Leben war nicht nur *in Ordnung*, mein Leben war *großartig*. Ich brauchte nichts mehr und nichts anderes, es war alles wunderbar, so wie es war. Ich hatte mein Ziel erreicht, und deshalb funktionierte das Navi auch nicht mehr. Neugierig löste ich es vom Armaturenbrett und drehte es um.

Modell: ABCDEFGH1JKLMNOPQRSTUVWXYZ

Aber wieso leuchteten da jetzt einige Buchstaben auf?

BCDEGHLNRT

BCDEGHLNRT

Ich starrte auf die flackernden Buchstaben, bis sie vor meinen Augen verschwammen. Was bedeutete das? Ich konnte keine geheime Botschaft entschlüsseln, kein Geheimnis ans Licht bringen, die Buchstaben sagten mir nichts. Wahrscheinlich war ich zu blöd. Der Bus war längst weg, mein Auto stand halb auf dem Fußweg in einer drögen Seitenstraße vor einem Asia-Imbiss, in dem ein Penner am Tisch stand und sein Vormittagsbier schlürfte.

BCDEGHLNRT

Täuschte ich mich, oder flackerten die Buchstaben in einer bestimmten Reihenfolge?

DEN
GELB
DENGELBR

Den gelben was? Hier war nichts Gelbes, mal abgesehen vom Aushängeschild des Asia-Bistros und dem Nasi Goreng, das sie wahrscheinlich da drin verkauften.

»Gelbes was, George?«, fragte ich verzweifelt. »Nun hilf mir doch, aus alter Freundschaft.«

Aus den Augenwinkeln nahm ich im Fenster des Asia-Bistros eine Bewegung wahr, der Penner hatte ein Buch aufgeschlagen und es aufrecht auf dem Tisch hingestellt. Flüchtig glitt mein Blick darüber hinweg. *Der Fluch der Goldschmiedin*. Na, so was. Jetzt lasen sogar schon die Penner historische Romane, wer hätte das gedacht? Obwohl, Moment mal... Ich ließ von den seltsamen Leuchtbuchstaben ab und sah wieder zum Bistro. Der Penner trug einen grauen Mantel und eine Wollmütze, hatte einen Dreitagebart, der unter anderen Umständen wahrscheinlich attraktiv gewirkt hätte, und blinzelte beim Lesen wie jemand, der normalerweise eine Brille trägt, diese aber verloren oder vergessen hat. Dann nahm er einen Schluck Bier, sah sich kurz mit glasigen Augen im leeren Geschäft um und wandte sich dann wieder der Lektüre zu.

»David?«, flüsterte ich fassungslos. »David?«

Er hatte mich nicht bemerkt, es war sowieso unklar, ob er überhaupt irgendwas um sich herum wahrnahm.

Mein erster Instinkt war, sofort zu verschwinden, mein zweiter, auf das Navi zu sehen.

Modell: D. ENGELBRECHT

In diesem Moment begriff ich. »Im Ernst jetzt, George?«, fragte ich, wenn auch nur der Form halber, denn was das Navi sich einmal in den Kopf gesetzt hatte, war schwer zu ignorieren. Ich hätte es glatt in die Mülltonnen vor dem Asia-Bistro schmeißen müssen, und dazu war es ja nun eindeutig zu kostbar.

»Im Ernst«, sagte George.

»Dann heißt es jetzt, tschüss zu sagen?«, fragte ich.

»Ja, Lucie.«

»War schön mit dir, George.« Ich klaubte das Navi vom Armaturenbrett und streichelte es. »Tschüss – auch wenn ich wirklich gern gewusst hätte, wie du eigentlich aussiehst.«

»Wie George Clooney«, antwortete George.

»Was?« Ich ließ ihn beinahe fallen vor Schreck.

Und da war es wieder, das ulkige Geräusch. »Ha.Ha. Ha.« Das Navi lachte.

»Oh Mann.« Ich drückte das Navi ein letztes Mal an mich, dann nahm ich all meinen Mut zusammen und stieg aus.

Von innen sah das Bistro auch nicht besser aus, ein Geruch nach Curry hing in der Luft, und laminierte Fotos mit Grünstich an den Wänden priesen mehr oder weniger identische Gerichte an. Eine Bedienung war nirgendwo zu sehen, aus einem der hinteren Räume erklang Frauengelächter. David sah nicht mal auf, als ich hereinkam, und so begab ich mich direkt an seinen Tisch. »Hallo, Professor Engelbrecht.«

Wie in Zeitlupe wandte er den Blick von seinem Buch ab. Ohne Brille und mit der fahlen Haut hatte er etwas von einem kranken Meerschweinchen. »Frau Stein.« Er blinzelte unsicher. »Was machen Sie denn hier?«

»Das Essen soll hier so spitzenmäßig sein.«

»Was?« Etwas verspätet glitt ein Lächeln über sein Gesicht. »Haha, immer noch so witzig, die Frau Stein. Wir waren doch ein gutes Team, ja, das waren wir. Aber das wollen diese Idioten ja nicht wahrhaben. Schmeißen uns raus. Die schmeißen ihre besten Leute raus. Das kann man doch gar niemandem erzählen!« Er hob sein leeres Glas hoch. »Auch eins?«

»Nein, danke. Das eine Mal, als ich was mit Ihnen trinken war, hat mir gereicht.«

»Wie? Wir waren mal zusammen was trinken? Kann mich gar nicht erinnern.«

Ich blickte ihn an. Er konnte sich nicht daran erinnern. Er konnte sich offenbar nicht mal daran erinnern, dass ich meinen Job aus anderen Gründen verlassen hatte als ...

»Ach, Frau Stein.« David lallte bereits ein bisschen, und ich begriff, dass das hier nicht sein erstes Bier heute war. »Was waren wir doch für ein gutes Team. Das waren noch Zeiten. Bevor diese Intrige gegen mich losging.«

»Intrige?«, hakte ich nach.

»Janina, dieses Miststück. Die wollte doch glatt einen Freifahrtschein für alle Prüfungen. Die falsche Schlange.« Sein Blick irrte durch das Lokal, er hob erneut das Glas hoch. »Bier, hier! Hallo?«

Ich nickte. »Das habe ich mir schon fast gedacht.«

»Sehen Sie! Sie glauben mir, weil Sie wissen, was Janina für eine Schlange ist. Aber die Uni hat mich rausgeschmissen. Stattdessen sitzt jetzt Professor Kung Fu in meinem Zimmer.«

»Wang.«

»Wie?«

»Professor Wang.«

»*Whatever*. Und dann noch der blöde Weber. Wissen Sie, was das Schärfste ist? Der Weber ist eine Frau! Ist das zu glauben? Hat sich jahrelang verstellt, diese

Schlange. Wie die Winkler. Alles Schlangen. Die schlimmste Schlange ist die Künzel.

»Wer?«

»Die Künzel. Meine Schlangenassistentin.«

Aus dem Nichts erschien eine kleine, zarte Vietnamesin und tauschte Davids leeres Bierglas kommentarlos gegen ein volles aus. »Auch?« Sie sah mich fragend an.

Ich schüttelte den Kopf, und sie verschwand erleichtert wieder in der Küche. »Was ist mit der Künzel? Die wirft Ihnen ein Plagiat vor. Stimmt das?«

»Natürlich stimmt das nicht. Was denken Sie denn von mir.« Er sah mich entrüstet an und wirkte auf einmal fast wieder wie der selbstbewusste, elegante David von früher. »Es gibt eine Doktorarbeit zu einem ähnlichen Thema von Dr. Hannes Berger. Mit dem habe ich studiert, wir haben uns damals rege ausgetauscht. Wenn überhaupt, hat der Berger Dinge von mir übernommen. Aber der lebt ja nicht mehr, der Berger, der hatte einen Unfall, und seine Frau, diese Schlange, die will natürlich nicht, dass sein Andenken irgendeinen Kratzer kriegt. Also wird alles auf mich geschoben.« Er trank das Bier auf einen Zug aus.

Ich holte tief Luft. »Professor Engelbrecht ... David ... ich bin nicht zufällig hier.«

»Nicht? Sie kommen öfter in diese Bude? Sie waren schon immer eine rätselhafte Frau. Aber keine Schlange. Nein, eine Schlange waren Sie nicht, kann man nicht sagen. Nur das mit dem Hund, das war nicht in Ordnung, das müssen Sie verstehen, da konnte ich doch nicht ...«

»David.« Ich schüttelte leicht seinen Arm. »Ich hab etwas für Sie. Hören Sie mir gut zu. Es mag Ihnen seltsam vorkommen, nicht ganz ... normal. Aber was im Leben ist schon normal? Ich hätte zum Beispiel nie geglaubt, Sie mal so was lesen zu sehen.« Ich deutete auf das Buch.

»Habe Urlaub«, brummte David.

»Was ich Ihnen geben möchte«, erklärte ich, »ist das hier.« Ich zog das Navi aus meiner Tasche und legte es vor ihn auf den Tisch.

Er streifte es mit einem gleichgültigen Blick. »Brauche ich nicht. Hab schon eins. Mit Bluetooth und Touchscreen, voll integriert.«

»Das mag sein.« Ich zwang mich zu einer geduldigen Stimme. Das hier war schwieriger als gedacht. »Das mag ja sein. Trotzdem brauchen Sie das hier. Schalten Sie ihr anderes Navi aus. Hören Sie auf, am helllichten Tag Bier zu trinken, damit Sie Auto fahren können, und benutzen Sie in den nächsten Wochen nur noch dieses Navi. Es wird sich für Sie ... lohnen.«

Jetzt hatte ich seine Aufmerksamkeit. Misstrauisch betrachtete er das Navi. »So ein altes Ding? Warum? Was soll ich damit?«

»Das werden Sie schon sehen. Es wird Sie an Ihr Ziel bringen. Und von allen Leuten, die ich so kenne, haben Sie das Navi am nötigsten.«

»Ich verstehe kein Wort.«

»Vertrauen Sie mir.« Und damit beugte ich mich vor und hauchte ihm einen Kuss auf die Wollmütze. Einen schwesterlichen Kuss. Dann drehte ich mich um und ging.

»Frau Stein? Lucie?« David war aufgesprungen, hatte sich aber mit seinem Mantel im Hocker verheddert und kam nicht los. »Warten Sie doch!«

Ich begab mich eilig zu meinem Auto, das nun wieder ein ganz normaler Polo war. Mit einem letzten Hauch von Wehmut sah ich durch das Fenster des Bistros, wo die Bedienung ein weiteres Glas vor David abstellen wollte, aber von ihm wieder weggeschickt wurde. David hielt nämlich jetzt das Navi in der Hand, zuckte zurück, dann blickte er ungläubig auf und sah sich rasch um.

Und ich lächelte, weil ich ahnte, was er gerade gelesen hatte.

»Hallo David, wo soll es hingehen?«

New York und Wisconsin

Zwei Jahre später

»Lucie, du musst mir unbedingt Zigaretten vorbeibringen, ich kann hier nicht weg.«

»Nein, das mache ich nicht. Du hast aufgehört zu rauchen, da wirst du wohl jetzt einen Tag vor deiner Hochzeit nicht wieder damit anfangen. Oder willst du Jan mit einem nikotingelben Lächeln begrüßen?«

»Ich muss unbedingt eine rauchen. Ich halte das sonst nicht aus. Ich bin so nervös. Was, wenn die morgen früh meine Haare versauen. Und ich glaube, ich kriege einen riesigen Pickel am Kinn. Einen Pickel! Der wird auf jedem Foto zu sehen sein!«

»Wird er nicht. Der wird überschminkt und wegretouchiert.«

»Dann kauf mir so ein Nikotinpflaster. Bitte!«

»Charlie, du kannst dir auch einen Bleistift in den Mund stecken. Jetzt entspann dich. Jan liebt dich und du liebst ihn, alles andere ist doch egal.«

»Ich glaube, ich sag die Hochzeit ab. Ich komme einfach mit dir und Christian nach New York. Ihr müsst euch auch gar nicht um mich kümmern. Ich gehe shoppen.«

Das fehlte noch. Ich schielte zu unseren prallen Koffern, die schon in der Ecke des Wohnzimmers bereitstanden. In drei Tagen ging es los. Wir würden Halloween in Amerika verbringen, und dann ... dann lief der Countdown zum Marathon. Hoffentlich hatte ich die richtigen Klamotten mit, der Wetterbericht sah zwar für Herbst ganz gut aus, trotzdem wollte ich weder erfrieren noch mich totschwitzen. Wahrscheinlich hatte ich viel zu viel Mist eingepackt. Zum Beispiel meine völlig ausgeleierten, zerlatschten ersten Turnschuhe. Die atmungsaktiven, zu denen mich das Navi gezwungen hatte. Die nahm ich als Glücksbringer mit.

»Lucie? Lucie, sag doch mal was.«

Ich rollte mit den Augen und signalisierte Christian, mir noch eine Tasse Kaffee einzugießen. Er saß an einem kleinen Tisch, den Laptop vor sich, und schüttelte belustigt den Kopf.

»Du kannst nicht mit nach New York, Charlie. Das weißt du doch. Du bist dann nämlich in der Karibik. Auf Hochzeitsreise, schon vergessen?«

»Ja, aber dazu muss ich ja erst mal heiraten«, jammerte sie. »Ich schaff das nicht. Und es soll morgen regnen!«

»Das macht nichts. In der Karibik scheint dann die Sonne.« Ich schob den Brief auf dem Tisch hin und her, der heute mit der Post gekommen war. Von David, aus den USA. Wisconsin, genauer gesagt. Er hatte eine Amerikanerin geheiratet und leitete seit Neuestem dort eine historische Erlebnisfarm, wo er den ganzen Tag in Kniebundhosen und Zimmermannsweste herumlief. Er schrieb, dass er mir herzlich für alles dankte und glücklich über die ungewöhnliche Wendung war, die sein Leben genommen hatte. Ich betrachtete das Foto, auf dem er wie ein altmodischer Farmer neben einem

Ziehbrunnen stand, bärtig, brillenlos und braungebrannt. Auf der Rückseite stand:

Unser Navi habe ich weitergereicht an jemanden, der es bitter nötig hatte. Es kann sogar Englisch, wussten Sie das? Liebe Grüße, Ihr David Engelbrecht.

»Okay. Okay, du hast ja recht. Keine Zigaretten.« Charlies Stimme riss mich erneut aus meinen Gedanken.

»Hab immer recht.« Mein Telefon piepte jetzt nervig, jemand anderes versuchte, mich anzurufen.

»Alles wird gut. Alles wird gut. Tief durchatmen.« Charlie atmete übertrieben laut und hechelnd.

»Genau. Und wenn das mit der Hochzeit nicht klappt, wartet immer noch eine Karriere in der Telefonsexzentrale auf dich«, sagte ich.

»Was? Ach so, also Mensch, Lucie!« Sie wieherte los. »Und sei ja pünktlich morgen, hörst du? Um zehn, und keine Sekunde später!«

»Natürlich, meine Süße.« Mein Blick wanderte zum Fenster hinaus, hinüber zu den Grünanlagen, die letztens noch um einen kleinen Springbrunnen und ein Stück Rasen erweitert worden waren. Sissi liebte es, dort herumzutollen.

»Also dann, bis morgen«, seufzte Charlie. »Wenn ich bis dahin nicht vor Panik gestorben bin.«

»Bist du nicht, tschüss!« Kaum hatte ich aufgelegt, klingelte es erneut. Meine Mutter.

»Lucie, Mama hier. Das muss man sich mal vorstellen«, begann sie ohne Einleitung. »Da hat der die Maja einfach sitzenlassen. Ist doch unglaublich, oder?«

»Ja, total unglaublich, ich …«

»Und da wohnt die Maja nun erst mal wieder zu Hause. Mit Baby und ohne Mann und …«

»Mama«, unterbrach ich sie, sonst hörte das hier nie auf. »Jetzt rate mal, wer schwanger ist. Da kommst du nie im Leben drauf.« »Was?« Sie schnappte hörbar nach Luft. »Wer?«

»Nun«, ich kicherte vor mich hin. »Es sei nur so viel gesagt: Die werdende Mutter macht es sich hier gerade auf der Couch gemütlich und …«

»Lucie! Du? Oh mein Gott, das gibt es doch nicht! Wieso erfahre ich das erst jetzt? Oh, wie …«

»… und wedelt glücklich mit dem Schwanz«, beendete ich meinen Satz.

»Was? Lucie? Was hast du da gesagt?«

»Sissi ist schon ganz schön rund. Wer der Vater ist, wissen wir zwar nicht genau, aber wir gehen davon aus, dass es Bardo ist.« Ich betrachtete Sissi, die rund wie ein Fass auf der Couch lümmelte und träge blinzelte. Das wurden sicher total süße Welpen, ich konnte es kaum erwarten.

»Lucie, du bist unmöglich. Mir so einen Schrecken einzujagen!«

Christian stand jetzt auf, trat hinter mich und legte die Arme um mich. Ich schmiegte mich an ihn, seine Hand glitt warm unter mein T-Shirt. Er fing an, mich zu kitzeln, ich wand mich hin und her und versuchte gleichzeitig, kein Geräusch von mir zu geben.

»Hallo? Lucie? Bist du noch dran? Hallo?«

»Ich hör dich plötzlich ganz schlecht«, brüllte ich. »Du, ich ruf morgen noch mal an, nach der Hochzeit von Charlie!« Ich machte das Handy aus, legte es ab, drehte mich um und sah zu Christian hoch.

»Hey! Ich dachte, du musst für dein neues Buch recherchieren.«

»Mache ich doch.« Christian grinste mich an.

»Ach, echt? Ich dachte, dein neues Werk ist über einen Hofnarren. Sehe ich etwa aus wie ein Hofnarr?« »Keine Ahnung. Ich kann ja noch nicht alles von dir sehen.« Er schob mein T-Shirt höher und höher.

»Wenn ich dir helfe, schreibst du mich dann in ein Buch hinein?« Ich zog das Shirt mit einem Ruck über meinen Kopf, schob Christian auf den Stuhl und setzte mich auf seinen Schoß.

»Klar doch. *Das Geheimnis der süßen Hofnärrin.*« Er nahm mein Gesicht in seine Hände und küsste mich.

»Na, dann.« Ich küsste ihn zurück. »Darm lass uns mal recherchieren.«

»Jetzt gleich?«

»Jetzt gleich.«